LOCUS

LOCUS

LOCUS

LOCUS

to

fiction

to 103
飛行家

作者：雙雪濤
責任編輯：林盈志
封面設計：林育鋒
內頁排版：江宜蔚　校對：呂佳真
出版者：大塊文化出版股份有限公司
台北市10550南京東路四段25號11樓
www.locuspublishing.com

讀者服務專線：0800-006689
TEL：(02)87123898　FAX：(02)87123897
郵撥帳號：18955675　戶名：大塊文化出版股份有限公司
法律顧問：董安丹律師、顧慕堯律師
版權所有　翻印必究

本書中文繁體字版由雙雪濤先生授權出版

總經銷：大和書報圖書股份有限公司
地址：新北市新莊區五工五路2號
TEL：(02) 89902588　FAX：(02) 22901658
初版一刷：2018年5月
定價：新台幣380元
ISBN：978-986-213-886-1
All rights reserved. Printed in Taiwan.

飛行家

雙雪濤 著

獻給K

新序

雙雪濤

我的寫作之路是從台灣開始的。二〇一〇年，我參加了台灣的一個文學比賽，僥倖得了獎，二〇一一年五月在台灣出版了第一本書，名叫《翅鬼》，小開本，豎排版，封面由蕭青陽先生設計。我已忘了當時有多少本樣書，反正一到手就基本散光了，恨不得街上的人都給上幾本。那是如夢的體驗，從未想過自己有一天要指著這個吃飯，想想過去，想想未來，也許只有這一線間，是屬於我的寫作生涯。誰知後來自我膨脹，果真把寫小說這件事當做營生，一寫就寫了七年，到了現在，台灣這個溫暖濕潤的島嶼就像是我的一個久不聯繫的老友，在當年給了我指引，而後各奔東西了。如今又有了一本書在台灣出版，我雖然還盡量拿出一種公事公辦的態度，其實內心是激動的，甚至有些得意的，你瞧，當年那個傻小子，喝高粱酒把自己喝得不省人事的銀行職員，今天又來了，帶著一些不算糊弄的小說。記得那次去台灣，楊澤先生用咖啡館的餐巾紙給我畫了一幅命盤，告訴我是能寫下去的，我並未當成一種命定的事業，因為人生太多變數，太多無奈，幾個人能照著自己的命盤活下去呢？去做自己應該做的事情吧，其實多不容易，稍微一點遲疑，那個路口就過去，自己應該做的事情變成了另一件。今天我還在寫作，也大概要一直寫下去，也並非覺得自己精通此道，是一步踏進來，混了這麼久，別的事情已經無法勝任，只剩下這一項軟弱的自我沉迷的行當可以做下去，這是一條奢侈的逃離之路，用最真實的材料搭載著自己逃到最遠，希冀抵達另一個真實。有時候在黑夜裡寫作，寫到自己忘了自己身處的時代，忘了自己是誰，忘了還有成年人的責任和困局，只是搓著雙手，侍弄著句子，啊，這一個動詞，可把你找到，等到站起身來，推開窗子，看見遠處的燈光，還有人行道上的夜行人，才想起來，哦，原來他們都還在，近在咫尺，伺機而動，要把我重新捲入他們的行列裡。我是個徹底的普通人，也是一個還算盡力的寫作者，這兩樣角色總是爭吵，令我暴躁，我看見遠方有一座城池，那城池偉岸壯闊，華燈初上，我也看見我身後有一方院子，溫馨平靜，狗兒和花草一起成長，我就夾在這兩樣之間，挑著扁擔穿著草鞋費力行走，永遠走不到，永遠回不去。實話說，我已然接受了這種命運，這種恩賜的痛苦，如果附身親吻之，也許可成不朽的掙扎，有時候會突然見到一眼泉水，那麼甘甜，可是你不能將其帶走，那一捧甘露已經是最好的獎掖。

感謝我身邊的朋友，雖然不多，都不曾揭露我的懦弱，感謝所有認為我應該寫作的人，你們以為是無心的話，我總會在心裡反覆回想，支撐自己前進，感謝讀者，我只做了一點點微小的工作，你們就報之以謬讚，以呵護的批評，以笑，以淚。感謝給我愛的美好的人，沒有無休止的愛，就沒有寫作的意義，我寫下的每一個字可能都想證明，愛有去處。

台灣，我們久未謀面，如今又見，不用非得熱烈地相擁，重逢既是新的征程。

二〇一八年四月四日星期三

序

雙雪濤

這是一本小說集，近年寫的，具體點說，就是最近兩年寫的，最新的一篇寫於二〇一七年年初。中短篇小說我不知道還有誰在看，二〇一六年出過一本集子，那是第一本，出完之後發現確實有人在看小說集，而且看得很認真，我很受鼓舞，就悶頭又寫下去了。實話說，不是被別的什麼鼓勵，而是感覺到，這個世界如果有人在看小說集，就說明這個世界還沒有糟糕到難以收拾的地步，當然不一定非得看我的，看誰的都行。我被這件小事鼓舞了一下，這是我的幼稚，可能也是我為了拯救自己找的藉口。

人的心裡頭有很多難以忘記，又不易想起的事情，比如我的大姑，我很少想起她，因為寫小說，我想起了她，她已經老了，七十歲，而在我小時候，她曾經遠道而來，就為了看看我，給我買一支冰激凌。我想起了她的好多細節，為她的衰老而熱淚盈眶，好像我一直惦記著她。小說寫完之後，我又把她忘記了，並沒有給她打去一個電話。我喜歡寫小說，可能這是一種省力的懷念，讓所有人成為我的虛構，而我非常膽怯出現在他們面前，因為那會使所有意念中的精神塔樓都變成一件真實的黑色圍裙，同時伴隨著責任、世故和磨損，不太適合一個懦夫。

人越來越成為孤島，雖然假以時日你甚至可以加上死亡的微信，它可以給你點讚和留言，但是大部分人應該並不想見到它，也不瞭解它的內心。孤島需要自給自足，你好，請給我送一個白色的女朋友來，想來這也不是十分遙遠的事情。也許正因為如此，我用自己笨拙的大腦創造一點點東西，印成一個方方正正的實體，遙遠的某個人，關上門倚在床上，拿起她，用他（她）的靈魂去識讀，是我能夠對抗這孤獨的唯一方式。重要的並不是誰創造了這個東西，重要的是你摸到了她，聞到了她，認出了她，然後認出了自己，原來你也在這裡啊，哪怕只有一瞬，我也感到滿足。

這裡大概有九篇小說，往小了說，是我自己摸索著做的幾件活計，往大了說，是我寄出的幾封書信。我不但寫了，還認真摺了幾摺，我已經三十幾歲，沒能學會幾件事情，這可能是一件，就是在寫信的時候小心翼翼一點。感謝每一個拆開她們的人。感謝每一個一直對我說真話的朋友，沒有你們，我會墮落，這萬無一失，謝謝你們。

二〇一七年五月十二日寫
二〇一七年六月七日定

目錄

新序 7
序 10
蹺蹺板 15
光明堂 35
間距 115
飛行家 139
北方化為烏有 197
白鳥 221
刺殺小說家 237
寬吻 307
終點 331

蹺蹺板

劉一朵指著床尾的搖柄對我說，搖六下，是仰臥，能喝水。搖十二下，能坐直，他坐不直，往下出溜，你給他墊個枕頭。我說，你鋪墊了嗎？她說，你自己跟他說一下。我說，還是應該鋪墊一下。她說，他現在疼得一會明白，一會糊塗，你自己鋪墊。

劉一朵比我高，大概高十五公分，主要是高在腿上，上半身我和她差不多，脖子我比她還長一點，主要是腿，腿長，胳膊也長。所以據我目測，我一下搖不了她那麼瓷實，可能得七下，十三下。這是一間單人病房，窗簾和沙發是藍的，上午的太陽一照，好像在透視。茶几上擺著幾個橘子和一只細口花瓶，花瓶裡沒有花，暖氣太熱，一般花都死，劉一朵買了一盆仙人掌，放在花瓶旁邊，像是一個自卑的胖子。夜裡守夜的是劉一朵她媽，我叫阿姨，為了顯得親切，我不說你媽，一般都說我姨。此時我姨已經回去，睡在她家那張巨大的床上。床有四柱，上有木頂，極像轎子，床體極大，兩米乘兩米五，放於主臥。白天是劉一朵的班，她請了四個月假，遵醫囑，四個月差不多，頂多五個月，我叔也該走了。晚上有時我住在劉家，家的面積有點大，樓下一層，樓上一層，還有個天台。劉一朵說自己住，放個屁都有回音。我們幾乎每晚做愛，就在她父母的那張大床上，樂此不疲。

這天是劉一朵的單位要年終考核，她非得回去做個陳述，要不上半年幹的活就有點吃虧，如能評個先進，獎金也多了幾千塊，錢是小事兒，主要是一張臉。她在一家銀行上班，事兒倒不多，每周還有瑜伽，攀岩，遠足，活動不少。行裡頭有食堂，澡堂，乒乓球案子，枱球桌，中央空調。只是沉悶，不太適合她的性格。相親時聽說她是銀行職員，心裡有點牴觸，一是怕懸殊，二是怕無聊，見面之後發現大出我意料，說話像連珠炮，還能喝酒，喝完還酒駕。她把我送到樓下說，總結總結。我說，總結啥？她說，總結總結今天。我說，我是個工人，一輩子掙不了你這麼一輛車。她說，你庸俗。我說，介紹人不靠譜，差距太大，我不是庸俗，我父母都是工人，我爸說過一句話，人窮志短，馬瘦毛長，以前不知道啥意思，今天坐在車裡，知道了。她說，我爸過去也是工人，做手扶拖拉機。我扭頭看她說，是嗎？她說，什麼是嗎？我小時候還開過，三個檔位，柴油的，一開直顛，跟騎馬一樣。我說，什麼廠子？她說，小型拖拉機廠，後來改叫金牛機械廠，後來黃了。我說，我知道，在新華街上，現在廠房還在，好大一片，據說是工人不讓拆，自己湊錢雇人，在那看著。她說，就你知道。我爸原來是廠長，那人還是我爸找的。我就在那的幼兒園長大的，幼兒園院子很小，沒啥玩具，只有一個轉椅，不知是哪個工人車的，噴成好幾個顏色，轉起來極快。我就愛坐那個，有一次掉下來，頭頂磕了口子，現在還有疤。你摸摸。我伸手摸了摸，不太好摸，摸了半天，果然有，在頭髮中間，有一個肉的凸起。她說，頭髮都讓你摸亂了。她摘下皮套，把頭髮披在肩上，皮套套在手腕，手腕纖細，腕骨清晰，成犄角之勢，如同瓷器。她照著後視鏡，把頭髮重新紮起來。我說，我開吊車。她說，你吃飯的時候說了。我說，三十幾米高，上面就我自己，沒人跟我說話，冬冷夏熱，但是我愛開。她說，喜歡受罪？我說，安靜。還能俯視別人，都比我小，我一個不注意，就能砸死倆。她說，當自己是上帝了是嗎？我說，就是有時候高，待在高處，感覺特別。她說，你一個月掙多錢？我說，三千七，五險一金，如果我從吊車上掉下來摔死了，能賠二十萬。她說，比我想像得多。我說，我開得好，你把瓶起子綁鉤上，我能給你開啤酒。她說，我從那個轉椅摔下來之後，我爸打個電話，把那個轉椅拔了，換成了蹺蹺板。我說，嗯。她說，我沒坐過蹺蹺板，我討厭讓人撅起來。嗯，長大了想法有點變化。我說，我媽那個廠子有個鞦韆，我……她說，你家有人嗎？我說，有，我爸媽都在，估計在看電視。她說，下車吧。我拉開車門走下去，冷風一吹，頓覺剛才話多了，牛逼吹得也有點大。她搖下車窗說，明天你給介紹人拿條煙。說完把車開走了。

我叔在睡著。他不知道劉一朵今天要去單位，我當班。他過去見過我，在他家樓下，我站在那等劉一朵去看電影，這是我和劉一朵共同的愛好。確定關係之後，我想送個信物，既特別又不腐壞，如果有一天分手，讓她還能記得我。我讓廠裡的車工給她車了一個鐵花，鐵玫瑰，那哥們問我，用噴點紅漆不？我說，不用，就這鐵色兒。他看著鋒利的花瓣，說，這玩意過不了安檢。我說，你他媽操心的還挺多，我騎車送去。劉一朵拿在手裡看了看，說，看過《第五區》？我說，是，你就不能假裝不知道？她說，走，看電影去。我和劉一朵看電影就是看電影，不吃爆米花，也不接吻，就是坐著看，看完吃飯。那天我等劉一朵下樓，先看見劉一朵，然後看見我叔，劉一朵看見我使了個眼色，我剛想溜，我叔說，找你的？劉說，是，我單位司機，一會我要出差。我叔微胖，穿著皮夾克，沒拉拉划兒，肚子略顯立體，腿短，也比劉一朵矮半頭，可是腰板筆直，手裡拿著翻蓋手機，看上去能接通不少人。他走過來同我握了握手，說，那你辛苦。我說，沒事兒，沒事兒。他說，那我先走，路面有雪，慢點開。我說，您放心。老司機了。他朝我們擺擺手，朝另一個方向走去。那時他並沒生病，或者說已經有了病灶但並不知曉。他三十幾歲就戒了煙，很少喝酒，每周打羽毛球，理應對身體充滿信心。

我叔動了動，應該說是蠕動了一下，手指的監控夾鬆了，我幫他緊上。監控器上的指標劉一朵教我看了一遍，心率正常，主要是注意血壓，最近腫瘤頂破了十二指腸，有點便血。屁股底下墊了尿不濕，頭頂上掛著一只血袋，這邊拉，這邊灌，有點像小時候的數學題。他的腫瘤原發於胰腺，這事情比較難辦，癌喜歡開拓，胰腺又是樞紐，癌細胞從胰腺開始向上，攻陷了肺和淋巴，正在迫近南京，人類的大腦。最初的症狀開始於幾個月前，是絲絲拉拉的疼痛感，他跟我姨說，最近不知咋了，老愛岔氣，肋叉子疼。岔氣並不是疑難雜症，喝點熱水放幾個屁便好，可是人開始消瘦，肚子癟了，腮幫子也像是秋天的山嶺一樣清癯起來。有幾次岔氣岔了一夜，沒有屁，只是疼。我叔是條硬漢，聽劉一朵說，年輕時有次在廠裡讓鏟車撞出五米遠，腰已不會動，還緊急給幾個班長開了一個會，談了一下安全生產的問題，到醫院時，大夫說錯位得厲害，人都快兩截了，怎麼還能自己走來？可是那一夜岔氣，他疼得想給肋叉子一刀，我姨覺出不對，送到醫院就沒讓走，直接住進了單人病房。晚了，手術已無意義。可是他自己並不知道，這個保密工作做得之好，全賴劉一朵的縝密，每一個來探視的人，她都要走一遍戲，對一下台詞。我叔知道得了癌，但是很輕微，手術都不用做，化療一下就能回家。劉一朵跟他說，咱家到醫院有兩站地，大夫說，做完兩個療程，你能自己走回去。那時我叔雙腿已瘦得如同秸稈，他說，我想騎自行車，我挺長時間沒騎自行車了，想騎自行車。劉一朵說，那就說定，等你好了，你騎自行車馱我回去。劉一朵跟我講這個故事的時候沒穿衣服，身上有細汗，她說小時候都是我叔馱她上學，後來下海經商，再沒馱過她。

我叔又動了，哼了一聲。我趕忙站起來，聽他說啥。他的臉皮脫落了大半，顏色深淺不一，如同得了癬。我對劉一朵的行徑深不以為然，我覺得應該把真實情況告訴我叔，萬一他想周遊世界啥的，你這麼欺瞞，也許會留下遺憾。可是劉一朵說在她小時候，我叔老騙她周末會回家，可是老不回來，但是她還是每次都信，她覺得我叔騙她是對的，讓她有個念想。後來我便不與她爭論，畢竟是人家的家事。

他睜開眼睛看了看我，說，護工？我說，不是，我是一朵的朋友，今天她單位脫不了身，我照顧您。他看了我半天，說，司機？我說，您還記得我。他說，你瘦了。我想了想說，最近晚上睡不好，老起夜。他說，年輕人要注意身體，要不老了全找回來。我說，您說的是。他說，你把我搖起來點，我喝口水。我走到床尾，搖了七下，看他要歪，又跑過去給他墊了個枕頭。保溫瓶裡的水足夠，我遞給他，他說，抽屜裡有吸管，我得用吸管。我找出吸管放在水瓶裡，他喝了一點遞給我。他的嘴唇都枯了，好像樹皮，水喝了一點，有一半都滲進了嘴唇裡。他說，有點不太好意思，上次你見我時，我還有頭髮。我說，您沒頭髮看著挺精神，也省事兒。他說，是，不用洗，拿抹布一擦就乾淨了。我樂了，他沒樂，他知道他說了個笑話，可是不樂，雙手交叉放在腿上，雖是瘦得像紙皮一樣，可是還是有種威嚴。他說，一朵有點脾氣，你多擔待，她有啥說啥，這點倒是好，比悶聲讓你猜強。我有點不知該說啥，也許他第一次見我就已經識破了。他說，你做什麼工作？我說，您英明，我不是司機，我開吊車，在鐵西的鋼廠。他說，我知道，第三軋鋼廠，我回城分

訴他自己得病，正是晉升的關鍵時刻。她戴著絨線帽子，努力跟每一個陌生人交談。我捏了捏臉頰，掀起被子看了看，沒有排便，也沒有出汗。血袋要沒了，我按了按鈴，沒人來，只好自己走到醫生辦公室。一個大夫正在電腦上下處方，我說，502三床的血袋沒了。他回頭看我說，劉慶革？我說，是。他打了個電話給護士站，讓他們去換血袋，然後從抽屜裡拿出一張CT圖說，這是昨天照的腦部CT，不太樂觀，你看這片陰影，邊緣不規則。我說，他剛才跟我說，在窗台看著一隻鳥，可是窗台沒有鳥。他說，腫瘤已經到了腦部，症狀因人而異，有的是疼，有的是健忘，有的是幻覺，也有的是都有，你明白吧。我說，明白。他說，你爸這狀況，堅持不了多久，也許會昏迷，如果不昏迷，可能會非常痛苦，要有心理準備。已經堅持這麼久，實屬不易，你爸的求生欲望很強。我說，他不是我爸，我是他女兒的朋友。他說，哦，我是值班大夫，對家屬不太熟，等他家人來，讓他們來一趟。止疼藥這麼打下去，跟毒品差不多，有錢也不是這麼花的。我說，知道了。

晚上劉一朵來了，我跟她說了一下，過了一會我姨來了，他們倆一起去了醫生那，談了半天。我叔醒了，看我在，說，你開幾噸的吊車？我說，二十二噸半。他從被裡面伸出手與我握了握說，我有事先走，雪天路滑，慢點開。然後又閉眼睡了。

劉一朵並沒有告訴我談話的結果，只是跟我說，她租了個床，這幾天晚上也在這兒，讓我先回家。我知道也許有了新情況，可是也沒必要多問。除我之外，劉一朵有幾個曖昧的對象，我是知道的。有天我在她微信裡看到，一個人跟她說，二壘時間太長，想三壘。我也沒問，這在我意料之中，只是下班之後推說有事，跟幾個同事去洗了個澡。我總不能和她結合，雖說床上和諧，可是在某種層面上，友誼大於愛情。同事裡有跟我要好的，女的，我也沒事過去她工位看看。她是個鉗工，比我矮一點，年年先進，就住在我家對面，鞍山人，我和她每天在一起吃飯，她能做極好的炸黃花魚，每周末都做幾條，分我半數。我喜歡吃魚，如果老婆能燒一手好魚，可能這一輩子就能堅持下來。但是我還是有點躊躇，劉一朵現在家裡攤上了事兒，很多問題需要這件事情過去之後再談。

兩天過去，劉一朵都沒跟我聯繫，有幾次我拿起手機，又放下，在這個關係裡，還是讓她主事比較好，其實我想問問我叔咋樣了？可是這句話像客套，容易讓她覺得我是在關心她，可是其實真的就是字面意思。她能把自己照顧得很好，這點我深信不疑。第二天晚上，我和鉗工去看了一場電影，她睡著了，電影有點科幻，有點鬧，3D眼鏡讓人頭暈。故事發生在未來，很老套，大概是從未來回到過去，為了更改現在，可是現在正在發生，我總懷疑已經被更改過多次，那又如何，不還是現在？結束之後我叫醒她，把她送到樓下，沒有上樓，但是我們第一次接吻了，感覺很好，她的嘴唇結實，雙手緊緊抓住我的衣肘，洗衣粉和我用的是一個牌子。回到家我爸正在用我的電腦下棋，他和我媽都已經退休兩年，其實退休之前的二十年已經下崗，做過不少小買賣，在街邊流竄，被驅趕，與城管廝打，爭奪一口苞米鍋，終於到了兩年前，可以安心養老。我媽此時應該正在馬路上和一群同齡人暴走，一路從和平區走到鐵西區，可是效果並不明顯，眼看胖了起來。我爸學會了用電腦下棋，還學會了下載作弊器，預感要輸，退出了也不減少積分。等到開春，他就會回到路邊攤，那並不只是下棋，還有許多話可以跟棋友說，有時候心理戰比棋藝更重要。兩人過去是戰友，如今各玩各的，倒疏遠起來，崢嶸歲月恍若隔世，閒時總是爭吵。我洗了個澡，躺在床上玩手機，發現劉一朵在半小時前給我打了十幾個電話，我在電影院靜音，沒有發覺。我打回去，劉一朵說，你死了？我說，沒，睡著了，沒聽見電話。她說，我爸鬧了一夜，非得要見你，非得要你陪護。我說，我何德何能？她說，你他媽還端起來，來不來？我說，我打個車，也許我到了他就睡了。她說，我等你。

我到了之後發現門口圍了一群人，年齡都和我姨相仿，應該是我叔那頭的親屬。我姨說一句話就哭一聲，幾個女眷也在抹眼淚。主治醫生站在門口，正和他們小聲商談。醫生說，你是小李？我說，我是。他說，誰也不讓近前，就讓你進去。也不知是哪來的勁兒，剛才把枕頭扔我臉上了。我說，你臉沒事兒吧？我進去看看，等他睡了喊你們。劉一朵罔顧醫院的規定，正在抽煙，她推了我一把說，你為什麼不接電話？我說，真沒聽見，我打電話有時候你也沒接。大夫說，都別著急，今晚應該沒事兒，家屬該休息休息，我今晚值班，放心。隔壁一個家屬推開門探出頭來，說，你們還有完沒完，就你們家有病人？已是夜裡十二點多，護士站就剩一個護士，眼皮發沉，正在用iPad看美劇。劉一朵走近我，把我抱住，說，想你了，等他睡了，你讓我進去。我拍了拍她的後背，然後推門走了進去。

我叔坐得挺直，正在用手搆桌上的橘子，我把橘子遞給他。他把橘子扒開說，給你吃。我說，我剛吃過飯，吃不下。他把橘子皮放回桌子上說，不吃也行，橘子這味也挺好聞。我在床邊的椅子上坐下，說，叔，你睏了就睡會。他說，我不睏，想跟你聊會天，你睏嗎？我說，我睡得晚。他比我想像的平靜，枕頭在他身後，沒有要飛出來的徵兆，床邊的吊瓶架上沒有血袋，已經換成葡萄糖。他說，我跟你聊的事情，你不要跟一朵說，不要跟任何人說，永遠別說，能答應我嗎？我說，我就見過您一面，我答應了您也不一定相信。他說，我力氣有限，沒用的話不要講，我知道你，你也知道我，跟別人聊不上。我說，好，如果您看得起我，您就說，我不說出去。他的樣子沒怎麼變，只是眼睛比過去大了，通紅，好像內心被什麼催動，眼仁兒燒得如同火炭。他說，我有個軍大衣，過去廠子發的，跟一朵說了，給你穿，吊車上冷，現在這些新東西都不如軍大衣暖和。我說，謝謝您，就缺這麼一個東西。他說，等我好了，你再還給我。我說，好，等您好了，我給您洗乾淨拿回來。他說，在櫃子裡，你自己拿。我懷疑是他的幻覺，如果沒有會很尷尬，可是他在盯著我看，我不打開櫃子恐怕是不行。櫃子裡果然有一件軍大衣，洗得有點舊，不過一點沒壞，我拿起穿上，大小正好，又暖和又敦實。他說，你轉過身來我看看。我轉過身去，他說，你很像我年輕的時候。我說，您抬舉我。他說，我有個兒子，自從我病了，從來沒來看過我。我心想，這倒是情理之中，錢這麼寬裕，有個把私生子不足為奇，原來這就是他要跟我說的祕密。我說，您兒子在哪工作？他說，在銀行，我給辦進去的。我聽著有點奇怪，說，叫什麼？他說，叫劉一朵，姓劉的劉，一二三四的一，花朵的朵。我知道他是想竄了，說，現在年輕人都忙，等您好了好好批評他。他說，桌上有個止疼貼，你給我貼一下。止疼貼上沒有中國字兒，但是上次架他去上廁所，看見他大腿上有一個，所以大概應該是貼到動脈上。我剛想掀被，他指了指太陽穴，說，貼這兒。我說，恐怕效果不好。他說，我頭疼得不行，但是想把話說完，你給我貼上。止疼貼是個圓片兒，貼上之後搞得我叔有點滑稽，像是天橋上的癟三。

他說，上次跟你說到甘沛元，這兩天我又想起點事情。我說，您說。他說，一九九五年廠子不行了，我拉了一夥人自己幹，但是肯定不能全叫著，養活不了那麼些，就得先讓一批人下崗。甘沛元是我髮小，一起長大，我養了他這麼多年，也算夠意思了，就找他談了一下，讓他買斷，錢比別人多五千，這錢我自己掏。他不答應，四處告我，威脅我要殺我全家。告我沒用，那是大政策，不是我發明的，但是我發現他跟著一朵，那時一朵上初一，並不知道有人跟她，有一天我把他叫住，他從皮包裡拿出一瓶硫酸，在我面前晃了晃，然後走了。我說，您歇會。他的心率增加，已經到了一百六。他說，我一口氣說完，害怕忘了。我想找人把他做了，可是想來想去，還得自己來。快過年了，廠子已經放假，我約他在車間辦公室見面，給他拿點年貨，談一下把他招過來的事兒。我用扳子把他敲倒了，然後又拿尼龍繩勒了他的脖子。他一個人過，愛喝酒，孩子跟前妻，父母也早不理他，他不是管他們要錢，就是從家裡偷東西。我確定他死了，眼睛比過去還突出，舌頭也咬折了，我就把他拖到廠子盡裡頭的幼兒園，用鐵鍬挖了個坑，把他埋了。就在院子裡蹺蹺板的底下。說完，我叔閉上了眼睛，滿臉都是汗，枕頭濕了一片。我說，您喝點水嗎？他搖了搖頭。我想走，但是他好像沒睡，這時候出去，恐怕會讓他覺得我有點懦弱。他閉著眼睛說，我這兩天做夢老夢見他，說我的行為他理解，可是能不能給他遷個地方，立塊碑，沒名字也行，這麼多年老被孩子們在上面踩來踩去，有點不好受。我說，您放心，我給您辦吧。他點點頭說，動靜要小，那廠子我找人看著呢，這麼多年我花了不少錢，等我好了，我去給他燒紙，你是司機，你開車帶我去。以後你就給我開車吧。我說，好，老司機了。

他終於睡熟了，呼吸極其輕微，我掀開被，看見尿不濕上一大片黑血，幫他換了，他也沒醒。我盯著他看了一會，他的胸口在起伏，有時候突然吸進一大口氣，好像要吞掉這個病房的空氣一樣，然後慢慢地，遊絲一般地呼出來。我推開門，發現人都已經散了，只有劉一朵靠在走廊的牆上，閉目沉思。她睜開眼說，睡了？我說，睡了。她說，我媽去買壽衣了，免得到時候抓瞎。我說，一點希望都沒有了嗎？她說，他的身體裡已經快沒有血了，你明白嗎？沒有血了。她拉著我的手，走進病房，洗手間擺著她的護膚品和牙具。她洗漱完畢，脫光自己，抱著我鑽進病房一角的行軍床，軍大衣我蓋在暖氣上，房間裡實在太熱，能遮一點是一點。我們抱了一會，誰也沒有說話，我能聽見我叔的呼吸聲，或者說我小心翼翼地聽著他的呼吸聲，監控器時不時發出一點微小的聲響，那是血壓在緩慢地掉下來。她在我下巴底下說，到我上面來。我說，睡吧，叔能聽見。她沒有答言，伸手脫掉我的內褲。我翻起身壓住她，她的眼睛裡都是淚水，我抱著她，一動不動，她的眼淚蹭了我一臉，過了一會，她推了推我的肩膀，翻身衝外，沒有了動靜。

我醒來的時候，已經是夜裡兩點，口乾舌燥。劉一朵睡著了，身體蜷成一團。我穿上衣服走到我叔的床邊，在他的保溫瓶裡喝了點水，水尚溫，我叔微張著嘴，一動不動，裹在白色的寢具裡，我趴在他耳邊叫他，叔？叔？他沒有反應。我等到他又吸上一口氣，披上軍大衣，離開了醫院。

出租車司機開得飛快，冬天的深夜，路上幾乎沒有人，路邊時有嘔吐物，已經凍成硬坨兒。樹木都禿了，像是鐵做的。他認識小型拖拉機廠，說沒人不認識，那曾經是效益最好的大工廠，現在沒拆，一直爛在那裡，地皮的權屬不清。我站在大門口，發現廠子比我想像的還要大，如同巨獸一般盤據於此，大門有五六米高，只是沒有牌子，也沒有燈。我從大門上面爬過去，跨過鋒利的鐵尖，剛一落地，門房的燈亮了。一個人拉開窗戶探出頭來，此人也許五十歲，也許六十，頭髮沒白，可是臉上都是皺紋，下巴上全是鬍子碴子，瞪著一雙突出的大眼，看著我。手裡拿著一支甩棍。他說，爬回去。我看著他的眼珠，一半在裡頭，一半在外頭，好像隨時能掉在地上。我說，甘沛元？他說，你誰啊？我說，乾瞪？他說，哥們，你認識我？進來坐坐。他的屋子很小，從窗戶裡望，有一個煤爐子和一個小電視，煤爐上擱著水壺，牆上都結了冰。我呼出一口氣說，我是劉慶革的司機。他說，你是慶革廠長的司機？他現在怎麼樣，每個月往我卡裡打錢，好久沒見過他了。我說，他挺好，老提起你，就是忙。我進去走一圈，一會回來我們聊聊。信得過嗎？他說，大半夜的，就是走一圈？我說，就是走一圈，然後回來跟你喝點酒。他說，成，我把酒溫上等你。

廠區的中央是一條寬闊的大道，兩邊是廠房，廠房都是鐵門，有的鎖了，有的鎖已經壞了，風一吹嘎吱吱直響。有的已經空空如也，玻璃全都碎掉，有的還有生鏽的生產線，工具箱倒在地上，我扶起來一個，發現裡面有一九九六年的報紙。我順著大路往裡走，車間的牆上刷著字，大都斑駁，但是能認出大概，一車間是裝配車間，二車間是維修車間，三車間是噴漆車間，一直到九車間，是檢測車間。路的左側，跟車間正對，有衛生所和工人之家，衛生所的地上還有滴流瓶子，上面寫著青黴素，工人之家有個舞台，座椅爛了大半，東倒西歪。我走到路的盡頭，右面掛著一個牌子，上面寫著：子弟幼兒園。走進去，看見一棟二層小樓，樓門緊鎖。樓前的土地上，有一個蹺蹺板。我在蹺蹺板上坐了一會，雖然鏽了，可是還能蹺動，只是對面沒有人，只能當椅子。坐了大概五分鐘，我回到二車間，找到一根彎曲的鐵條，回到蹺蹺板開始挖。土已經凍了，非常難對付，累得我滿頭大汗，大概挖了一個鐘頭，已經有了一個半米的小坑，什麼也沒有。我歇了一會，抽了支煙，發現汗要涼，趕緊繼續挖。又挖了半米，看見一串骨頭，應該是腳趾，我順著腳趾往寬了挖，很小心，怕把骨頭碰壞了。又花了大概四十分鐘，看見了一副骸骨，平躺在坑裡，不知此人生前多高，但是骨頭是不大，也許人的骸骨都比真人要小。他的骨頭裡面雜著幾塊破布，是工作服。我盯著骨架看了一會，想了想城市周圍的墓地，也許東頭的那個棋盤山墓園不錯，我給我爺掃墓去過，如果能訂到南山的位置，居高臨下，能夠俯瞰半個城。

墓碑上該刻什麼，一時想不出，名字也許沒有，話總該寫上幾句。我裹著軍大衣蹲在坑邊想著，冷風吹動我嘴前的火光，也許我應該去門房的小屋裡喝點酒暖暖，人生有時候就是這樣，痛快地喝點酒，讓筋骨舒緩，然後一切就都清晰起來了。

光明堂

一

瘋子廖澄湖曾經畫過一張艷粉街的地圖，並且標明了大部分建築的來歷，地圖是用鋼筆所畫，一絲不苟，遠看像一片藍海。廖比我大三十歲，在艷粉街掃廁所，但是是我的好朋友，幾十年前國家內亂，他是雕塑系的學生，大概是在學校不太聽擺弄，給下放到了艷粉街。據別人講，到了艷粉街他也不老實，弄了一個什麼反動泥塑，結果被紅衛兵逮住，剁掉兩手的中指，再也捏不了泥巴，這便是瘋病的由來。廖澄湖的瘋病在我們友誼持續的時間裡（這段友誼大概持續了一年）發作過兩次，一次是冬天，一次是秋天。冬天那次他走到街對面修自行車的老董頭那，一個路過的男人正從老董頭的爐子裡拿出一根柴火，去烤已經凍住的氣門芯兒。廖澄湖雙手袖在黑棉襖裡，站在那看。老董頭已瞄了他半天，廖澄湖對男人說，朋友，手伸出來看看。男人不知所謂，把手伸出來，廖澄湖說，哈，果然多了一根。從袖子裡抽出菜刀砍去，老董頭一腳把他踹倒，刀奪走。操你媽的，下次再到跟前來，雞巴給你噶了。說完把菜刀扔進自己的工具箱裡。一九九二年秋天，我十二歲，廖澄湖四十二歲，一起去艷粉街中心的影子湖邊給他的朋友燒紙，他的瘋病第二次發作，想要抓住我，結果掉進湖裡淹死了。這個故事沒啥意思，不講了，這裡要講的是，他留給我一張艷粉街的地圖，不但記錄了艷粉地區的大部分道路，山嶺，湖泊，還記錄了幾乎艷粉街所有的建築。

父親有姊妹三個，他是老二。大姐嫁到錦州，是個護士，有時通信，我識字之後，父親就讓我代他寫信，他口述，落款都是我們家三人。她經常在信裡邀請我們去錦州過年，可是我們從來沒去過，據我自己揣測，一是大姑還不知道母親已經離開父親，跟同事去南方做生意，再未露面；二是因為沒有合適的衣服。有時大姑寄來些錢，父親也都原封不動退回，信裡只寫些瑣事，大都慎重挑選。父親失業之後酒喝得勤，信也不怎麼看了，不過我已熟知他的口吻，可以像模像樣地回信。父親從來沒提過老姑，但是我知道我有個老姑，大姑曾在信裡提過，並且叮囑父親和老姑恢復聯繫，因為她收到消息，老姑也搬到了艷粉街。父親似乎並未注意此事，自己家的老么搬到了離自己很近的地方，或者再動腦筋想一下為什麼老姑也會落魄如此。他先是賣掉了自己過去親手打的炕櫃，然後又把黑白電視機搬到了後街的楊三兒家，賣了三十塊錢。學費在學期初已經交過，倒還能支撐幾個月，但是冬天來了，父親並沒有買煤，這讓我有點惶恐。這是母親走後的第二個冬天，第一個冬天時，父親還能勉強把煤坯打好，堆在後院的小房裡，但是煤打得很差，攙進了不少黃泥，經常在灶膛裡躥出濃煙。第二個冬天已經初露端倪，路口大楊樹的樹葉掉光了，修車的老董又在攤子旁點起了爐子。夜晚待在家裡，是極難熬的時光，窗戶的縫隙裡已經有了霜跡，炕是涼的，父親穿著棉褲和棉鞋，歪在炕上喝酒，方桌上只有一隻白梨，他小心地用小刀剜著，然後把刀橫在嘴邊，捲進梨去。

第一場雪來了，是一個傍晚時分，不是很大，但是很黏，雪片不易分辨，如同粉末。我放假了，第二天不用去上學，炕上鋪的地板革像鐵片一樣涼，父親的雙腿伸在桌子底下，沉沉睡著，屋子都是酒味兒，裝酒的塑料桶就放在他身旁。天徹底黑下來，我擰開塑料桶蓋，倒進父親的玻璃杯，喝了一小口，辛辣無比，腦仁發脹，不過好像確實暖和了一點。父親坐了起來，說，我做夢有人偷我酒喝。我說，不好喝。他蜷起腳，給我騰了點地方，慢點喝，先用舌頭壓住，暖一暖，然後嚥了。我又喝了一口，比第一口還要難喝，五臟六腑好像挨了一拳。父親從兜裡掏出了幾顆花生米，餵進我嘴裡。你知道艷粉街是個啥形狀？他說。我說，圓的。他說，對，從上面看像盤蚊香，一圈一圈的。他把身上披的工作服拽了拽，蓋住脖子，手指沾了點酒，在桌子上畫了一個圈，我們家在東邊，上北下南左西右東，你的學校在南面，每天上學走這條路，路過公共廁所，紅星枱球廳，春風歌舞廳，是吧。我的廠子在北面，挨著影子湖，現在黃了，不知道成了啥樣。我說，聽說還在產拖拉機，楊三兒就讓找了回去。他說，嗯，應該是廠長自己的了，不需要工程師。你按照上學的路線走，走過學校，走過孫育新診所，走過影子湖，再走過煤電四營，再走過一條火車道，就到了艷粉西街。那有一個小教堂，你老姑在那，她叫張雅風。我說，你怎麼知道？他說，我走過一次，大概需要一整天，這個冬天你去老姑家過吧，開春再回來。我說，我不去，我不認識老姑。他說，她認識你，你出生的時候她來看過你，你倆見過面。去的時候帶著你大姑寫給我的信，她一看就知道你是我兒子。我說，我不去。他說，我找了一個工作，在新民，吃住都管，帶不了你。我說，爸，你又能當工程師了？他說，打更的，開春我就回來，明兒一早雪停了我們分頭走，睡吧。

第二天早晨，我醒來時已經快中午，嘴裡還有酒味，頭有些沉。父親不見了，我身上蓋著棉被，父親的軍大衣疊在旁邊，上面放著我的絨帽和手套。桌上有兩個豆沙包，屜布蓋著。我坐起來看看窗外，雪已經停了，白得耀眼，一串腳印向東延伸而去，從我家往東走有一個長途汽車站。路對面的老董頭戴著皮頂子，正用鐵鍬挖著房門前的雪，他的啞巴兒子大老肥把雪往遠處踢著。我把豆沙包吃了，屜布沖了沖，搭在灶台，然後翻出大姑的信和廖澄湖留給我的地圖。我把地圖攤在桌上，用食指循著父親指的路線，我的學校旁邊用蠅頭小字標著：艷粉小學，翻建於五十年代，艷粉屯小學堂舊址。煤電四營旁邊標著：為何叫四營，不知，未聽過一二三營。沿著煤電四營往西，很遠的地方，幾乎到了地圖的邊緣，有一個小建築，寫著：光明堂，旁邊標注：主體木製，二層，建於二十年代，「文革」時我的批鬥會就在這裡，拜老高所賜，留下兩根手指。

光明堂這個建築說是二層，他卻畫得極高大，看上去有十層，且在旁邊字的結尾處，畫了一個小像，方臉大眼，看上去是個女孩兒，不知是什麼意思。

我把信和地圖，還有假期要寫的作業放進書包，為了防備白天走不到，我還裝了一個手電筒，然後穿上軍大衣戴上帽子手套，鎖好門，向西走去。雪沒腳踝，烏雲已散，陽光大好，路兩旁矮房的房頂，都是平整的雪，看著憨厚可愛。公共廁所前面排著隊，有人手裡拿著痰盂，有人捂著雙耳，嘴裡叼著煙捲。我的學校大門緊鎖，看門的老人正用掃把掃雪，他掃得很慢，好像也在曬太陽。老孫站在診所門口做操，手指銜著腳尖，從窗戶能看到診所裡兩張按摩椅，其中一張上躺著他的兒子孫天博，在睡覺。又走了好久，看見了影子湖，潔白無際，平整如刀，從旁邊繞過，之後的路就完全是陌生的，從沒來過。我第一次知道豔粉街的面積這麼大，影子湖以西，是一條漫長的土路。我便沿著路走，感覺到汗從身體裡滲出來，似乎永遠走不到盡頭。兩邊時而出現舊的礦坑，時而出現小丘，完全另一派天地。太陽要落下去了，我的雙腳都濕了，棉鞋好像沉了兩斤。面前出現一片大楊樹，樹枝上都掛著雪，風一吹搖搖欲墜。從楊樹林穿過，看見了火車道，火車道已經被雪覆蓋，不過路基高出一塊，尚可辨認。我登上路基，面前一片坦闊的空地，兩個小女孩兒正在堆雪人，看上去都比我小三四歲。我問，光明堂怎麼走？其中一個較高的說，什麼糖？我說，光明堂。她說，再往前走，有個小鋪賣酒芯糖，這麼大了還吃糖。另一個矮的站起來，看著我笑。軍大衣熱了，我拿在手裡，後背背著書包，濕了一片，帽子摘了，估計頭上冒著熱氣，看著是有點怪。高個兒蹲在地上，開始給雪人的臉找眼睛，矮個兒的還是看著我，我有點不耐煩說，你笑什麼？這有個光明堂，你們都不知道。她說，火車就要來了。我說，你說什麼？她說，火車就要來了，綠色的。我從路基上走下來，順著她的目光看過去，由北往南，一個黑點駛來，頭上也如我般冒著熱氣。車廂大概十幾節，窗戶緊閉，將陽光折進我的眼睛。那是我頭一次見到火車，碩大無朋，隆隆巨響，如同天外來客，楊樹林有幾坨雪掉在地上。我啞了半晌，從書包裡拿出地圖，沒錯，再往前走，就應該能看見小教堂。高個兒的女孩已經給雪人安上眼睛，一個眼大一個眼小，好像斜睨著誰。矮個兒的湊過來看，我指著地圖說，再向前走，拐個彎就應該是，兩層，木頭的。矮個兒的說，你說的是工人之家。高個兒的兀自端詳著她的雪人，沒有回頭，說，向前走，右拐，衚衕口把頭的就是。我把地圖收好，說，你們認識張雅風嗎？矮個兒的說，你去工人之家找吧，她現在應該在。找她幹嗎？我說，沒事兒，給她捎個信。

些睏了，腳丫子光著，蹭著軍大衣的裡子，很舒服。有聲音攪著我，不讓我睡實，不是音樂聲，音樂聲我已熟悉了，是一種嘈雜的聲音在背後攪動我。我終於睜開了眼睛，回頭望去，不知什麼時候，活動廳裡走進了許多人，坐在長椅上，後面四五排已經坐滿了，我身後那排大部分還空著，只坐了一個老太太，有七十歲，身上有些臭，把手裡的一個薄冊子貼在眼睛上讀著。四人已經不跳了，坐在舞台上喝茶水。等我再回頭，看見了那個矮個兒的小姑娘，一對棉手悶掛在脖子上，從長椅中間的過道走過來，看上去比剛才更小。她走到三姑身邊說，媽，林牧師來了。三姑對我說，把鞋穿上。然後對舞台上的人說，先散，七點把衣服換好。她自己掐了煙，也穿上鞋，從手包裡拿出小冊子坐好，小姑娘蹺腳坐在她身邊。小姑娘突然探頭對我說，你走後又來了一趟車。我說，嗯。三姑說，這是你妹，大名叫李淼，沒人叫，都叫她姑鳥兒。姑鳥兒說，你吃過姑鳥兒嗎？我說，吃過，一股水。她將兩腿盪了盪說，你上幾年級？我說，六年級。她說，學二元二次方程了嗎？這時屋子裡已經坐滿了人，有幾人在最後站著，一個婦女拎著蔥，坐在我旁邊。三姑說，你哪的？她說，路過，來聽聽。三姑說，後面去。老高從後台出來，拿著一個麥克風咳嗽了兩聲，「砰」地放在舞台邊上，又進去了。這時嘈雜聲突然小了，身後傳來清脆的皮鞋聲，一個又高又瘦的中年男子，穿著一身黑西裝走過來。他一登上舞台就轉過身朝大家鞠了一躬，後面傳來女人的叫好聲。三姑說，喊個屁，嘴給她縫上。男子拿起麥克風說，今天我來時，外面的雪停了，我沒騎自行車，用腿走了來，可是比往日騎車還要快，大家說卻是為什麼？有人喊到，是主讓你行在雪上，用風推送你。男子說，是因為我搭了三哥的倒騎驢。眾人大笑，三姑也笑。男子說，往日裡我來，響晴白日，沒見三哥騎倒騎驢往這裡來，三哥的倒騎驢都往長途站去接小媳婦，今天卻空著車向這邊趕，卻是為什麼？眾人不響。男子說，是萬能的主讓他送我來。眾人鼓掌，三姑兩手搭在腿上，靜靜聽著。男子說，我問大家，艷粉街是個什麼地方？有人說，是個爛泥塘。男子說，說得好，我們都是泥鰍。男子說，艷粉街的歷史有幾人知道？有人小聲說，我爸搬來時，說這兒有礦。男子問，你爸多大歲數？一個蒼老的聲音說，七十五，混吃等死了。男子說，不敢這麼說，亞當享年七百七十七歲，和亞當比，您還是小孩子。不過時間倒對，艷粉有礦，是六十年代的事兒。說起艷粉的歷史，比較複雜，滿人入關前，這裡曾是軍營，幾個部落混戰，在這裡殺過不少戰俘。清末之後，成為居家，但是因為離主城較遠，地勢低窪貧瘠，一面是山，一面有多個小湖，盛產盜賊，土匪來犯，盜賊蜂聚，背水而戰，擊潰土匪，賊又散去。日本人來了，待了幾年，不得安生，走在路上就有人砍。四十年代初，傳說有寶藏，據說是清人龍脈的尾巴，國民政府找人來挖，一無所獲，就把人撤了又去打仗。「文革」

期間，社會大亂，不過探出了這裡有煤，於是匯聚了礦工，盲流，黑戶，下放的右派，殘疾的工人，漸成一片棚戶區，約二百戶，喚作艷粉屯。改革開放之後，覺得屯不好聽，改叫艷粉街，可是居民成分變化不大，要我說，今天在座的各位，保不齊有幾個，曾經犯過事情，蹲過牢子，保不齊有幾個，欠著外債，躲來這裡，保不齊有幾個，這幾天都醉著，一會又要去買酒。

男子的西服舊了，褲腿和手肘都磨得顏色發淺，裡面的天藍色襯衫領子軟軟的，第一個扣子沒繫。他大約四十歲年紀，頭髮不長，三七分，梳得很整齊，嘴邊一圈青色，鬍子剃得乾乾淨淨，講話時一隻手捏著麥克風的底部，一隻手輕輕做著手勢，幅度不大，簡潔明瞭。他有一雙銳利的眼睛，眼窩深陷，閃閃發光，不過大多數時候很溫和，不經意間掃到我，好像看見了我的無措，也可能什麼也沒看見，只是隨便朝這個方向看了一眼。

我過去講過，我也是個罪人。他解開了西服的最後一顆扣子。我曾經傷過人，斷了別人一條手臂，在牢子裡待了七年。可是我怎麼著啊？底下有人說，你在牢子裡遇見了主。男子說，是主把我送進了牢子，讓我靠近祂，看清祂，依靠祂。《聖經》我讀了多少遍啊。底下人說，七遍。男子說，我一年讀一遍，終於看清了自己。第三年我在牢裡被人扎穿了肺，是《聖經》救了我，讓我活過來，為扎我的人祈禱。臨出來時，那個帶我讀《聖經》的老人死了，把他的《聖經》給了我。我從佳木斯監獄出來，去了哈爾濱，跪在索菲亞大教堂外面，一隻鴿子落在我肩上，然後朝南飛去。那是主啟示我，讓我把主的意思帶到南面，我落腳在這裡，完全是主的意思啊。想起那隻鳥，我想起了一首主的讚歌，我教過大家，請大家拉起鄰人的手，跟我一起唱。說完，他緩緩唱起來。

大山可以挪開，小山可以遷移，
但神對人的大愛，永遠不更易，
祂使過犯離我，遠似東離西，
祂使慈愛臨我，高如天離地，
被壓傷的蘆葦，祂總不折斷。
將殘滅的燈火，祂總不吹熄，
天上飛的麻雀，一個也不忘記，
……

活動室的大部分人都站了起來，而且都會唱，我身後的老人渾身搖擺起來，大聲唱著，三姑和姑烏兒也在唱，三姑拉著我倆的手，輕聲唱出，我不知如何是好，只好跟著三姑輕輕搖擺。唱完了歌，男子又領著眾人讀經，讀了很久，逐字逐句講，他手裡拿著黑皮的厚本，底下的人大都拿著油印的小冊子。聖經讀完，他領著眾人禱告，話很長，他念一句，底下人跟著念一句，三姑又牽住我的手，我低著頭，沒有跟著念。終於完了，他從台子的一角拿起一個紙殼箱子，在人們的面前走過，三姑往裡面放了五塊錢，我嚇了一跳，五塊錢是我半個月的生活費。到了我面前，我說，我什麼也沒有。他說，沒關係，來了就是好。他蹲下來對姑烏兒說，今天給我放什麼？姑烏兒從衣兜裡掏出一顆石子，說，這是我今天撿的，是雪人的一隻眼睛。他說，那雪人怎麼辦？姑烏兒說，雪人在睡覺，不需要眼睛。到了我身後的老人，老人說，孩子，我的腳爛了，今天差點爬不起來，你讓它快好吧。林牧師說，您得去看大夫。老人說，每次聽你講完，我都好一些，你讓它快好吧，要不然下次我就來不了了。林牧師說，您把肉體和靈魂搞混了，去看大夫吧，希望下次還能見到您。老人說，我有個外孫，爹媽不管，跟您說過，一點不省心，請為他祈禱。林牧師點點頭。老人往箱子裡放了五角錢，說，讓我摸摸你的書。林牧師把聖經給她摸了摸，然後向下一個人走過去。我看見那本《聖經》封面是皮的，書頁的側面都已發黑。走完了最後一排，他放下箱子，從衣架上拿下風衣禮帽圍巾，眾人回頭看他，他不慌不忙把圍巾繫好，夾起箱子說，現在請大家看節目，然後把禮帽欠了欠說，張老師辛苦。三姑衝他點點頭，他便走了出去。

人走了三分之一，不過留下的還是不少，那四人跳得起勁。好多人站起來用手給他們打拍子，有人吹著口哨，因為兩個女伴都換上裙子，略一抖動，便露出幾分大腿。老高額角亮晶晶的，手幾次從女伴的腰上滑下來又抱住，三姑看著，默不作聲。有兩人在後面吵了起來，很快又被拍掌聲蓋住，一人想是醉了，被敲了一拳，捂著頭歪走了。終於散了場，我已睏得眼皮都睜不起，從眼縫裡，看見三姑把一個啤酒罐踩癟，放進編織袋裡。

一個極長的夢，之間幾次斷了，又接上。父親和廖澄湖坐在影子湖邊釣魚，四周落著小雨，我走過去，他們轉過臉來，都是十幾歲年紀，我說，你們小時候就認識？父親說，什麼小時候，這就是現在，我們剛認識。廖澄湖說，兄弟快來，看我釣大魚。我坐在他們倆中間，為他們的魚鉤裝蚯蚓，一條魚躍出湖面，尾巴甩著水花。父親說，我叫張國富，以後想當工程師，你叫什麼？我沒有說話，他的臉平滑稚嫩，綠軍裝領口敞著，黑黑的劉海向下滴著水。廖澄湖說，兄弟，我和國富說好了，我捏泥巴，他給我做底座，你幹點什麼？我說，你的魚咬鉤了。廖澄湖雙手拽著魚竿，魚竿彎得厲害，我看他的手，完好無損，十個手指。張國富站起來幫他拽，我抱住張國富的後腰，魚把我們拖進水裡去，張國個豆腐坊，門口南流北淌，都是髒水和豆腐渣，有的已經結冰。許多人站在上面，排著隊，等著新出爐的豆腐。豆腐坊的後身，霧氣漳漳，有個煤堆，有些煤球已經燒黃了，有些略微帶點黑。姑鳥兒說，沾點黑的都要。我伸手去撿，有的還燙，灼了一下手。一會後門開了，一個中年女人戴著套袖，穿著靴子，把一大筐煤傾在煤堆裡。這周太忙，禮拜沒去上，女人說。姑鳥兒說，林牧師說過，人沒到，心到就行。我看了她一眼，這話一定是聽了很多遍，要不然怎麼張嘴就來？女人說，這是誰啊？姑鳥兒說，我哥，來我家串門。女人轉身進去了。我和姑鳥兒挑了滿滿一籃子，有的我挑得不好，看著黑，一碰碎了，已經燒透，姑鳥兒就給撿出去。一會女人又出來，拿了一袋碎豆腐和一袋碎煤，煤雖然碎，但是全是黑的。姑鳥兒謝了，接過，我倆便往回走。籃子極沉，可是為了逞能，我一手挎著，另一隻手拎著碎煤，只讓姑鳥兒拎豆腐。姑鳥兒一步三蹦，有時還轉個圈，我說，你別把豆腐甩出去。她說，我爸是舞蹈家。我說，我爸是工程師。姑鳥兒說，我爸和我媽去過美國演出，那時我還沒出生。我沒吱聲，她又轉了一個圈說，我媽回來了，我爸沒回來，玩去了。

走回來時，牌匾已經掛好，一面是「工人之家」，白底黑字，一面是「光明堂」，白底紅字。今天下午講堂沒人，把煤和豆腐送到一樓的廚房，吃過了飯，姑鳥兒便跟著三姑去講堂練舞。我看了一會，才知道為啥大家叫她姑鳥兒，真跟鳥兒一樣。三姑手裡拿著一根木棍，「打開」，姑鳥兒把舉在頭上的腳向一邊伸出，稍一踉蹌，三姑一棍敲在腳踝上，「打開」。姑鳥兒又重來。我拿出作業在腿上寫。過了一會三姑叫我，張默，你有勁兒嗎？姑鳥兒說，他一手提著籃子回來的。三姑說，耽誤你寫作業不？我說，寫好了。她說，來，把姑鳥兒舉舉。我走上講台，三姑說，掐著她腰，舉過頭頂。我把她舉起來，飄輕，比煤沉不了多少。三姑說，你堅持一會。她用棍子把姑鳥兒的腳挑起來。一下午過去，也出了一身汗，姑鳥兒挨了不少揍，我也挨了兩棍子，不過揍姑鳥兒狠，揍我只是意思意思。晚上我和姑鳥兒端著盆回閣樓吃飯，講堂來了一幫婦女，三姑教她們小合唱。晚上我抱著鋪蓋睡在講台上，那小床確實睡不下三人，三姑給了我一個熱水袋，講堂雖硬，不過寬敞，可以亂滾，睡得也挺踏實。第二天上午去賣了啤酒罐和廢紙屑，前晚我研究了廖澄湖的地圖，發現光明堂略往北，有一棵大榕樹，廖澄湖的地圖標記的大部分都是建築，只有這麼一棵植物，旁邊寫著：榕樹，南方植物，不知為何在這裡活著一棵。高約二十五米，三人不可環抱，夏日樹蔭徑六七米，可躺臥。人事代謝，你猶立於此。姑鳥兒不記得有這麼一棵樹，跟我打賭一定沒有，我便拿著地圖帶姑鳥兒去找，結果發現樹已經沒了，不知被伐倒了多少年，只剩下粗大的樹樁，覆著殘雪，如同大地上的圖章。姑鳥兒雖然贏了，卻有點失望，說我的地圖過時了。往回走時，有人給了點豬肉和酸菜，一併帶了回來。下午練舞，我把姑鳥兒摔了一下，三姑把姑鳥兒打了兩下，說她重心沒對，我有點內疚，第二天給她買了點酒芯糖。我其實有五塊錢，不過誰也不知道。

到了周六，晚上我自己睡在講台上，想起我爸，不知他的新工作怎麼樣，當時應該要個地址，給他寫封信，告訴他我挺好，三姑也挺好。三姑不像我媽，我媽不打我，但是心裡想啥我不知道。三姑嘴和手都厲害，但是想什麼我知道，比如她偶爾提起林牧師，就變得很嚴肅，明天林牧師要來布道，她今天就很興奮，下午誇了姑鳥兒幾句。有人傳過不知林牧師住哪，好像每天住的地方都不同，也有人傳，林牧師得了神啟，可能很快要走，再往南去。三姑嘀咕，怕啥，真信的話哪不能跟著去？我從鋪蓋上坐起來，想著下午的動作，我只有「舉」這麼一個動作，我想讓三姑再教我倆，我的腿也挺軟，能湊合給姑鳥兒搭了伴兒。我從黑暗裡站起，踢了踢腿，姑鳥兒把腿一拿就到了耳朵，應該是因為她個子矮。三姑每天起得很早，把小冊子讀一遍，讀的時候不許我和姑鳥兒在場，然後就去掃院子，教人跳舞教人唱歌。有時示範唱兩句，唱得很好，可是舞沒見她正經跳過，都是講。她走路很快，吃得不多，大姑的信她還沒還我，不知她看沒看。信裡說，小富，我們家就這麼一個老么，也到了艷粉街，去看看。她不聽我們的，鬧得不歡而散，都是過去的事情，我們不能決定她的命運，也不能決定她孩子的命運。孩子是她的，她要生下來，她不願意指認大劉，說他是特務，自己丟了單位，這些都是她自己的生活，自己的家事。我們記她的好，從小到大，她凡事都要做到最好，她也有這本事，她對人毫無保留，她吃虧她也甘願，你還沒習慣？我們就是跟著大溜兒，她活的是個自個兒，一直這樣，各有各的命，難說哪個更好，你說是不是？那封信父親讓我看了，沒讓我回，所以我記得很牢。我在講台上走了兩圈，明天林牧師又要開講，我學著他打著手勢，眾人的眼光都在我身上，可是我不知道說什麼，我說，打開，對，肩膀放鬆，腳呢，你的腳呢。這時樓梯口傳來腳步聲，我趕緊鑽進鋪蓋，眼睛盯著門口。沒人進來。樓上似乎有動靜，過了一會又有腳步聲。是姑鳥兒，她穿著線衣線褲，抱著鋪蓋走了進來，放在講台另一側，離我足有五六米遠，然後鑽了進去。我走過去，看她閉著眼，頭衝裡。我把自己的熱水袋遞給她，說，三姑打你了？她沒言語。我說，哭了？她說，沒，快睡覺。我說，這講台說好了給我睡，你說睡就睡，好像不行。她說，講台成你們家的了？明天讓我媽把你轟走，我自己睡這兒。這時樓上又有動靜，有人壓著嗓子說話。我說，你不說清楚，甭想睡，我精神了，一會準備翻兩跟頭。她說，吹吧，腿跟棒子一樣，劈叉都不會。我說，快說說，保不齊哪天手一滑，把你摔成傻子。她突然坐起來，看著我說，林牧師講過，有個人叫約拿，在鯨魚肚子待了三天三夜，沒死，飄洋過海了，你說我能嗎？我說，咋不能？鯨魚肚子裡很寬，比大船還舒服。她說，老高來了。我說，啥？她說，老高來了，他一星期總得來兩回，這工人之家他說了算。我說，他家的？她說，不知道，反正他說了算，有人讓他管。我說，前兩天不也掛了牌子，叫光明堂。她說，那得他讓掛。林牧師才來三個月，我們來這兒半年，老高在這兒四十年了。我媽說，他也崇拜林牧師，但是他那人臉變得快，跟他好怎麼著都行，跟他不好他就整你，秋天的時候我們被他攆出去一次，後來又找回來了。我媽從來不把他當回事兒，每次來閣樓最後都是轟走，她說了，什麼苦都吃過，不怕，不行就睡橋洞裡。我說，問你個事兒，三姑就一直帶著你單過？她說，廢話，我們家就我們兩個人。我說，她怎麼從來不跳？有時我看她弄個身段，漂亮極了。她說，她發過誓，除了我爸，跟誰都不跳，睡吧。我不想睡，說，我想練個托舉。姑鳥兒說，有病，大半夜練托舉。我說，你那個大跳，我也會，比你跳得還遠。我把被褥挪開，跳了兩下，姑鳥兒樂了，說，鴨子啥樣你啥樣。我跳到講台邊，發現講台邊角的一塊木板發霉了，用腳一碰，斷了小半截。我說，嘿，這裡頭好像有東西。姑鳥兒爬過來看，我說，你胳膊細，搆搆，好像有個瓶子，紙包著。姑鳥兒臉巴子抵在講台上，伸手去搆。真有。牛皮紙包著。牛皮紙打開，裡面包著幾張白紙，白紙打開，是一個泥人像。一個女孩兒，沒穿衣服，單腿站著，另一條腿向後伸。姑烏兒，啥玩意？泥捏的？我說，好像是。姑烏兒說，咋啥也沒穿？我說，可能是沒來得及，沒來得及捏衣服。姑烏兒說，嗯，確實捏得著急，你看這兩耳朵，都不一邊大。我仔細看，還真是，一個耳朵很正常，耳廓，耳朵眼兒都有，另一個小了一圈，耳廓縮著，擋住耳朵眼，像是一塊沒發好的麵團。我拿在手裡看了一會，有點分量，泥人似笑非笑，好像有什麼僅屬於自己的心事。姑烏兒伸手奪過來，把紙包回去，然後放在自己被窩裡，說，睡覺。我說，啥意思？我先看著的。她說，別廢話，我搆出來的。我說，我要是沒看著，你搆個什麼？她說，這光明堂是我們家住的，東西當然是我的，你沒看見那個泥人是個跳舞的意思？更是我的了。我突然想起來廖澄湖的地圖，在光明堂旁邊畫了個人像，我說，別急，容我想想，這裡面肯定有典故。她說，別說話了，再說話我媽下來了。說完鑽進被窩裡，用被子把腦袋蒙住。我推了她幾次，沒有反應，我說，別一會放屁薰著自己。她也不出來。我只好也鑽進被裡睡了。

第二天傍晚，突然下起大雪，雪勢之大，好像要把一冬的雪一次下完。林牧師的布道又很精彩，而且雖然下了大雪，這次比上次人還多，過道都站著人，我們的身邊也擠了幾個男女，身上還有雪花，無法轟走。三姑把姑烏兒抱在腿上聽著。她今天繫了條舊絲巾，還略微化了點妝，可是變化不大，也可以說，效果不是很好，沒有遮住黑眼圈。我在身後尋找上次那個老人，沒有找到。今天林牧師講了兩個故事，一個是該隱殺兄的故事，一個是亞伯拉罕獻子的故事。「一天，該隱拿了些田裡的出產，做祭品供奉耶和華。亞伯也從羊群裡挑了投胎生的羔子，揀最肥的獻上。耶和華惠顧了亞伯和他的羊羔，卻不接納該隱和他的土產。該隱大怒，一臉陰沉。耶和華問該隱：你為什麼沉下臉生氣？你要是做對了，我自然會接納。做得不對，罪就蜷伏在你的門口，垂涎窺伺。就看你能不能將它制服……該隱對弟弟亞伯說：咱們去田裡走走！來到田間，該隱突然撲向弟弟，將他殺了……耶和華說，你幹了什麼啊……」姑鳥兒可能是因為昨兒晚折騰，發燒了，中午沒吃多少飯，此時燒還沒退，在三姑懷裡昏昏欲睡。該隱，該隱，這個名字真好聽。講完了該隱，林牧師又講亞伯拉罕，底下突然有人問，林牧師，你有孩子嗎？林牧師沒有回答，繼續講亞伯拉罕在祭壇上鋪好木柴，把兒子捆了，然後舉尖刀在手，對準兒子。底下又有人喊：林牧師，如果你有孩子，你會把他送到山上，讓他做燔祭的羔羊嗎？林牧師看著問他的人，說，我不知道，上帝沒有熄滅我所有困惑，但是上帝指引我前行。《希伯來書》裡有段話，送給這位朋友：是的，人都怕落入永生上帝的手裡，但是其實那是得福，到頭來要享永恆之福，每當上帝給我們訓示，就聆聽；當他將聖言置於我們面前，就誦讀；當他伸手召喚，就回答：我在這兒。

禱告完了，林牧師拿著箱子走過來，我注意到三姑有些微微發抖，我放了五角錢，三姑說，張默，你帶著姑鳥兒上樓，我和牧師說兩句話。林牧師說，不用，這兒說吧，來的都是一家人。三姑抱著姑鳥兒說，聽你講了這麼久，我想問你，如果我虔誠地侍奉上帝，上帝能聽見我的願望嗎？林牧師說，能聽見，但是不一定會實現，上帝有更廣大的願望，包含了你的。你的願望就像一滴水，上帝的願望就像大海。三姑說，一生中，如果上帝不停地試煉我，但是我看不到希望，我要如何信仰上帝，上帝在哪？林牧師說，你有所依賴嗎？三姑想了想說，有。林牧師說，我們所依賴的，我們稱之為上帝。你有良心嗎？三姑說，有。林牧師說，良心是上帝的聲音。他摸了摸姑鳥兒的頭，說，姑鳥兒發燒了。三姑說，好像是昨晚凍著了。林牧師從兜裡掏出幾片撲熱息痛說，這藥我老隨身帶著，給姑鳥兒半片兒半片兒吃。三姑接過，說，剛才說到願望，牧師知道我的願望嗎？林牧師頓了一下說，無法全知，知道一點。三姑說，牧師知道我的依賴嗎？林牧師說，知道一點。三姑說，剛才你的布道，有句話也是我想對你說的。林牧師說，什麼話？三姑說，當你伸手召喚，就回答：我在這兒。南方遠也不遠，我沒有家，我有這雙腿，可以一直往南走。林牧師抱著箱子看著三姑，有那麼幾秒鐘，我感覺他的眼睛變成了金色。最後他點點頭，說，知道了。然後向下個人走去。

散場之後，我和三姑打掃講堂，姑烏兒吃過了藥，在閣樓上睡了。三姑哼著歌，把講堂掃了兩遍，然後又接了熱水，開始擦窗戶。我想幫忙，她說，你歇著，看你姑怎麼幹活。我就坐在長椅上，看她爬上梯子，去擦牆上的高窗，我從來沒見她這麼高興過。她說，你大姑的信我看了，她老了，算是半個明白人。當年你爸抽了我一嘴巴，說是因為我，他的檔案裡有了黑歷史。我沒還手，再也沒回家，長這麼大沒人打過我。你大姑和你爸小時候都是悶葫蘆，就我愛說。你爸還不如你大姑，有次讓人打了，跟人家說，你等著，我找我妹去。你瞧他那點出息，你可別隨他。我說，不能。她說，六八年，大串連，家裡就我去了，到哪吃飯都不給錢，認識不認識在火車上就一起唱歌。毛主席沒看見，鞋擠沒了，看見地下有別人的鞋，就穿著回來了。你大姑和你爸開始不讓我去，等我回來，又纏著我問是不是看見了毛主席，我說看見了，滿面紅光，得有兩米高，他們還真信了，後悔自己沒去。我說，三姑，你還去過哪？她說，你爺你奶死，我都沒在身邊，現在想想，應該在，聽他們給我留點話，你奶煮的大米粥，不放糖，但是是甜的，我到現在也不知道咋做。

有段時間她不說話了，專心擦著窗戶，講堂裡安靜無比，只聽見她均勻的呼吸聲，我看著她的頭髮快要接觸到房頂，她的身體在梯子上展開，像極了我舉起的姑烏兒。她在跳舞吧，不知和誰。這時樓下有自行車聲，「嘩」，停住了。三姑從梯子上下來，抹布扔在水裡，一手拽著裙子邊，一手放在胸口，看著門。不是林牧師。是老高。他的額頭又是亮晶晶的，站在門口沒走進來，頭上身上都是雪，他說，雅風，出來一下。她回頭去拿抹布說，忙呢。老高說，出來一下，有事兒和你說。三姑不動，在水裡把抹布揉來揉去。老高說，林牧師讓人捅了。三姑站起來轉過身，老高說，在衚衕口，離這兒二百米。三姑把抹布擰乾，手擦了擦說，死了嗎？老高說，死了。三姑看也沒看我，跟著他往外走，我跟到門口，想起來姑鳥兒還在樓上睡著，就上樓把姑鳥兒抱起，用軍大衣裹著，背上自己的書包，跑下樓。衚衕口已圍了不少人，林牧師臉衝下倒著，雙腿筆直，禮帽在不遠處的地上，一大片血，路燈在路的另一邊亮著，似乎是腸子流了出來，沾著土，我看見他的脖子後面有個紋身，是一對翅膀。大雪飛舞，朝林牧師身上撲著。三姑和老高站在近前，有人說，已經去派出所找人了。三姑盲目地擺了擺手，說，看見人了嗎？沒有人回答。她蹲下，翻了翻林牧師風衣的衣兜。左兜裡是那本《聖經》，乾淨的，右兜裡翻出一條粉色的絲巾，春天戴的，新的，帶著標籤，但是沾了點血。三姑把《聖經》夾在胳膊底下，絲巾展開了看，然後她把林牧師翻過來，我看見他的前胸和肚子有兩大片血跡，嘴巴微張，下巴鬆弛，眼睛閉著，好像突然老了好幾歲。三姑把他的風衣脫下來，蓋在他身上。這時有人喊，閣樓塌了。我回頭看，大雪把光明堂壓低了半截，閣樓的木頭垮下來，搭在房檐上。老高說，操他媽的，哪有這麼大的雪？撒腿向光明堂跑，跑到幾步折了回來，把自己的外衣脫下來給三姑披上。然後又向光明堂跑過去，好多人跟著跑，有人衝進家門，拎了一把鐵鍬。

三姑站了一會，有幾次她蹲了下來，重又站起。中途她走到路燈底下，把《聖經》翻了翻，來回踱步，一手打著手勢，在這兒呢，亞伯拉罕回答，我聽見她小聲說。然後又放進老高的外兜裡。終於她好像發現了我，在老高的裡懷和外兜摸，摸出二十塊錢，說，帶著姑鳥兒回家，興許你爸已經回來了。我說，不能。她說，那你就帶著姑鳥兒在你家等他，跟姑鳥兒說，我有點事情要辦，回頭去找你們。我說，你別走，我腿硬，當不了姑鳥兒的伴兒。她說，我永遠是你三姑，肯定去找你們，跟你爸說，姑鳥兒吃的喝的，都記在帳上，我不欠他，回頭我跟你要人。我說，你到哪去？她拍了拍衣袋，什麼也沒說，然後把絲巾的標籤撕下，繫在脖子上，向著南面走去。南面堆著一片被伐倒的圓木，再往南我不知道是哪裡，是不是那輛綠皮火車奔赴的土地。她沒回頭看林牧師，也沒回頭看我，風吹著絲巾，揚起帶血的斑點，路燈照著她的影子，一會就不見了。

我從書包裡掏出地圖，背著姑鳥兒朝家的方向走。走過煤電四營的東門，有點迷路，這片土地夜晚的模樣極其陌生，我在地圖上尋找，下決心朝著一個方向走。姑鳥兒的頭枕在我脖子上，發燙，我抓了把雪給她抹了抹，繼續向前走，又走了不知多少時候，又看見煤電四營的西門，知道是在兜圈子，於是換了一個方向，重新走去。走了一會，突然看見黑暗裡有人看我，我嚇得身上軟了，但是沒跑，那人一動也不動，外貌敦實。我說，我不認識你，我要回家。那人並不回答。我走過去，發現是那個雪人，少一隻眼睛，漠然看我。這時我發現姑鳥兒醒了，她看著我的地圖說，哥，你這地圖上有美國嗎？我說，有，不遠遐兒。她閉上眼睛繼續睡了。我提著一口氣，在黑暗裡用力走著，並在心裡暗暗祈禱，父親已經回來了。

二

所有的屋檐上都有雪，蓬鬆潔白，可是路中間的雪已經黑了，雪已經不是雪，給踩成了冰和泥。北風呼嘯，路上柳丁幫姥姥抱著茶蛋箱，熱呼呼的，倒是不冷，但是真沉，上面有根麻繩，不知道姥姥每天怎麼背來的。柳丁並不知道自己的名字還有其他的意義，甲乙丙丁，後面還有幾個，他知道，但是就常用的範疇來看，丁是最末的一個，這讓他時常感到不太得勁兒。他問姥姥，為什麼給他起這麼一個名字？這條街前後有不少年齡相仿的孩子，雖然各有各的綽號，但是大名叫出來都很體面，楊旭，孫天博，連大老肥的真名都叫董佳遠，雖然他是個啞巴，自己叫不出，但是會寫。姥姥說，耽誤嗎？他說，倒是不耽誤什麼事兒，就是覺得有點，老師說，你這名字倒是好叫，就是有點不像大名，問我為什麼叫這個。姥姥回頭看了一眼艷粉初中的方向，說，有這精神頭，把書好好念念，等你姥要死了，給你姥一口好吃的。柳丁說，包袱裡沒有個紙條，我媽寫的我的名字？姥姥說，沒有，紙條倒有，你媽就說她去北京，孩子我先幫著管，很快就回來接你。良心讓狗吃了。柳丁說，紙條呢？姥姥說，扔了。柳丁說，姓柳是隨你，但是為什麼會想到丁字兒呢？快到家時，柳姥姥伸手一指，你媽把你扔在門口這個路口。柳丁說，你跟我說過。姥姥說，這不是一個丁字路嗎？柳丁說，哦，丁字路。於是在一九九三年的冬天，柳丁十三歲的時候，他第一次知道了自己名字的來歷，但是他想了想，不準備跟老師說。這天是周六，他剛被留了一級，原先的老師已經不是他的老師了。

此時柳丁已經長到一米七〇左右，一百二十來斤。前一天在學校打了一架，把兩個初三的孩子打壞了，一個骨折，一個腦震盪，本來要把他送到工讀學校，因為這已經不是第一次，有時候因為一點小事情他就動手，打到後來，因為什麼動手都已經忘了。姥姥到學校去鬧，先提出請人家吃茶蛋，未果，然後便當著對方孩子的家長，在校長室的水泥地上打滾，說自己是五保戶，把他弄走就等於要她的命，如果是這樣，給條繩子，在這兒吊死省事兒。對方的家長看了看，姥姥不到一米六，穿著一條髒棉褲，上面都是油點，腳上一雙黑棉鞋，腳後的鞋幫都踩沒了，露著黢黑的腳後跟，都是凍瘡。於是不再追究，給柳丁留了一級，同學們都讀了初二，換教室，上二樓，他卻得下一層樓，明天開始就跟初一的孩子一起上課。校長把事情處理完，家長們按了手印，校長問姥姥，你平常都給柳丁吃什麼？姥姥說，沒啥正經的，有時候一天就一頓飯。校長說，那他怎麼長這麼高？姥姥說，也許是隨他爸，也許他爸高。

柳丁的姥姥一輩子受過兩次嚴重的刺激，一次是柳丁的姥爺在礦上死了，一起死的還有二十幾人，當時因為悲傷的人挺多，所以也就沒那麼特別難受，你家死了男人，我家也死了，但是等事情過去，越想越受不了。第二次就是柳丁的媽媽把孩子扔在路口，從此杳無音信。相較之下，姥姥認為他的姥爺被打成右派，下放到豔粉街勞動，倒不算啥大事情，至少人還在。所以她的精神似乎有點毛病，也不是毛病，大概是容易波動，街坊都這麼說，但是街坊也不認為她是瘋子，只是說她受過刺激。柳姥姥識字，能背千字文，也能寫毛筆字，祖上行醫，原先是個大戶，搬到艷粉街之前，她不工作，姥爺在大學裡當幹部，姥爺死了之後，也沒搬出去，右派平反之後給了點政策，柳姥姥要了一點錢，要了一間平房，在這兒住慣了，姥爺的墳就在舊礦址的後面，她也不走了。那天從學校回來，柳丁一直不說話，姥姥問他，怎麼著，你還有功了？柳丁過去見過姥姥犯病，但是沒這麼嚴重，這次動靜有點大，過去犯病通常是下午，姥姥午睡，突然驚醒，慌忙做了一鍋飯，盛一碗，扣在飯盒裡，撒腿往外跑。柳丁知道，姥姥是要給姥爺送去，可是礦已經沒了，姥爺也死了二十幾年了，一會她自己就能回來。柳丁指了指自己的腦袋說，姥，都說你受過刺激，這下坐實了。姥姥看了他一眼，從他的手裡拿過茶蛋箱，放在炕上，說，還不都是為了你？你姥是裝的。柳丁心裡想，一個人裝瘋，是不是也有點不對，或者說，裝瘋的人是不是也已經瘋了？但是他沒有說出口，他只是有點難過，因為他們倆的生活來源主要是靠姥姥在他們學校門口賣茶雞蛋，大清早起來煮好，中午裝在一個木箱子裡，上面蓋上小褥子，抱到學校門口去賣。這天的事兒，肯定會很快傳出來，本來她在門口賣茶蛋，就讓柳丁有點不自在，如果再傳他的姥姥是個瘋老婆子，柳丁書也不想念了，想到這裡，他真想回去打上一架，就是那幾個證人，都把他們打傻，誰也別說出去。但是那幫人已經散了，現在回去也打不全了。

柳丁在打架這件事情上有些天賦，不單是個子高，力氣大，而且能夠抓住重點，反應極快。遇見個子小的，他便抓住對方的頭髮往下按，抬起膝蓋猛撞對方的面門，遇見個子高的，他一般都先發制人，照對方襠部一腳，然後衝著變低的下巴就是一拳。有時纏鬥起來，他也很有韌性，即使被壓在身下，也絕不求饒，伺機反擊，一旦被他翻過身來，往往下手極重，不把臉打花絕不停手。但是從另一方面，在打架這件事情上，柳丁有些個性，他一般獨來獨往。艷粉初中有一些團夥，經常出去搶劫艷粉小學的學生，他們的書包裝著純鋼的鋸條，用布條纏出一個把兒，然後躲在樹林裡或者不起眼的拐角，有時搶幾個錢，有時搶些遊戲幣子，有時搶一根香腸。柳丁不做這種事情，雖然這些人他大多認識，他們也認識他，但是彼此沒什麼往來，柳丁有時餓了，也會管同學要點吃的，方式比較溫和，哎，給我吃口，一般情況下他認為這是一種商量，而且很少有人拒絕他。去搶劫陌生的孩子，這件事情他想過，但是總是提不起勁，他知道他不用帶傢伙，站在那裡，就比小學生高兩頭，一扒拉對方就是一個跟頭，但是這種方式他覺得有點不對頭。在他上小學的時候，一個夏天，也被人搶過，那時他還沒長起來，雖然奮起反擊，還是被幾個大孩子按住，不單搶走了他的盒飯，還扒掉了他的褲子，這讓他感覺極為屈辱，他蹲在地上收拾書包，鼻子裡的血不住地往外冒，怎麼擦也擦不乾淨，索性自己又給了鼻子兩拳。盒飯是西紅柿炒雞蛋，大米飯，姥姥早起給他做的。每當想起這件事，他就想起了那種屈辱，光著屁股在地上撿東西，他甚至想起了自己沒有父母，想起姥姥撇著小腳抱著木箱頂著太陽在校門口吆喝。第二天他弄了個麻袋，灌上沙子，掛在家門口的樹杈上，每天對著它打一個小時。有時下了雨，沙子跟鐵一樣硬，他也打，手都腫起來，可是後來他再也沒遇到搶劫他的人，就好像他們參透了他的內心，目睹了他把沙子裝進麻袋的過程，然後機敏地避開了。

所以這天下午，柳丁跟著姥姥走回家的這段路程裡，他又一次感到了屈辱和憤怒，不單是因為姥姥過火的表現，更是因為姥姥和他受到了一樣的屈辱，而且似乎這種感覺在姥姥身上並沒有多做停留，姥姥應該有些經驗，估計姥爺死後，如此這般去礦上鬧過，於是到了他這裡便變成了雙倍，變成了記憶的累加。那些真正實施過搶劫的大孩子，倒是從來不會被送到工讀學校或者被留級，他們似乎從來不會被逮住，因為面對的永遠是無法反抗的弱者，而柳丁打傷的高年級學生，其中一個好像是教務主任的親戚，這才是重點，才是姥姥變瘋的緣由。

柳丁打開箱子吃了兩個茶雞蛋，挺鹹。剛入三九，玻璃上都是窗花。沙袋懸在樹杈上，一動不動，如同已經結冰的水滴。所有的課程都沒有意義了，因為從下周開始要重新開始，柳丁的成績不差，尤其語文和歷史學得不賴，他有一個好記性，不過因為數學物理的成績不好，所以整體的成績大概排在中游。又因為他經常挑事，所以給人一種成績極差的錯覺。概括來講，老師喜歡單純的學生，或者好，或者差，或者願意讀書，或者願意打架，這樣比較方便裝進思維的抽屜裡，柳丁的情況卡在當間，於是大部分老師便把他強行裝進一個抽屜便於去管理。差生的抽屜。只有那個看門人，老趙，只有老趙似乎喜歡他，把他放進另一個抽屜。

老趙有點駝背，但不是駝子，只是腰弓得厲害，但是想挺直也能挺直，大部分時候他看上去一米六左右，有時候一米七。說是看門人，其實只是他的一部分職能，學生們管他叫趙老師，因為他也是德育老師，所謂德育老師，就是不在編制，但是可以動手整治學生。艷粉中學的校風一直不好，這個不怨艷粉中學，因為艷粉小學也這樣，初中畢業能考上正經高中的孩子大概佔百分之十，剩下的大部分離開艷粉街進入技校和職業高中，有的索性什麼也不念，就在艷粉街上遊蕩。在春風歌舞廳和紅星枱球社，經常能看到艷粉初中的畢業生，男生女生，一直待到二十歲，似乎還沒待夠，每天無所事事，細長的脖子，叼著煙捲，也沒餓死。基於這種情況，學校的德育老師就顯得比較重要，在老趙之前，是老高，老高是個地頭蛇，跟誰都笑咪咪的，從不動手，但是經常背後捅刀子，在他在的三年，好幾個學生被他弄去了工讀學校。後來他走了，據說是去艷粉街的北頭，去管一個「工人之家」，那是成年人聚集的場所，所以大概是升遷。老趙來了。老趙第一天來的時候，穿著一件老頭衫，和一條藍色的帆布褲子，褲腿挽起，脖子上圍著一條白手巾，哈著腰，像一個老工人。午休的時候，一個初三的學生在門口抽煙，一個女孩兒沒穿校服，站在他旁邊，坐在一輛自行車的後座上嗑瓜子。老趙走過去說，煙掐了。男孩兒看了他一眼，說，你誰啊？他說，煙掐了。男孩兒說，行了，燒你的鍋爐去吧。老趙抬腳將他掃倒，從後腰掏出手銬，把他鎖在學校外牆的鐵欄杆上。女孩兒抱著瓜子跑了，瓜子撒了一地。男孩兒說，大爺我錯了，下午還有課呢。老趙說，叫我老趙就行，我新來看門的，以後互相給些面子。男孩兒說，真知道錯了，誰承想您還有手銬啊。老趙說，手銬是個形式，主要是看你火氣挺大，讓你冷靜冷靜。男孩兒說，我冷靜了。老趙說，再冷靜一會。

老趙平時待在門房裡，門房沒有暖氣，學校給配了個小爐子，煙囪順著窗戶支出來，老趙就在爐子上燒水熱飯。自那次之後，學生們都知道他，聽說了嗎，來了個看門的，有銬子，手黑。柳丁也聽說了，覺得挺有意思，這對他不像是某種震懾，倒像是一種奇聞。過去的老高自己有家，這個老趙似乎沒有，就住在門房裡。早上上學，冬天的時候，大老遠就能看見門房的煙囪冒出了煙，老趙蹲在校門口刷牙，他只穿了件單衣，還穿著塑料拖鞋，大腳趾翻著，水吐在地上，一會就凍成了冰。柳丁觀察過他刷牙，他從來沒看過刷牙這麼使勁兒的人，把牙刷捅在嘴裡，好像在掏什麼，橫豎飛快地運動，牙刷把兒都被他的大拇指壓彎了。柳丁在心裡下了一個結論，這人當過兵。但是他的腰又很彎，這個是矛盾，不過他還是確定他當過兵，這讓他又多了點親近感。因為柳丁也想當兵，初中畢業之後，他想出去闖蕩，想去北京，這是一個選擇，因為姥姥跟他說過，他媽離開家的時候，說是要去北京工作，之前在春風歌舞廳當收銀，有時候也下場跳。這是他後來打聽出來的，他媽也下場跳舞，陪人跳三支曲子，五塊錢。家裡沒有他媽照片，姥姥拒絕跟他討論關於他媽的更多事情，有時他剛起頭，姥姥就說，問你媽去。他在春風歌舞廳蹲守過，問過一些人，他們說他媽大概一米六五左右，長頭髮，方臉，有點兒齒，走路有點內八字，細腰，抽紅梅，跳慢三跳得最好，關鍵是耳朵，他們說，他媽有一隻耳朵有點萎縮，比另一隻小一圈，平時看不出來了，用頭髮擋著。他覺得興許能在北京的舞廳找見他媽，但是其實他最想幹的，是當兵，他覺得一旦他當了兵，肯定能混出點名堂，他適合當兵，他有力氣，不怕吃苦，老兵他也不怕，大不了挨幾頓揍，也能熬出頭。

有一次班裡的儲物櫃打不開了，裡面放著搓子和條掃，上面有個鎖頭，好像進了水，鏽死了，鑰匙怎麼捅也捅不開。老師說，柳丁，你弄弄。柳丁試了試，鑰匙「嘎嘣」一聲折在了鎖眼裡，他伸手拽那個鎖，沒用，鎖鼻兒很結實，櫃子都讓他從牆角拖了出來，還是打不開。老師說，行了，再弄櫃子都讓你弄回家了，去把老趙找來。柳丁敲了敲門房的門，說，趙老師。老趙說，門沒鎖，柳丁推門進去，看見老趙正坐在床上，在用塊布擦一支口琴，他還會吹口琴，怎麼沒見他吹過？柳丁說，趙老師，咱班的櫃子打不開了，老師讓我叫您過去瞅瞅。老趙把口琴放在枕頭上，說，叫我老趙就行。他走起路來「嘩啦嘩啦」響，也許是鑰匙鏈，也許是手銬。到了櫃子前面，老趙看了看說，硬給弄開，怕是櫃子要壞。老師說，弄吧，要不這玩意也多餘，就是點掃除的東西，牆角一放就行。老趙一手把著櫃子沿兒，伸手一拽，連門帶鎖拽了下來。放學之後，柳丁又來到門房，敲了敲門，老趙說，門沒鎖。柳丁走進去說，趙老師，我叫柳丁，住在艷粉街西頭。老趙說，你們班那櫃子又鎖上了？柳丁說，沒有，我想跟你掰掰腕子。那是秋天的傍晚，天色微暗，門房裡還沒開燈，碎煤散發出乾燥的香味，暖烘烘的，有點讓人氣悶。一壺水開了，老趙把水壺提下來，給爐子蓋上爐圈。柳丁說，我叫柳丁，我想跟你掰掰腕子。老趙說，你多大？柳丁說，我十三。老趙說，我得去掃地，滿操場都是葉子。柳丁說，掃完呢？老趙說，掃完我得把葉子燒了，然後巡樓。柳丁說，你是不是覺得我掰不過你？老趙說，不是，是我從來不掰腕子。說完老趙從牆角拿起一把大笤帚，走出門去，柳丁跟在後面。操場上沒有人，葉子滿地，操場四周有一圈楊樹，大楊樹，葉子快掉光了，有的樹皮開裂，露出黃色的內膽。老趙慢慢地把樹葉掃成一堆一堆，一個老師推著自行車，從樓後走出來，趙老師忙呢？啊。葉子真多啊，明兒又是一堆。是啊，掉光了就好了。老師騎上車走了。老趙掃了大概一個小時，掏出火柴，把葉堆燃起，火苗不大，就是尖頂那麼一小撮，但是煙不小，風一吹，好像烽火台一樣，要向遠方傳出訊息。柳丁說，趙老師，你當過兵嗎？老趙拄著掃把看著火堆，說，沒有。柳丁說，你別騙我，我也想當兵。老趙說，我沒當過兵，我是老百姓。柳丁說，你從哪來？老趙說，你為什麼想當兵？你爹媽捨得？柳丁說，我沒爹沒媽，跟姥姥過，我最適合當兵了，你覺得我適合當兵嗎？老趙說，我不知道，但是我估計你姥姥得想你。柳丁說，我能帶我姥姥一起去嗎，她能做飯，能讓她在隊伍裡做飯嗎？老趙說，我沒當過，但是好像不能。葉子又掉了，你幫我掃一堆。柳丁接過掃帚，老趙說，你爹媽呢？柳丁說，沒見過。老趙點點頭說，今天太晚了，明天是周幾啊？柳丁想了想說，明天是禮拜天。老趙說，禮拜天，我明天早上六點去影子湖釣魚。柳丁說，你新來的不知道，影子湖魚不少，但是有毒，沒人釣。老趙說，是嗎？我釣過好幾次了。柳丁說，吃了？老趙說，吃了，兩扎長的小鯉子，還有小淨魚，都挺肥。柳丁說，沒事兒？老趙說，挺好吃，沒有土腥味。為什麼有毒？水挺清。柳丁抬眼看，枯葉燃起的煙越來越濃，飄蕩在操場上，他從小就知道影子湖不能游泳，魚也有毒，但是為啥，沒人跟他講過。他又把老趙看了看，老趙是個長臉兒，嘴邊有一圈青鬍子碴，胳膊上的血管很清晰，好像葉子上的暗紋。他說，明早幾點？老趙說，六點。他說，你能教我吹口琴嗎？老趙說，那還不把魚都嚇跑了？他說，你能帶著嗎，萬一釣完了魚想吹呢？老趙說，行，你帶口飯，釣魚沒時候兒。柳丁走開，有一棵樹下的落葉極多，不知道是不是芯空了，他走過去把葉子掃到了一塊。

當天晚上睡覺之前，姥姥正給他冬天的棉褲重新續棉花，原來的棉花都扁了，抻出來跟烤魚片差不多。他琢磨著怎麼跟姥姥說，大清早出去，還得帶盒飯。姥姥說，明兒早起我去趟西邊。柳丁說，幹嗎去？姥姥說，前趟房兒老種太太跟我說，北邊的工人之家改成了個堂口，叫什麼光明堂，有個人在裡面講道。柳丁說，講道？姥姥說，據說是講什麼上帝，她去年中風，臉歪了，聽了之後，現在正道不少。柳丁說，你又沒病，聽那玩意幹啥？姥姥看了他一眼說，我是沒病，但是我老了，聽聽防一防。我給你留點飯，晚上回來。柳丁想問問影子湖的事兒，姥姥後半輩子都住這兒，肯定知道，但是話到嘴邊又嚥了回去，他這人最不能撒謊，只要一張嘴就得漏，柳丁從炕櫃裡拿出被，爬到炕裡頭睡了。

柳丁從廚房出來，看見姥姥在盤頭。剛才在校長室鬧完，頭髮隨手梳了梳，不太整齊，她把頭髮撒開，其實沒有多少，稀楞楞的，不是雪白，是灰白，在腦後盤了一個圈，用網兜罩上。從櫃子裡掏出一雙新布鞋，穿上。柳丁說，又去聽講？姥姥從炕席底下抽出一個小冊子，說，不是聽講，是做禮拜。柳丁說，你還真信了？聽一次多少錢？姥姥說，不要錢，看著給。柳丁說，那不還是要錢？姥姥說，小孩崽子，懂什麼？其實柳丁心裡挺願意姥姥去，一是家裡沒人，自在，二是自從姥姥去聽講，好像再沒犯過毛病，好像已經確認姥爺死了，徹底死了，再沒端著個碗往外跑。第一次聽完，回來姥姥哭了，說了很多姥爺的事兒，柳丁聽得挺厭煩，姥姥過去不哭，一哭起來沒完沒了，老淚縱橫，眼淚順著皺紋流到脖子後面去了。姥姥說姥爺在礦上是班長，坍方的時候，他開始跑出來了，後來又進去救人，結果二次坍塌把他砸在了裡面，據說死的時候身體沒傷，是土掩進了口鼻，憋死的，一九七二年的事兒。姥姥說，那時候比現在強，毛主席活著的時候是愛折騰，但是那時大家都一樣，都窮，都難過，比較平衡。姥爺活著的時候跟姥姥說，如果殘了，她得照顧他，不能把他扔下；如果死了，她就帶著姑娘改嫁，他在那頭也算是心安。就因為這一句話，姥姥一直沒改嫁，一個人把柳丁的媽媽拉扯大了。柳丁說，那年我媽多大。姥姥說，十三。柳丁說，跟我現在差不多，講講我媽。姥姥說，不講，沒爸的孩子養不熟。你姥爺就是腦袋死，以為凡事向前衝能給他平反。柳丁一聽，這話有點指桑罵槐，問也白問，姥姥這人倔得很，就算是聽了上帝，在他媽這塊，還是不鬆口。他知道不為別的，就是不想讓他去找。姥姥把布鞋套在腳上，手裡拿上小冊子，那本小冊子她極寶貴，沒事兒就翻著看，看完就放在炕席底下，出門買菜都帶著，柳丁從來沒看過，他覺得這玩意不像是一本書了，有點像姥姥的護身符。姥姥說，今天犯了罪。柳丁說，啥時候？姥姥說，在你們校長室，一點體面也沒有了，生氣，撒謊，都是大罪。柳丁說，我要是被送到工讀學校，罪不是更大？姥姥說，也許那是主的意思呢？柳丁心想，主要把他送到工讀學校，是個什麼意思？如果主是這個意思，那跟他真不是一路人。姥姥自從去聽了講，好處是有，也有壞處，就是老是內疚，老在揣測主的意思，好像是佃農，老在揣測東家的意思，但是東家看得見，摸得著，有事兒可以當面商量，這位主，看不見，摸不著，到底是個什麼意思說不清楚，還得靠那個牧師傳話。姥姥說那個牧師姓林，主的意思都知道，問不倒他，柳丁不知道牧師是幹什麼的，聽著有點像班幹部，把老師的想法傳達一下，有時候還打點小報告。過去每次打架，回來姥姥一般用條掃嘎達再掄他幾下，也不疼，就是讓她撒撒氣，最近姥姥不打他了，老是為他求情，跟主說他這孩子沒人管，她一個老太婆也管不好，不是他的錯，請主擔待一下。有時還跟林牧師說，據說林牧師知道他這個人，為他祈禱過。這更讓柳丁對主和林牧師有點看法，本來一個人管他，現在又多出倆，還都比姥姥官兒大，打一頓沒啥，老是叨叨咕咕，一起研究他，這讓他有點受不了。姥姥現在總說，只要她活著，柳丁不能離開她半步，有一天她死了，讓主多照顧他，希望他能立事，自己混口飯吃。柳丁心想，無論是當兵還是去北京，都是自個兒的事兒，可別落到什麼主的手裡。所以姥姥讓他一起去聽講，他從來不去，不是說要寫作業，就是腳疼屁股疼。姥姥讓他一起祈禱，他也堅決抵制，有時沒有辦法，做做樣子，姥姥閉著眼，他也閉著眼，姥姥不說話，在心裡默念，他也不說話，在心裡說，主，如果您真是個正經人，就告訴我我媽在哪，給個提示。

提示從來沒出現過，這在他的意料之中。

早上起來姥姥已經出發了，桌子有一盤饅頭和一盤拌的撇了絲兒，辣椒油是姥姥自己榨的，塔尖一樣盤據在盤子中央。柳丁找了一個最大的飯盒，塞了兩個饅頭進去，撇了絲兒裝了二分之一。走到影子湖得一個小時，柳丁先吃了一個饅頭，喝了一大缸子水。影子湖在艷粉街的中部，如果從天空中俯瞰，有點像暴風的眼，平靜的中央。柳丁小時候去過一次，跟著大老肥他們，回來挨了一頓好打，沒再去了。他只記得那是一片大水，望不到邊，水很清，一面是高峭的石崖。那年大老肥十二歲，脫光了自己站在崖上，跳入水中，其他孩子都羨慕大老肥膽兒大，水性也好。回來沒幾天，大老肥發了一場高燒，好了之後就成了啞巴。他記得他一進家門，姥姥的巴掌就到了臉上，姥姥審問他，下沒下水？他說，沒有。姥姥又扇了他一個嘴巴，問，下沒下水？他說，真沒有，都沒到近前，就看大老肥跳水了。姥姥從小房兒裡拖出一個大木盆，給他洗澡，都是肥皂沫子，倒了再洗，洗了三四遍。柳丁走到影子湖時，看見老趙已經坐在那了，屁股底下有個小馬扎，身邊放著罐頭瓶子，裡面有蠕動的蚯蚓。秋日的清晨，太陽還沒完全出來，挺冷，風掠過湖邊的枯草，直往柳丁的衣襟裡鑽。湖面還是那麼大，石崖隱在微暝裡若隱若現，湖面起了點細紋，但是總體還是安靜的，跟他記憶裡一模一樣。他確定自己來過，小時候的記憶不是夢。老趙捏著魚竿，弓著腰，另一隻手夾著一支捲煙，捲煙濃重的煙草味兒是他唯一能感覺到的現實氣息。老趙仰起臉說，來了？柳丁說，來了。老趙說，兜子裡還有個馬扎。柳丁打開馬扎坐在老趙身邊，跟著他一起望著湖面，望了好一會。老趙說，帶吃的了嗎？柳丁打開飯盒，饅頭膨脹了，把撇了絲兒擠到了邊上。老趙的保溫瓶裡有茶水，茶葉擱得很多，幾乎是半瓶子茶葉半瓶子水。柳丁說，有魚嗎？老趙說，有，還沒上鉤。等了一會，柳丁說，你從哪來？老趙說，北面。柳丁說，真沒當過兵？老趙說，沒有。為什麼覺得我當過兵？柳丁說，一種感覺，有次看你刷牙，有了這種感覺。老趙說，我刷牙快，但是沒當過兵，我蹲過九年監獄。魚竿動了一下，老趙往懷裡拉，又鬆了，老趙說，餌吃了，但是跑了。他拿出一隻蚯蚓，用小刀斬成兩段，一段放在魚鉤上，一段放回罐頭瓶子。柳丁說，你為什麼進監獄？老趙說，為朋友，捅了人一刀。柳丁說，為朋友。老趙說，那人命大，沒死，捅在了心窩子。那人真夠硬氣，一躲沒躲，以為我不敢扎他，朋友也真是好朋友，替我賠了錢，要不我也死了。老趙說，「武鬥」的時候，我們就一起捅過人，用扎槍，現在他做生意了，在北京，讓我過去，我想攢點本錢，合夥，不想打工。柳丁說，在北京？老趙說，在北京，在裡頭的時候，他給我寫過信。柳丁說，你去過北京嗎？他說，很久之前去過。柳丁說，你見過一個女人嗎？一米六五左右，方臉，一個耳朵有點毛病，有點抽。老趙看了看他說，沒有，當時坐火車去看毛主席，沒看著。柳丁說，監獄裡什麼樣？你還有副手銬。老趙說，出來之後第一件事，我就買了一副手銬，在裡面老被人銬著，現在我自己也有了一個，踏實。本來我不駝背，在裡面，有時候和老警不對付，他們就把我擱籠子裡，站站不起，坐坐不下，後來腰就壞了。柳丁說，你屈服了嗎？老趙笑了，這是他第一次看見老趙笑，雖然他用力刷牙，可是牙齒很黃，還有幾顆不在上面，老趙說，問在了點子上，我就是不知道什麼叫屈服，你叫什麼丁來著？柳丁說，我叫柳丁。老趙說，很多事情你不知道，幾十年前，我們國家誰也不怕，老美來了，打跑，老黑吃不上飯，我們自己餓著，給他們糧食。那時我們是個男人，現在我們是個娘們了，但是你自己，要做個男人。柳丁說，你那煙給我抽一口。老趙遞給他，他掐住吸了一口，沒敢往下嚥，從鼻孔噴出去了。老趙接過煙說，我在裡面九年，出來一看啥都變了，沒意思了，就你還有點意思。記住，打架打比自己高的，別打比自己矮的。老趙把煙頭翻轉，燃著的一頭放進嘴裡，幾秒鐘之後拿出來，吐出一打煙圈。柳丁說，怎麼弄的？老趙說，回頭教你，咬鉤了。一條大肥鯉子，青色的，離開水面時奮力甩著尾巴，老趙順著它的力量使勁，在空中劃過一道弧線，魚摔在湖岸上，老趙拿起來往石頭上一磕，然後扔進準備好的籃子裡。那天兩人待到很晚，魚釣上來不少，有大有小，晚上涼了，老趙把自己的夾克脫下來給柳丁披上，兩人說了不少話，柳丁講了些自己的事情，也努力講了點母親的事情，雖然很少，有的是他編的，但是老趙似乎非常相信。他說他的母親是個特別漂亮的女人，在艷粉街很有名，而且很善良，兜裡老揣著糖，遇見小孩兒就給，後來被壞人拐走了，壞人盯了她很久，看她生下孩子，馬上把她綁起來帶走了。老趙說，是這麼回事兒，女人都不容易。老趙教柳丁吹口琴，柳丁怎麼吹也吹不出聲音，老趙說改天再教他，然後自己吹了一首曲子，柳丁聽著聽著，有點想哭，使勁兒忍著，到底沒讓眼淚流出來。老趙說這曲子叫〈友誼地久天長〉，是一齣電影裡頭的，電影裡也有個漂亮女人，後來因為羞愧，跳進水裡死了，那是他在監獄裡看的，那女人美極了，說話時揚著臉，電影放完，有人接受不了這個現實，還跟獄警打了一架，後來再也不給他們放這種電影了。柳丁說，你去北京，能帶著我嗎？老趙說，我的錢還沒攢夠。柳丁說，我說攢夠了的。老趙說，那你姥呢？我帶不了倆。柳丁說，我先去，然後再來接她。老趙點點頭，說，我看出來了，艷粉街容不下你，只要我走，就帶你走。但是話說在前頭，吃飯的錢得自己掙，找你媽是另一碼事兒。柳丁說，說話算話，我給你打工，咱們定個約吧。老趙伸出手，柳丁也伸出手去，老趙的手又硬又冰涼，像把鉗子。

下雪了，應該說是雪接著下了起來，中間停了那麼一會，他和姥姥從學校走了回來。姥姥上路了，雪又下了起來。粉末一樣的雪，密密麻麻，柳丁給爐子續了點碎煤，心裡頭有點悲涼。書，念下去沒什麼意思了，炕上烤著他的鞋墊，鞋墊回來的時候都濕透了，被踩得變形，現在死魚一樣躺在那。上次釣過的魚，老趙吃了，他喝了點湯，很鮮，乳白色，可以說好喝極了，但是魚肉他沒敢吃，也不是害怕，就是有點怎麼說呢，有點顧慮。老趙連魚刺都嚼了，這可能是他在裡頭養成的習慣。後來老趙又帶他釣過兩次魚，準確地說，不是釣而是網。老趙在冰面上鑿個窟窿，下個網子，一會就是一堆，老趙還陪他去西邊的火車道看過火車，他說他想看火車，老趙說那就去。一列綠皮火車隆隆而過，窗戶都掛著肉色的窗簾，遠處有兩個女孩兒和一個男孩兒，也駐足在看，旁邊還有一個雪人兒。

老趙說，現在的火車真快。柳丁說，是啊，一下就過去了。老趙說，過去我扒過火車，現在不行了，太快了。柳丁說，你說車上的人知道他們剛才經過了艷粉街嗎？老趙說，說不準，也許不知道，連個牌子都沒有。柳丁說，如果我在車上，我就能知道，我一眼就能看出來。老趙說，那是現在，再過十年，你也看不出來。柳丁沒有回答，但是他覺得他能，就算再過二十年，只要是他從窗戶往外看一眼，就能知道路過的是不是艷粉街。回去的路上，老趙哼起了歌，他不是哼給他聽的，他就是下意識地唱了起來。

西邊的太陽快要落山了，
微山湖上靜悄悄。
彈起我心愛的土琵琶，
唱起那動人的歌謠。
爬上飛快的火車，
像騎上奔馳的駿馬。
車站和鐵道線上，
是我們殺敵的好戰場。

我們爬飛車那個搞機槍，
闖火車那個炸橋梁，
就像把鋼刀插入敵胸膛，
打得鬼子魂飛膽喪，
……

柳丁時不時抬頭望一望他，老趙這時有點不像老趙，他的一隻手輕輕地打著拍子，腳步也比來的時候快了一些，踩得雪地吱吱直響，歌詞他記得是那麼清楚，唱完了一遍再從頭開始唱，一直唱回了學校。

柳丁把鞋墊放在爐膛邊上烤了一會，塞進棉鞋裡。他在炕櫃裡翻了翻，沒找著自己的帽子，發現了一個皮頂，應該是姥爺的，他掏出來戴上，有點逛蕩，但是能戴，只是毛都癟了，有一股樟腦球味兒。他翻開炕席，在炕尾的磚縫裡，找到幾張過期的糧票，放回原處，又找到兩塊錢，帶在身上。書包裡有草紙，他拿出一張，寫了幾行字：姥，書念不念沒啥意思了，我還是得去找我媽，到了北京我就給你寫信，如果想起了關於我媽的什麼事兒，就在回信裡告訴我。住的地方都找好了，不要錢，回頭我就來接你。柳丁。寫好之後他仔細看了看，又加了一行字在底下：請讓你的主保佑一下我。正是傍晚，天卻黑了下來，外面的雪越下越大，好像天上的兜漏了，雪花如同翻捲的睫毛，漫天飛舞，柳丁把書包倒空，塞了幾件衣服背在身上，把門鎖好，皮頂的耳朵放下來，向著學校的方向走去。

走到學校時，柳丁的眉毛已經結冰，雙腳像石頭一樣涼。推開門房的門，燈沒開，只看見小屋中央的爐子微弱的火光，他跺了跺腳，掀起皮頂的耳子，撢雪，這時看見老趙歪在裡頭的單人床上，身上掩著被，鞋子支在外面。柳丁說，睡了？老趙動了動，柳丁說，我讓學校整了，留了一級，你借我點錢，我先去北京。老趙坐了起來，後背頂著牆皮，說，幫我捲顆煙。柳丁發現老趙的臉頰緋紅，眼睛裡都是水，額頭上起了幾個水泡。煙絲和煙紙放在門旁邊的高低櫃上，柳丁幫他捲好遞過去，老趙說，離我遠點，我起了水痘。柳丁退了兩步說，水痘不是小孩兒起的？老趙說，誰知道？可能過去沒起過。柳丁看見爐子旁邊的鋁飯盒裡，有條魚尾巴，已經凝了，黑漆漆的，十分肥碩。柳丁說，跟你說了那魚不能吃。老趙說，和魚沒關係，可能是著涼了。本來今天我也要找你，有個好消息說給你。柳丁說，啥好消息？老趙說，今天晚上我們就能去北京，可惜我走不動了。柳丁有點興奮，不在乎什麼水痘了，向前走了一步說，為什麼能去了？老趙說，我應下了一個事兒。柳丁說，什麼事兒？老趙說，和你沒關係。我應下的。柳丁說，我們握過手，別忘了，你是不是忘了？老趙抽了一口煙，從羊毛衫裡頭摸出兩百塊錢遞給柳丁，說，你先去，我問了，你走到北面的長客站，先坐到山海關，到那換車進北京。到北京找個電話亭打這個電話，找江經理，就說是趙戈新的朋友，回頭我去找你，跟你會合。柳丁接過錢和紙條，說，錢哪來的？老趙說，別問，現在就走。柳丁看見枕頭底下有個木把子，伸手給抽了出來，是一把匕首，大概兩扎長，血槽很深，已經開了刃，像是剛磨的。柳丁說，說吧，不說我不走，就在這兒盯著你，你也什麼也幹不了。老趙想了想，把煙蒂扔在地上，說，有人找我處理點事情。柳丁說，嗯，處理點事情。老趙說，是一個人，一共一千塊，剩下的八百事情辦完了給。柳丁說，一個人？老趙，一個歹人，七年前在佳木斯卸了一個人的胳膊，人當時沒死，後來死了。這人據說很狠，這不是他唯一的事兒，還有別的事兒，在裡頭有人想弄他，都沒弄死。柳丁說，真有這麼壞的人？老趙說，有，很多，你太小，看不出來。老趙因為高燒，好像年輕了幾歲，嘴唇像是塗了口紅。柳丁說，你準備怎麼幹？老趙說，本來打算今天幹，據說他明後天就要走，去南方，現在人在艷粉街。柳丁說，就在我們這兒？老趙說，嗯，原來姓李，現在說是姓林。這不單是錢的事兒，你懂嗎？不單是錢。柳丁說，他住在哪？老趙看了他一眼說，不知道，每天都換地方，但是都在艷粉街裡頭，他現在是牧師，有挺多人信他，他就住在那些人家裡。柳丁感覺到有點氣悶，屋子太小了，爐子燒得有點旺。老趙說，他每個星期天都去工人之家開講，上周我去聽了，這人嘴厲害，很能騙人。柳丁有點恍惚，隨口問，講什麼？老趙說，上帝，天堂，地獄，他不會真信，真信就不敢講，他得問問自己去哪。柳丁說，你確定是他嗎？老趙說，確定，說他脖子後面有個紋身，是一對小翅膀，我看見了，他抱著箱子收錢，我走到他背後看了一眼。柳丁說，但是他明天就要走了。老趙說，今天我動不了他，但是事兒我應下了，無論他走到哪，我都得找他。柳丁說，萬一找不到呢？還去北京嗎？老趙說，能找到，就像你找你媽，只要想找，肯定能找到。柳丁說，多久？你準備找多久？老趙說，時間我說不準，一年半載，三年五年，這人在我心裡頭有了，事兒我一定得辦。柳丁這時覺得自己挺孤獨，從來沒有這麼孤獨，就是小時候被人按在地上痛打時，也沒這種感覺。他說，今晚他在？幾點？老趙說，你別攙和。柳丁說，刀我拿了，人我也知道，你攔不住我，給個准信更保靠。老趙想下床，但是渾身發抖，一點力氣都沒有，匕首在柳丁手裡，距離他一米遠，他搶不回來。老趙說，你弄不成。柳丁說，你教我。老趙仰頭閉了一會眼睛，好像話說累了，停了一會他說，人的路都是自己挑的，我是沒後悔過，保不齊你會後悔。柳丁說，事情辦完我就坐汽車走，你能走了，來北京和我會合。老趙把口琴遞給他，說，晚上七點他開講，口琴送你，你到北京萬一老江有什麼疑問，給他看一眼。老趙從腰後面拿出手銬和鑰匙遞給他，說，帶著，盡量別用，給你壓陣。最後他說，門背後的衣服掛上有一個皮夾克。柳丁把夾克摘下來，那是一個黑色的舊皮夾克，皮子已經很軟了，但是挺沉。老趙說，你左手拎著脖領子，站在側面，捅兩刀。柳丁捅了兩刀，老趙說，低了，再高點，兜上面。柳丁又捅了兩刀。老趙說，把胳膊掄起來，尤其是第一刀能掄多高掄多高，一刀下去就得讓他不會動，然後再在肚子上捅。柳丁說，知道了。老趙說，完事兒之後，你把刀扔在草叢裡，走遠了之後，再把手套扔了。柳丁看見了血，血在雪地上，一會又讓雪蓋住了，老趙說，如果後悔了，也把刀扔了，直接坐車走。如果打不過，就跑，知道嗎？柳丁說，車費一共大概多少？算上倒車。老趙說，一共啊，五十幾塊錢吧。柳丁把刀放進書包裡，從手裡拿出一百塊放在高低櫃上，放下皮頂的耳子，推門走了出去。

三

雪絲毫沒有要停的意思，而是越下越大。姑烏兒的呼吸聲在我的耳邊，很均勻，但是吹出的氣不像剛才那麼燙了，可能是撲熱息痛起了效果。我用手掐了掐她的腿，說，別睡。她沒有說話，我說，別睡，一會我累了，還得你背我呢。她微微抬起頭說，好意思嗎？我說，你睜眼看看，自從我記事兒，就沒見過這麼大的雪。此時的雪已如同鐵幕一般，在身體周圍降下，看不清草木，路燈有的滅了，有的亮著，有時就是極長的一段黑暗。風也一點點起來了，先是像無數指甲掃過臉頰，然後便像巨人扯著你的衣領，好像有什麼要問。風來的方向，應該是北，我在心裡這樣想。剛才認出的景物，全都模糊不見。姑鳥兒說，林牧師死了？我媽走了？我說，你知道？她說，我迷迷糊糊的像是做了個夢，是真的？我點點頭。姑鳥兒說，我媽去哪了？我說，我不知道，但是得回來。她說，你咋知道？我說，林牧師講過，有人活著是吃飯睡覺，有人活著除了吃飯睡覺還為尋個究竟，三姑尋到了這個究竟就回來了。姑鳥兒說，究竟是啥？我說，我說不清楚，但是肯定值得找。姑鳥兒說，說實話，我覺得我媽遲早得走，不知為啥，一直有這種感覺，但是我以為她會帶著我。林牧師呢？林牧師跟她一起去了嗎？我是說靈魂。我想了想說，差不多吧，不是差不多，是肯定去了。三姑說了，她去的地方艱苦，不讓你跟著受罪，光明堂讓雪壓倒了，回頭在我家碰頭，不會太久。

一股大風吹過來，我手一鬆，捏著的地圖被風吹走了，回頭去看，已經不知道吹到哪裡去了。我心想，完蛋了。姑烏兒好像叫這雪弄得興奮了一點，比剛才輕了。她說，別撿了，我們就沿著路燈走。我說，行，也只能這麼辦。又走了不知道多久，她說，哥。我說，啊？她說，你看，那是個人嗎？我順著她的手看過去，在正前方，果然有個人影，提著個什麼東西，彎腰走著。我先是嚇了一跳，回頭又覺得挺好，這條路上竟然還有人走，也許他知道方向。我說，姑烏兒，別害怕，我喊他一聲。姑烏兒說，不怕，你大點聲。我鼓了口氣喊道：前面的朋友？那人停了一下，我喊道，這條路是往哪去，西街還是東街？那人突然又動起來，而且揮起胳膊奮力一擲，把手中的東西丟了，他不是走動，簡直是深一腳淺一腳地跑起來。姑烏兒說，他扔了個什麼？我說，看不清。那人跑了兩步，跌了一跤，站起來又跑，頭也不回。我說，我嚇著他了嗎？姑烏兒說，好像是，讓你大聲點，你聲兒也太大了。她好像精神了，脖子挺起說，看他扔了個什麼。我說，雪吹得我睜不開眼，你還管這個。她說，就應該在這兒，我看他沒扔遠。我說，別找了，我快沒勁兒了，咱們就得凍死在這兒。她說，在那，那有個把兒。我低下頭，從路邊的雪裡把那東西抽出來，是一把匕首，我說，我書包裡有手電筒，剛才沒有手，你幫我照一下。姑烏兒一照，上面是漆黑的血。姑烏兒大叫一聲，我說，別害怕。我心裡怦怦直跳，錯不了，不是推理，幾乎是一種直覺。我說，這人捅了林牧師。姑烏兒沒搭茬。我說，嗯，是他，要不然三姑也不能去尋究竟。姑鳥兒一手緊緊摟著我的脖子，一手把匕首放在書包裡，我說，你幹嗎？她說，我一害怕，出了一身汗，現在不冷也不熱了。我說，咱們挨著路燈走，肯定能走出去，現在路燈還沒斷。說這話時，我其實朝著另一個方向看過去，那裡漆黑一片，手電筒的光掃到一點，好像是一片柳樹林，那人一頭鑽進裡面去了。姑鳥兒說，你這裡頭有幾節電池？我說，四節三號的，新的。姑鳥兒說，興許能挺兩個小時。我說，你怎麼想的？她說，我能下地走。我說，不用，你貼著我我不冷。她說，別說了，哥，追他。

柳樹林裡的雪更厚，沒過了半截小腿，而且腳下開始變得極不平坦。我的雙手正在失去知覺，好像石膏打的。姑鳥兒一手摟著我的脖子，一手打著手電筒。光束裡，只能看見四處紛飛的雪花和光禿禿直挺挺的樹幹，我心想，如果那人不像我們這樣一根筋，只是循著一條直線走，而是在裡面跑了兩步就從前面繞了出去，那我們現在的行為，幾乎等於自尋死路，如果那人像我們一樣執著，或者說慌不擇路，筆直地向前跑去，那我們跟隨著他，在這樣一個前從未有的雪夜，跟隨著一個迷路的兇手，也幾乎等於自殺。但是也許是我們有兩個人，也許我們有一個手電筒，或者說，也許我們的心裡有林牧師的某部分東西，他的聲音傍晚的時候還曾響起：人都怕落入永生上帝的手裡，但是其實那是得福，到頭來要享永恆之福……當他伸手召喚，就回答：我在這兒。我不知道我們現在走在什麼方向，是三姑遠去的南邊嗎？《聖經》揣在她的左兜裡，她說什麼來著？我沒有家，我有這雙腿，南方遠也不遠。我的眼毛在結冰，每次眨眼都覺得有點刮碰，我的鼻涕流出來，凍在上嘴唇上，我無法抬手去擦。姑鳥兒把手電筒閉一會開一會，她知道光有一點拖尾，關上之後的十幾秒鐘裡，我們還是走在剛才的光束裡。一直向前走了不知道多久，她再一次打開手電筒時，我嚇了一跳，我們已經穿出了柳樹林，前面是一片遼闊的平地，因為實在太過平坦，我擔心是自己出現了幻覺，我說，姑鳥兒，你看見了嗎？姑鳥兒說，看見了，很平。在這片平地上，一時沒有風，雪筆直地落下來，好像大雨在澆注這片土地，風突然來了，把雪花都摔在我們臉上。我踉蹌了一下，姑鳥兒說，你看。

那人在前面。光束掃到了他的腳後跟。我咬牙跟上去，腳下一滑，差點摔倒，那人走得也不快，我看見他回頭朝我們看了一眼，然後奮力跑了兩步，又慢了下來。姑鳥兒把手電筒掉轉，四下去照，我說，幹嗎，跟住啊。她說，有點不對。我說，怎麼不對？她說，那邊有個崖，你覺得滑嗎？我說，我都滑半天了，沒看見？她說，哥，我覺得，我們現在在影子湖上。我停住腳步，姑鳥兒說，放我下來，咱倆摞一塊，太沉。我放下姑鳥兒，兩隻手一時彎不回來，我慢慢把它們挪到身側，上半身整個痠麻，一股暖流從眼眶裡溢出來。姑鳥兒說，我聽我媽說，這個冬天有人到湖上偷魚。我說，不能吧，都知道這魚不能吃。姑鳥兒說，也許是外來的，我媽說，好幾個人路過這裡，看見冰面上有窟窿。我想了想，大喊一聲，哎，你別走了！那人雖然走得慢，可是還在走，他的背影在變小。姑鳥兒說，不敢走了？我說，我沒說，我怕他掉窟窿裡。她說，那不正好，省得我倆逮他。我沒有接茬。她說，我走，我輕。說完拎著手電筒向前跑。我跟上說，別跑，快走，別跑。雪終於開始變小了，不是一點點地，是突然小了很多。風也漸漸息了，雪花零星地飄落，我不知道是不是雪真的停了，還是只有影子湖上的雪停了。沒有雪幕的阻礙，我看見那人挺高，好像戴著一個皮頂子，兩個耳子一甩一甩，他走得不太快，腳步很沉，我想是他的體力消耗得很厲害，這一夜對於他來說應該比我們漫長。姑鳥兒和我正在逼近他，姑鳥兒的腳步輕盈，好像燒完全退了，我都有點跟不上她，她不是在追趕，倒像是在冰面上跳舞。那人回頭揮了揮手，他的臉上幾乎罩著一層冰，嘴裡噴著熱氣，不知他要幹什麼。姑鳥兒用手電筒晃他的眼睛，我離他很近了，擔心他會撲過來，想先把他撲倒。姑鳥兒突然歪了，我伸手扶她，沒搆著，她的一隻腳踩中了一個窟窿，這個窟窿也許正在冰封，但是還沒封牢。她想把腳拔出來，結果腳下的冰全碎了，半截身子沒入水中。我聽見腳下的冰發出裂紋的響聲，姑鳥兒離我兩步遠，一旦我走動，也許我們倆都會徹底落入湖裡。這時我看見那人伸手拉住了姑鳥兒，我說，你趴下，別蹲著。那人說，你別喊。姑鳥兒說，是你殺了林叔嗎？那人說，先顧你自己，我把你拉上來，你們別追了。姑鳥兒說，是你幹的，是不是？我這時看清了他的臉，他的臉正在開化，他幾乎和我一般大，頂多大我一兩歲，四方臉，圓眼睛，一點不像個少年犯。他說，你掉進影子湖裡，回家要好好洗洗澡。說完屁股坐在冰上，想把姑鳥兒拽出來，姑鳥兒大喊一聲：別拽了！他說，不想活了？姑鳥兒說，沒跟你說話，底下有人拽我的腳。窟窿四沿的冰碎了，大了一圈，姑鳥兒和少年犯一起掉進水裡，然後迅速地往下沉，好像是兩個鐵塊一樣，沒有發出一點聲音，很快消失不見。雪徹底停了，一絲風也沒有，我聽見自己呼吸的聲音，哈呼哈呼，有月亮，我想了想三姑，三姑是個嚴肅的人，她遲早會回來管我要人。我想了想我爸，沒想出太多東西，只是浮現了他喝酒的樣子，酒是他的親人。我脫光了自己，把棉衣棉褲疊好，放在離冰窟窿四五步遠的地方，然後走過去跳進了水裡。

水下漆黑一片，冰碴很快割破了我的皮膚，我的四肢開始僵硬，眼睛被水螫得好像要瞎了，但是我使勁把眼睛睜開，想看看姑鳥兒在哪。冰水像攥緊的拳頭一樣攥著我，原來我的體力早就耗盡了，不知道是什麼讓我走到這裡，此時我的身體徹底鬆弛下來，一股暖流從後脊梁湧到全身各處，我打了個寒顫，然後就感覺到睏意襲來，下沉，下沉，眼睛無論如何也睜不開，只能感到重力和睡意。我想起我把姑鳥兒舉起，三姑說打開，打開，姑鳥兒的腳真輕，影子一樣，我千萬得把她托住，別讓她掉在地上。有人在扶著我的腳，也許是水流，在推送著我，我說，癢癢。我甚至聽見了自己說話的聲音。我聽見有門「吱呀」一開閉的聲音，好像合頁鏽了，聲音很大，有人問我話，我聽不清，我說，你大點聲。那人說，你招供嗎？我說，招供什麼？那人說，你為什麼來到這裡，自己不知道？我說，我來找姑鳥兒，姑鳥兒是三姑的女兒，三姑是我爸的妹妹，我是我爸的兒子。那人說，你有點頑固。我說，我說的是實話，怎麼叫頑固？那人說，你有點死硬。我說，你廢話太多了，你一直在說廢話。

我睜開眼睛，發現自己在一塊大玻璃後面，身邊沒有人，是一間極簡單的屋子，有一個鐵床，我躺在床上，床底下放著一個痰桶。床頭的枕頭上繡著兩個黑字：張默。是我，他們怎麼知道我的名字？這地方準備了多久？我摸了摸身上，乾的，不冷，其實是有點燥熱，胳膊還有點疼。影子湖底下有這麼個東西？我從床上下來，發現三面是石牆，有一股巨大的尿騷味。玻璃的另一面，是一間很大的屋子，要比我的這間大十倍，房間的一角有一個衣架，上面掛著一件黑大衣和一條白圍脖。另一角裡，有一個綠色的保險箱。正中間一張桌子，桌子後面坐著一個男人，他穿著一身灰白的西裝，鼻子上架著眼鏡，頭上一頂禮帽，禮帽中間有個坑。他的面前有一摞紙，一盒印泥，一枚圖章，手裡拿著鋼筆。桌子對面，是一把空椅子。眼鏡低頭在紙上寫了半天，又沾著唾沫翻看了一會，看上去認真極了，他時不時搖搖頭，說，亂講。他看起來並不熱，要不然在室內戴頂禮帽是什麼意思？過了一會，他把頭抬起說，下一個。這時走進來一個年輕人，穿著白襯衫，衝著眼鏡點了一下頭，坐在了椅子上。他的鼻子破了，襯衫上有血，他的頭髮挺長，也挺髒，我看大概半個月沒洗了，不過他還是時不時用手擺弄一下。雖然他是這麼年輕，也就十八九歲，但是我對他有印象，他的臉龐，他的一舉一動，跟我認識的一個人一模一樣，他的眼睛盯著誰，就好像是要和誰說說心裡話，他有這麼一雙眼睛。啊，是廖澄湖，他和廖澄湖一模一樣。

眼鏡：你有點頑固。

長頭髮：我沒有，我就是個捏泥巴的。

眼鏡：你有點死硬。

長頭髮：我已經兩天沒睡覺了，讓我睡一會。

眼鏡：你捏的什麼不清楚？

長頭髮：泥塑。

眼鏡：你捏的是毒草！主席像你捏過一個？

長頭髮：主席像自有人捏，輪不到我。
眼鏡：你家人都跟你劃清了界限，你還不悔改？把你下放到艷粉屯你還不悔改？
長頭髮：家裡做得對，下放得對，同志，讓我睡一會。
眼鏡：捏的是誰？
長頭髮：一個女孩兒。
眼鏡：問你具體的人。
長頭髮：不認識。
眼鏡：胡說，人我們已經找到了，父親是右派，現在在艷粉屯的礦上挖煤。你們倆想在艷粉屯建立司令部，是不是？
長頭髮：高看了，我是捏泥巴的，她是我的模特，沒有司令部。
眼鏡：你和她什麼關係？
長頭髮：我說過，我不認識她，我只見過她一面。
眼鏡：時間地點。
長頭髮：時間是七〇年夏天，地點是工人之家北面的榕樹下。
眼鏡：你們兩個說了什麼？

長頭髮：什麼也沒說，一群右派子女在那歇涼，她的頭髮被剃得很短，穿得很髒，在樹蔭底下跳舞，我去勞動，只看了她一眼，就被趕著走過去了。

眼鏡：然後你就捏了個一模一樣的出來？還是裸體？

長頭髮：您過獎，但是是這麼回事兒。

眼鏡：還沾沾自喜，不知道自己現在什麼境地？為什麼不塑造工農兵？為什麼偏偏捏了個壞分子子女？

長頭髮：我不知道她是誰的子女，她的耳朵很有意思，一隻耳朵有點怪，她看起來很單純，不以為意，她觸動我，讓我陷入了幻想，覺得她將來會成為舞蹈家。她多大？十五？十六？

眼鏡：不要裝模作樣。問你為什麼不塑造工農兵？

長頭髮：捏不好，捏出來也是歪曲。

眼鏡：好，有你這句話，你就得掃一輩子廁所。東西在哪？

長頭髮：扔了。

眼鏡：舉報的人說你藏了起來。

長頭髮：沒地方藏，扔了。老高看錯了。

眼鏡：扔哪了？

長頭髮：影子湖裡。

眼鏡：胡說，你沒機會扔，到底放在哪了？

長頭髮：扔到了影子湖裡，你們可以去撈。哦，對，興許還能撈出幾具屍體，最近好幾個人投了湖，屍體沒人打撈，現在大概剩骨頭了。

眼鏡靠在椅子上看了他一會。

眼鏡：你還年輕，說實話，以後還有機會，如果對抗到底，肉體會難過。有人建議我開你的批鬥會，把你的手指切了，以後再捏不了泥巴，你告訴我塑像在哪，我也好有交代，你也不用受罪，沒有必要。我保衛的是主席，不是針對你，你好好想想。

長頭髮沉默了一會。

長頭髮：那東西，我是捏給自己的，別人沒權利看，所以我把它扔了。你保衛的是主席，我也有要保衛的人，人生很長，審判不是在此時，很久之後你回想，也許會覺得這一切都是沒有必要的。魚喝水也能長大，不用吃人。

眼鏡把鋼筆帽擰上，看了一會長頭髮。

眼鏡：知道了，按個手印。

我敲玻璃大喊，我知道泥人在哪！他們兩個聽不見我，也看不見我。長頭髮站起來，蘸著印泥按了手印，手指修長。手印按完，他馬上變成了一個小人兒，比那泥人還小，也就一扎長。他好像在發愣，仰頭看著桌子腿，眼鏡把他掐起來，連同寫好的材料一起鎖進保險箱。

眼鏡坐回椅子，擰開鋼筆的屁股，灌了點鋼筆水，又喚進來一個人。

這人背弓得厲害，三十歲左右，也許四十，臉上有皺紋，看不出具體歲數。他穿著一件黃背心，手上戴著手銬。

眼鏡：坐。

手銬坐下。

眼鏡：姓名。

手銬：趙戈新。

眼鏡：年齡。

手銬：三十五。

眼鏡：知道為什麼抓你嗎？

手銬：知道，扎了人。

眼鏡：知道「嚴打」嗎？頂風作案？
手銬：一時失手。
眼鏡：一手扎在心口上，一時失手？
手銬：當時沒聊好，衝動了。
眼鏡：第幾次進來？
手銬：第三次，我兩天沒睡覺了，讓我睡一會。
眼鏡：這幾次都是為姓江的事兒吧？
手銬：沒有，都是自己的事兒。
眼鏡：胡扯，這幾個人你都不認識。
手銬：都是話不投機。
眼鏡：把江的事兒說清楚，馬上去睡覺，你就是頭腦簡單。
手銬：和江沒有關係，他是生意人，我是地賴，沒有往來。
眼鏡：當過紅衛兵，和江是一個聯隊？
手銬：很久之前的事兒了。
眼鏡：你也知道很久之前，現在不比當初，現在殺人要償命。

手銬：知道，腦子像糨糊一樣，讓我睡一會。

眼鏡：說說江怎麼指使你？

手銬：沒有指使，我就是下手沒輕重，控制不了自己。

眼鏡：你知道這麼說的後果嗎？

手銬：知道，但是我說的是實情。

眼鏡：你知道你這麼做，你的父母怎麼過？

手銬：我打過我爸，過去跟他劃清過界限，現在他們也跟我劃清界限了。我進來兩次，沒人看過我。

眼鏡：要為你自己負責。

手銬：能說的我都說了，讓我睡一會。

眼鏡靠在椅背上。

眼鏡：按個手印。

他也一樣，迅速變小，他在地上跑了起來，試圖躲在椅子底下，眼鏡抓住他的衣領拎起來，放進保險箱裡。

我才發現，我的房間沒有門，也許他們遲早會審問我，應該是這麼回事兒，遲早得輪到我。但是他們要問我什麼呢？我回想了一下，我偷過我爸的酒喝，我藏了五塊錢，連姑鳥兒都不知道，還有什麼呢？也許他想問我泥人在哪，但是他們是不是確實關心這個我有點說不清，不知道為什麼眼鏡給我的感覺好像他非常想知道，但是又不是特別關心。

我看了下大屋的牆，看看是不是有窟窿，一旦變小可以逃進去，可是牆都完好無損，像是剛剛砌好，沒有縫隙。

眼鏡把禮帽拿下來，撓了撓頭髮，他看上去是個中年人，可是頭髮完全白了，一根黑色的都沒有，好像頂著一頭麵條。他拍了拍自己的臉頰，重新把帽子戴上。我看見少年犯和姑鳥兒走了進來。我知道他們看不見我，我也沒喊，我把臉貼在玻璃上，壓扁了鼻子。

眼鏡從屋角搬了一把椅子。

眼鏡：坐。

兩人坐下，姑鳥兒的腿懸在空中。

眼鏡：什麼問題，自己說一下。

兩人沒說話。

眼鏡：不要浪費我的時間，後面還有人，自己說一下。

少年犯：我不知道這兒是哪，為什麼會來這兒。

眼鏡衝著姑鳥兒。

眼鏡：你知道嗎？

姑鳥兒：我記得我掉進了冰窟窿裡，他拉我，被我拽進來了。

眼鏡拿起鋼筆。

眼鏡：時間地點。

姑鳥兒：半夜，影子湖。

眼鏡：年份日期。

姑鳥兒：九三年，日期我不記得，是個禮拜天。

眼鏡：嗯，九三年，說一下自己的問題。

少年犯：你趕緊放我們出去。我還有事。

眼鏡：什麼事兒？

少年犯：跟你說不著。

眼鏡：找你媽？

少年犯的臉一下繃緊了。

少年犯：你認識我校長？

姑鳥兒衝著少年犯。

姑鳥兒：我媽也不見了。

眼鏡：你的問題一會再說。柳丁，把你的問題說一說。

少年犯：你知道我媽在哪？

眼鏡：也許知道，也許不知道，但是你的問題我是掌握的，檔案在我這裡。

少年犯：什麼檔案？

眼鏡：那個牧師，跟你有什麼仇？

少年犯：我不認識什麼牧師。

眼鏡：我換個問題，你和趙戈新什麼關係？

少年犯：你憑什麼審問我？你是哪頭的？

眼鏡：我就是有這個權力。不用問我在哪頭，你只需要知道我永遠正確。

少年犯站起來，朝眼鏡打去，他的拳頭打中眼鏡的下巴，穿過他的臉頰，腿撞在桌子上。

眼鏡把桌子扶正。

眼鏡：坐下吧，你和趙戈新什麼關係？

少年犯：你是什麼東西？影子？

眼鏡：你和趙戈新什麼關係？

少年犯盯著他看了一會。

少年犯：他是我們學校的德育老師。他是我的朋友。

眼鏡：牧師的事情是他指使你的？

少年犯：不是，我只是和他一起釣魚。

眼鏡：你老實交代，我們的效率就高一點，這個女孩兒也能快點出去。

姑鳥兒在玩自己的髮辮。

少年犯：這事兒跟她更沒關係了。

眼鏡：有關係，如果不是你，她也不會到這裡來，她不是跟著你走到這兒來的？

姑鳥兒：是你捅了林牧師嗎？

少年犯：就是這個關係？

眼鏡：這就是莫大的關係，人和人還需要什麼關係？跟你說清楚，你今天來了，是出不去了，你媽在哪，跟你也沒有關係了，因為你不會有機會去找，但是如果你好好交代，能少受罪，這個女孩兒也可以走。

少年犯：你這個東西很有意思，我和她不認識，你拿她要挾我？

眼鏡：跟你說，在你看不見的地方，這個女孩兒正在嗆水，變冷，身上的棉服被水浸透，然後沉到湖底，還有另一個男孩兒，他也一樣。

姑鳥兒：我哥也來了？

眼鏡：他隨後跳了下來，他以為自己是游泳冠軍。

少年犯：我就看他有點傻。

姑鳥兒：我哥才不傻，是你幹的嗎？

少年犯：你媽去哪了？

姑鳥兒：因為林牧師死了，我媽就走了，去哪了我不知道。

少年犯：你比我強，我都沒見過我媽。

姑鳥兒：你為什麼要捅林牧師？

少年犯：我也不知道，我想走，想去找我媽，想老趙也走，可能是我想偏了。

姑鳥兒看著他，看了好一會。

姑鳥兒：你以後能改好嗎？

少年犯：我不知道，但是我幹完了就知道做錯了，可能是下了大雪，在大雪裡我看不清東西，如果不下雪，我可能能看清點。

眼鏡：是趙戈新指使你的嗎？

少年犯：我爸姓什麼？

眼鏡：不知道。

少年犯：我應該姓什麼？

眼鏡：不知道，我問你是趙戈新指使你的嗎？

少年犯：我媽活著嗎？她現在過得好嗎？有孩子嗎？我有弟弟妹妹嗎？

眼鏡：不知道，你要抓緊時間，這個小女孩和她的哥哥正在往下沉。

少年犯：不是他指使的，事兒是他說的，我自願幹的，他不想讓我幹。

眼鏡：真話？

少年犯：真話。

眼鏡：有個姓江的，你認識嗎？

少年犯：不認識，聽老趙提過，我們準備去北京和江會合。

眼鏡：你們根本找不到江，老趙給你的電話和地址都是過期的。

少年犯：不可能。

眼鏡：江早就拋棄了趙戈新，趙戈新不願意相信，沒有人要殺林牧師，是趙戈新聽了他的布道，關於林牧師的故事都是他聽布道聽來的，他覺得林該死，因為林得到了寬恕。

少年犯沉默了幾秒鐘。

少年犯：老趙是我的朋友，我相信他，我不相信你。

眼鏡：可以。最後一個問題，你願意指認他嗎？

少年犯：我不可能出去了，是嗎？

眼鏡：是，你已經沉在湖底。

少年犯：這個女孩兒出去之後，能找到家嗎？

眼鏡：那是他們兩個人的事兒，不用你操心。

少年犯：如果你知道我媽的下落就告訴我吧，算我求你。

眼鏡：我知道，你願意指認他嗎？

少年犯點點頭。

少年犯衝著姑鳥兒。

少年犯：小孩兒，你原諒我嗎？是雪下得太大了，你知道吧。

姑鳥兒玩著髮辮不說話。

少年犯：原諒我嗎？

姑鳥兒抬起頭。

姑鳥兒：你媽長什麼樣？

少年犯：我媽很漂亮，方臉，苗條，長頭髮，一隻耳朵有點抽，但是不耽誤她好看。

姑鳥兒：我好像見過，但是有點想不起來了。

眼鏡：按個手印。

少年犯衝著姑鳥兒。

少年犯：如果你找到她，告訴她，我沒忘了她，雖然我沒見過她，但是我沒忘了她，我的身上還有她的氣味，我沒喝過她的奶，但是我知道她是什麼樣的人，她捨不得我，一定是有什麼特別的原因讓她不能陪著我長大。

少年犯蘸了點印泥，準備按手印。

姑鳥兒：別按。

眼鏡：你什麼意思？

姑鳥兒：這大個兒要幹嘛去？

眼鏡：他的時間到了。

姑鳥兒：沒覺得，他得跟我一起出去。

姑鳥兒轉向少年犯。

姑鳥兒：你媽得你自己找，我可替不了你。

眼鏡：你是聾子？沒聽見我的話？你的肺子已經一半都是水，離淹死還有幾秒鐘。

姑鳥兒：為什麼我要聽你的？

眼鏡：這裡我說的算，你沒看出來？

姑鳥兒：我只聽我媽的，還有我哥，我哥我聽一半，你是什麼東西？你說你永遠正確，林牧師說過，自以為沒罪的人最可疑。

眼鏡把面前的材料立起來，垛了垛。

眼鏡：那就這樣，先到這裡，你們甭著急了。

少年犯：你走吧，這是我和他的事兒。這傢伙是個影子，你沒聽見他說話沒有回聲？

姑鳥兒從袖子裡拿出我的手電筒。

姑鳥兒：好像還有點電。

姑鳥兒衝著眼鏡打開手電筒，光束罩在他身上，他哆嗦起來。

眼鏡：閉了！

姑鳥兒：不閉，你憑什麼欺負人？

眼鏡猛烈地搖晃腦袋，禮帽掉了下來，透過衣服，光裡面是一片魚鱗。眼鏡的眼鏡和衣服不見了，露出巨大的尾巴，如同船錨，背後有三對黑色的鰭。胸前有兩隻乾瘦的爪子，緊緊抓著寫好的材料。它發出尖利的叫聲，好像被魚鉤鉤中了下巴。

少年犯抓住它的一隻魚鰭。

少年犯：我媽在哪？

水漫了進來，突如其來，一下就把姑鳥兒和少年犯頂了起來，玻璃牆沒了，我被捲進了水裡，鐵床沉向水底，痰桶飄了起來。我奮力朝姑鳥兒的方向游，她也看見了我，朝我揮手，她好像在朝我大喊，可是我聽不見她的聲音。大魚抱著材料朝保險箱游去，少年犯扯住它的魚鰭不放手，姑鳥兒抱住它的尾巴，我將將捉住姑鳥兒的腳踝，那隻經常被三姑敲打的腳踝。大魚左右搖擺，甩不掉我們，便抻著嘴朝少年犯咬去，它的牙齒如同碎玻璃，咬住了他的左肋，我看見他一陣顫動，血從身體裡飄出來。他從懷裡掏出一副手銬，一半拷在自己手腕，一半穿過魚鰭，「咔嚓」一聲鎖住，魚鰭湧出一股黑血。他搖動另一隻手掌，示意我們鬆手，可是姑鳥兒一點鬆手的意思都沒有，她癟著嘴唇，小手掛在魚尾的魚鱗上。大魚弓起身子推著保險箱飛速地向湖底游去，我感到水像刀片一樣割著我的臉巴子，水越來越重地壓著我的前胸。湖底有一個洞，水流在上面盤旋，流沙注入其中，大魚把保險箱扔到裡面，自己也想鑽進洞口，可是少年犯扭過身子，把它擋住，它咬住少年犯的胸脯，往洞裡猛拱，我發覺自己的腳已經觸到湖底的淤泥，便死死地拖出它，不讓它進去。它突然有了脖子，眼珠突出，伸嘴來咬姑烏兒，我把姑烏兒一拽，它咬了個空，我看見它的眼神裡都是瘋狂的恐慌，彷彿如果再不進地洞去就要枯死。它一口咬斷了自己的尾巴，我和姑烏兒一下子被彈了出去，我抱住姑烏兒，看見少年犯緊緊地抱著大魚的身子，手銬在水流中閃閃發亮，他朝我們看了一眼，點了一下頭。它拖著一半的身體把他帶進了洞裡，殘缺的尾巴露出魚骨，好像折斷的樹幹，很快消失不見，洞口轉瞬被淤泥掩上。我的嘴裡開始嗆水，我抱著姑烏兒向上浮，氧氣沒有了，我吐出一口水，吸進來一口水，閉上了眼睛。

一隻鳥。麻雀，大概是麻雀，踩在我的臉上。我睜開眼，它已經跳開了，在雪地上輕巧地走著，離我大概兩步遠停住。我的半條腿在水裡，水沒有結凍，淙淙地流著，我扭頭，看見姑烏兒躺在我身邊，正在想要坐起來。透過枯草，我看見遠處的影子湖，一片冰封，這裡大概是不為人知的一條暗流，竟然沒有上凍，水也有點溫熱。我想大概水和影子湖也是相通的，在艷粉街住了這麼久，竟然不知道還有這麼個地方。姑烏兒已經坐起來，看著我說，出來了？我說，啊，好像出來了。姑鳥兒說，那個怪魚還是跑了？我說，是，但是只剩下半條命。姑鳥兒說，那個大個兒沒上來？我說，嗯。姑鳥兒說，萬一他上來了呢？湖這麼大。我和姑鳥兒四下找了找，麻雀飛走了，沒有發現任何蹤跡，影子湖上都是雪，平整得像鏡子，一個腳印都沒有。姑鳥兒說，你說那個大個兒能不能在別處上來了？我說，可能，誰知道影子湖最遠能通到哪。姑鳥兒說，他流血了嗎？我說，沒看清，也許是游走了，也許已經把怪魚拖了上來晾乾了，那小子挺有勁兒。她說，他好像託付我點事情。我說，嗯，答應人家就別忘了。姑鳥兒說，那個泥人我放在閣樓裡，我有點想起來了，那個泥人在哪？我說，在光明堂，沒有帶出來。她說，那個泥人挺好的，有機會應該去拿回來，還能找到嗎？我說，咋不能？一定在某個地方，不會消失的。姑鳥兒哭了，我第一次見她哭，她摟著我的胳膊大聲哭起來，眼淚把我的袖子弄濕了。她說，光明堂倒了，我媽其實挺迷糊，你說她能找回來嗎？我說，肯定能，走出去難，回來容易。她說，大個兒他媽就沒找回來，就丟了。我說，三姑不一樣，三姑很機靈，心裡有數著。她說，她在外面沒有食堂，吃啥？我說，滿世界都是館子，比食堂好吃多了。她說，她能忘了我不？我說，哪能？她兜裡揣著《聖經》，念一遍就想起你一回。姑鳥兒把眼淚擦了擦，漸漸不哭了，太陽高懸著，照著樹枝上潔白的雪，那雪只和陽光和風接近，看上去十分安寧。姑鳥兒說，你聽見我肚子叫了嗎？我說，到家給你下碗麵條。她說，你還會下麵條？我說，最拿手了。

雪停了，天空晴朗，好像艷粉街一個人都沒有，只有我們兩個人。說實話，我從來沒下過麵條，但是我可以稍微試試，應該並不難。也許我們推門進屋，就看見父親歪在炕上，爐火溫熱，他已經睡熟，那我就應該下三碗，每碗都有雞蛋和蔥花。路途筆直，我拉起姑鳥兒手，沿著湖岸，朝著家的方向走去。

間距

我有個朋友叫瘋馬，你們肯定不認識這個人，這沒關係，他的大名叫馬峰，遼寧錦州人，漢族，高約一米九，體毛茂盛。我認識他是在一個酒局，都是寫東西的人，一個喊兩個，兩個喊三個，終於包廂裡擠滿了互不認識的十五個人，大家比鄰而坐，被空調裡的熱風吹拂，盯著轉動的菜餚，沉默不語。我那時沒寫出什麼東西，每天就在這些飯局裡瞎混，北京的飯局這樣多，只要友善和善飲，就能一天不落地吃下去。我也不是愛吃愛喝，只是無聊，而且在這些包廂裡，能聽到各種各樣的故事，所以我兜裡有個小本本，趁人不注意就記下幾筆。比如有一次，一位著名編劇指著他年輕的女助理說，我昨晚打了她一頓，助理說，是啊，他把我打得挺慘。經她一說，大家定睛觀瞧，她果然臉是腫的，眼角綻破，已然結痂。編劇說，也不知道為啥，走到家樓下，大雨滂沱，她的手機掉在草叢裡，她低頭去找，撅著屁股，我過去就踹了她一腳。助理說，一腳就把我踹到了泥裡頭。編劇說，我把她翻過來，騎在她身上，扇她嘴巴，最後自己打著打著睡著了。助理說，我暈了半天，醒來時眼冒金星，如同顯示屏故障，還是把老師送回了家。編劇說，當著這麼多朋友，我跟你道歉，我自乾三杯，我平時對你不錯，這種事兒從沒發生過。助理說，確實，一次也沒有，但是就這麼道歉也不能拉倒啊。編劇說，你說怎麼辦吧。助理說，這有一個酒瓶子，我砸你一下，以後你還是我老師。編劇說，好，你砸。女孩喝光了杯中酒，拿起酒瓶在編劇頭上砸碎了。一片玻璃蹦到了我的碟子裡。編劇站起來，用手捂著頭，血順著手縫流到桌子上。編劇說，你們吃你們吃，單我買完了，我去包一下，一會回來。助理說，老師我送你去。兩人走後，剩下的繼續喝，我中途睡著了一會，夢見猛虎追著羚羊，羚羊螳螂一樣輕盈地跳來跳去，猛虎渾身是汗，眼睛淌水，虎皮大了一圈，很不合身。醒來時，兩人坐在原位，編劇頭包得像個棉籤，助理坐在他身邊，沒過多久，喧嘩起來，我又睡著了。

這只是我臨時想起的一件事情，因為小本本上面記下的東西，要給一部長篇小說用，姑且先寫這一件。那天吃飯，我坐在瘋馬旁邊，我們從沒見過，如果見過一定記得，他太過高大，滿臉絡腮鬍子，若不是明顯看出是黃種人，真以為是高加索地區跑來的。他那天眼皮一直耷拉著，悶頭吃菜，不停喝酒，自斟自飲。那晚一個人拿來了一瓶威士忌，他把酒轉到自己面前，然後放在手邊。其實吃飯這種事，尤其吃桌餐，鄰人很重要，如果你是右手，旁邊是左撇子，就很不方便；如果你心情不好，旁邊的人又是自來熟，老是挑著你說事兒，想方設法把他那點對人生的見解告訴你，也是夠你喝一壺的。瘋馬這種鄰居就比較招人喜歡，沉默，專注，冬天的夜晚吃得滿頭大汗，讓你覺得生也可戀，願意多吃兩口。

大概吃了兩輪菜，這位大漢向後一倒，摸出一支煙來，他的面頰有些微紅，仰面朝天吐著煙霧。那幾天我沒事可幹，正在給人做「鬧藥」，所謂鬧藥就是跟編劇老闆開會，每天陪人家說話，編劇老闆若是思路受阻，你就應該想一些東西刺激他的思考，最好是有現成的解決方案，實在不行，跳舞翻跟頭也可以，總之是一味活躍他神經中樞的中藥。我那時住在海淀，開會在朝陽，每天坐地鐵，幾要擠成肉夾饃，於是老闆給我在開會的樓底下，弄了一個住處。極為寬敞，新修好的地下室，排風扇在床的正上方，二十四小時工作，好像隨時要降落的宇宙飛船。那是一個諜戰劇，所有人都是奸細，老實人幾乎沒有，我主要負責編製主人公的感情線。上峰規定，不能和敵人產生真感情，即使中間看上去萌發了愛情，最後一定要落在利用。吃了半晌，我突然想出了一個橋段，一個騙局，一次利用，一次死亡。一個女人愛上了一個男人，為她去刺殺一個叛徒，事後她發現男人原來是感情的叛徒，為什麼她還要活下去呢？叛徒已經夠多了。我拿出小本本記下來，大漢扭頭對我說，你是寫東西的？我說，是。他說，我也是。我說，我是一個鬧藥。他說，我是寫小說的，也寫詩。我點點頭，沒有繼續說下去，因為那個死亡稍縱即逝，一定要趕快鐫刻下來。過了一會，他說，我們是老鄉吧，你平翹舌不分，是，似。我說，我是遼寧瀋陽人。他說，不遠，我是錦州人。他的聲音極為纖細平靜，幾乎聽不出什麼錦州口音，倒像是轉基因的上海人。他說，我很小的時候就離開了錦州，住過大連，煙台，近幾年才來到北京。我說，筆架山，我去過錦州的筆架山。他說，哦？有意思。你準時了嗎？我想了一下，明白了他的意思，說，準時了，不過有點險。他說，嗯，我小時候因為錯過了潮汐的時間，被困在過山上一整晚。你最近在寫什麼？我想了想，因為行規，我不方便說得太具體，我說，關於槍的。他說，槍？長槍，短槍？我說，長槍。他說，嗯，錯誤的刺殺？我說，差不多。他說，錯誤發生在哪裡？我扭頭看他，他並沒有看我，他慢慢地吸食著煙捲，望著頭頂的吊燈，那吊燈制式老舊，落滿沉灰，不過亮度猶存。我說，一般都是打歪了吧。他說，嗯，倒也是一種合理的方式，彈道是生與死的分岔路，不過如果決定歷史的是某種偶然，似乎難以把握劇作的意義。他似乎忽然想起來湯要涼了。端起來喝了一口，用手抹了一下唇底的鬍子。我說，您意下該是個什麼樣的錯誤？他說，我以為表面是個錯誤，內在是一種必然，比如這次刺殺行動是被刺者設計的，他對一方表達了生的渴望，其實卻是赴死的。我說，這個好，這樣他的供詞就可信了。他說，我有個小小的建議，兄台權且當作兒戲，寫諜戰劇應該多看博爾赫斯。博爾赫斯曾經說過，事情都發生在那另一個博爾赫斯的人身上。我在教授的名單上見過他的名字。我喜愛沙漏，地圖，十八世紀的印刷格式，咖啡的味道和斯蒂文森的散文。他與我的愛好相同，但是他虛榮地把這些愛好變成了一個演員的特徵。我說，我叫袁走走，敢問閣下？他伸出手來說，我叫馬峰，大家都叫我瘋馬，大家人數不眾，僅指我的朋友們。瘋馬和馬峰是一個人。

那天我見過他之後，第二天從宿醉中醒來，地下室的潮氣將我包圍，那種潮氣也許是從衣櫃的木板中傳來，也許是從腳下的水泥中傳來，也許兩者兼而有之，混合在一起，形成一種類似屍體的腥味。我趕到時，策劃會馬上就要開始了，編劇老闆的工作室裡有一扇白板，上面寫著人物關係和故事主線。我想起了博爾赫斯的兩個小說，一個非常著名，分岔小徑，另一個叫作〈第三者〉，兄弟倆共用一個女人，其中一個終於因為忍受不了嫉妒而將女人殺死了，兄弟和好，親如一人。我前所未有地主導了討論，修改了主線，並將其中一個人物的名字從賀某某改成了賀爾博。會議結束之後，製片人，一個中年女人，短髮圓臉，愛穿長裙，配以手鐲和近腰的掛鏈，找到我，對我說，小袁，這個項目是你的了。我說，有一種什麼鳥？她說，什麼鳥？我說，就是有一種鳥，自己不會築巢，專門去侵佔別鳥的巢，我不是這種鳥。她說，你現在的薪酬是一天二百元，這個項目你拿下來，一集五萬，你寫三十集，槍手自己找，給多少錢你自己定，反正我給你一百五十萬，那是一種什麼鳥？我說，想不到就算了。物競天擇，有這種鳥一定有它的道理。是分階段付款嗎？她說，這個項目比較急，我先給你五十萬，下午簽合同，明天打給你，剩下的錢從分集大綱到分集劇本，逐次給。我說，我中午也有時間。她說，那就中午簽，還有，這個地下黨，女特工，是我的先人，有時候會給我託夢，你用心一點。我說，您捧我了，全明白。

第一要務是找到瘋馬，讓他給我做槍手。如果他管我要一天五百塊，那當然好，我略作躊躇馬上答應，如果他想論集算錢，一集不能超過五千，如果他要一萬，我不能給他，除非他可以獨立寫出十五集，且不用修改。那就這樣，底線是一集七千，大綱，梗概單獨算錢。署名是文學策劃，出現在片頭單獨一屏。我還得找兩個鬧藥，北電的學生最好，沒有署名，刺激我的中樞神經。還需要一個助理，先雇一個月，幫大家訂早餐。最好是一個女的，那鬧藥找一個就好，助理也可以充當鬧藥，女鬧藥，比較適合男人的中樞神經。下午我到原先的會議室坐了一會，一個人都沒有，編劇老闆的茶具也撤走了。

我還需要一套茶具。

我沒有找到瘋馬，沒有人認識瘋馬，儘管他有一副引人注意的相貌，可惜現在也不興在城牆上貼告示。我打電話給昨天吃飯的人，其中一個，是個老混子，他說，瘋馬？沒聽說過。我說，昨天就坐在你對面，滿臉鬍子，好像瘋狂原始人。他說，我對面？沒印象，人太多了兄弟，有名的幾個我全記得，沒名有鬍子記不得啊。我說，好吧，那我需要一個女助理，和一個文學策劃，你那邊有人嗎？他說，你給多少錢啊？我說，助理月工資五千，寫東西另算，文學策劃一天五百，第一階段大概十五天，早九點到晚六點，管兩頓飯。他說，什麼題材？我說，諜戰。他說，跟日本人有關係沒有？我說，沒有，自己家的事兒，國共。他說，要是有日本人，我可以去，自己家的事我就不攙和了，一會我發你幾個簡歷。我說，帶照片。對了，最好讀過一點博爾赫斯或者卡爾維諾。他說，好，帶照片，這兩人是幹嘛的？博和卡？你把他們倆名字短信發給我。臨睡之前，我把人都選定了，通了電話，兩人全是女性，一胖一瘦，胖的模樣不錯，瘦的模樣不行，總之各自在美學的統一性上有點瑕疵，兩位都是九〇後裡嶄露頭角沒沒無聞的槍手，名字不便寫在這裡，姑且將胖的稱作杜娟兒，瘦的叫作柳飄飄。

我大約睡了兩個小時之後，被電話吵醒。一個聲音說，你可能不記得我，但是我又想出了一個新東西。找到你的電話很不容易，飯局上沒人認識你。我說，你說。他說，月球和地球之間有著不小的距離，對吧？我說，沒錯。他說，我們可以稱之為間距，你可以將月球和地球想像成兩列詩行。我說，可以。他說，按照斯賓諾莎的說法，萬物均渴望保持其自身的性質，在我看來，有一種性質即是避免貼在一起，保持某種間距，於是產生了引力和斥力。我說，同意。他說，你可以把國共兩方的軍事力量想像成地球和月球，兩列詩行，永遠存在間距，也永遠相互吸引，黨派並非人的本質屬性，月球可以變成地球，地球也可以變成月球，且敵我就在身側。也許刺殺者的代號可以叫作「月球」，這齣戲的題目也許也可以跟月球有關，我還沒想好。我說，很有意思，你還有什麼想法？他說，我的想法你用得著嗎？我說，看情況。他說，如果有些用的話，我沒吃晚飯，也沒有喝酒，沒有酒實在痛苦，你能借我一點錢嗎？我可以把我的身分證號和地址給你，我也可以把我媽在錦州的地址給你，我跑不了。我說，恕我冒昧，我想雇傭你，我現在負責這個劇，想請你做我的文學策劃。他說，我可能需要一點預付款。我說，先給你兩萬，明天開會，地址在安徒生花園，你知道那個地方嗎？他說，安徒生和花園我都知道，安徒生花園不知道。我說，地址一會發給你，明天十點開會，我是處女座，我不喜歡別人遲到。他在電話那頭沉吟了一下，說，我屬狗的，只要有吃的，我就會準時。

第二天我到時，瘋馬已經到了，他穿了一件鴿灰色的舊風衣，裡面是一件藍色高領毛衣，深藍色的彪馬運動褲，一雙看上去應是春天穿的黑白相間的帆布鞋。從上到下，似乎是季節的逐漸轉暖，雪山垂直的次第。那天下了點雨夾雪，整個北京好像十九世紀的倫敦，他的頭髮和鬍子都濕透了，看上去從地鐵出來又走了不少的路。杜娟兒和柳飄飄還沒到。我和他握了握手，他從懷裡拿出一瓶威士忌，說，聽說你要給我錢，我用剩下的錢買了這個。我把兩萬塊現金給他，並讓他寫了收條。我說，我工作時不喝酒，你可以喝，如果這是你的習慣。他說，好，你這個沙發不錯。我看了看沙發，藍色的長條沙發，布衣包的。他說，我晚上可以睡在這裡，我最近睡在一個朋友那裡，他每天晚上看電視劇，老婆婆和兒媳婦搶擀麵杖。我說，好，我跟他們說一下，不過我們寫電視劇沒關係？他說，我們先試試，如果我覺得不行，我就把錢退給你。我說，不是這麼算的，如果你中途退出，耽誤了我的時間，不但要退錢，還要賠償我的損失。他說，我覺得寫電視劇沒關係。我說，好。

過了一會，杜娟兒到了，又過了一會，柳飄飄也到了。我跟兩人寒暄過，分頭落座。我和瘋馬坐一邊，柳杜二人坐一邊，側面是白板。我請大家介紹自己。杜娟兒，山東人，二十三歲，體重八十五公斤，父親是考古學家，領域在明史。她本人畢業於北京電影學院導演系，學生時期寫的電影劇本多次獲獎，但是因為性格懦弱，從來沒當過導演。父親讓她改行學歷史，她拒絕，因此斷了生活來源，所以來這裡給我做鬧藥。柳飄飄，二十歲，哈爾濱人，四十五公斤，美國南加州大學電影學院編劇系肄業，十五歲出國，父母離異，因為無證且超速駕駛，後備箱又搜出大麻，上過美國法庭，麻煩過後，背著家人直接回國，目前住在一個男性製片人家裡，這位男性製片人就是我的那位朋友，他們認識才一周左右，年齡相差二十歲。瘋馬，三十二歲，九十五公斤，遼寧錦州人，父母都是工人，父親是鉗工，母親是噴漆工。父親兩年前去世，母親已經退休。遼寧大學中文系畢業，大學期間寫過大量詩歌和小說，在師友間傳閱。畢業後來到北京，做過三流文學網站編輯，保安，群眾演員，大部分時間無業，居無定所。我，三十三歲，六十五公斤，遼寧瀋陽人，曾是銀行職員，因為愛好寫作於三年前辭職進京，在不知名刊物發表過三篇短篇小說，分別叫做〈時間穿過子夜〉、〈贏家無所得〉、〈如笑聲般的山巒和其間的約伯〉，無任何反響，退稿張貼滿牆。大部分時間混跡於各個電視劇電影工作組，做鬧藥，所參與電視劇電影未有一部公開播映過。

自我介紹過後，開始確定當天的議題，過去十幾天的討論，形成了一個粗略的大綱，我打印出來，請他們看過。以我的經驗，無中生有一般都效率低下，從批判開始，一方面可以增強凝聚力，另一方面也許可以產生一些新想法。杜娟兒說，袁老師。我說，不要叫老師，叫老袁。杜娟兒說，老袁，我覺得前面這個刺殺是可以的，但是隨後導向策反是愚蠢的，策反寫不出戲。我說，有道理，沒人愛看策反，縱橫家是最乏味的。柳飄飄說，這裡頭感情線太沒意思了，我們的主人公是個女的，似乎毫無性欲。我說，她是個共產黨員，黨性高於人性。她說，怎麼證明黨性高於人性，得先有人性吧，然後才能把黨性墊高。我說，可以有愛情，但是不能有性愛，尤其和敵人不能有。柳飄飄說，我覺得應該有些性暗示，至少要有性魅力吧，她靠什麼調動敵人？我說，這個可以加一點，不能極端，美好的君子之交可以。聊了一會，瘋馬已經喝了少半瓶威士忌。我說，瘋馬你說，我們從哪開始？瘋馬說，什麼是諜戰？我說，我的理解是你中有我，我中有你。瘋馬說，所以是關於身分的故事。我說，可以這麼講。他說，身分是一個人的表面屬性，什麼是本質的東西？我說，正想請教。他說，欲望。我說，換個詞兒，信仰。他說，她的信仰是怎麼形成的？我說，目前並不知道。他說，她的上帝是誰？我說，共產主義。他說，遠了，就近說，新世界。我說，是的。他說，這個上帝什麼時候進入她的心裡，她可以為之犧牲，放棄幸福，她的腦子出了什麼問題？我說，目前也並不知道。他說，我們也許應該從這個開始，她怎麼確立她的信仰，為之付出了多少，是否曾動搖過，是否動搖後又更為堅定，一個人去殺另一個人到底需要多少勇氣？為了新世界去殺人，她如何說服自己？要知道，在我看，不正義的和平要比正義的戰爭要好，她怎麼確定她打的是正義的戰爭？我說，你有什麼想法？他說，我覺得，我們不能做一部所謂的狗屁諜戰劇，而應該寫一部關於成長的長篇小說，然後以劇集的樣式表現出來，這部成長小說應該以特殊時代的人物作為刻畫的對象，我們的任務是復興十九世紀現實主義的傳統，用漫長的劇集復活之，所以我提醒各位，我們正在侍弄的是文學，我們是一個文學小組，一本大書，仔細寫成，是我們每天的工作。我說，有些空泛，我們現在需要一個開頭。他說，關於這個刺殺，我覺得是信仰的開篇，她，她的名字是什麼？我翻了一下大綱說，文修良。他說，好，文修良，代號月球，她刺殺的人叫什麼？我說，看來剛才你沒有看大綱，叫賀爾博。他說，好名字，賀爾博代號太陽。文修良什麼出身？我說，不知道，可能得查一下資料。他說，我們現在進行想像，她是一個大家族的三小姐，類似於《白鹿原》裡的白靈，白靈讀了幾本左翼文學，投奔了延安，躲過了肅反和整風，留了一頭短髮，感到迷茫，這時候她和賀爾博戀愛了。我說，不對，賀爾博和她只是工作關係。他說，戀愛之後，兩人被派往南京工作，打入軍統。這時候她的信仰是愛情，愛人到哪裡她到哪裡。原來的信仰對她不重要了。我說，欲揚先抑，可以。他說，什麼能夠建立新的信仰？犧牲。賀爾博被懷疑後，為了保護她和另一個同志，這個同志的祕密等級很高，文無權知道，姑且叫他黑子。賀爾博請她殺死他。這就是開場的刺殺。我說，娟兒，你記下來了嗎？杜娟兒說，記下來了，老袁。我說，好，現在吃午飯。

午休時，杜娟兒和柳飄飄結伴去散步。兩人初識，走路時一前一後。瘋馬倒在沙發上睡覺。我獨自坐在椅子上抽煙。這間會議室在一棟商務大廈的二十三樓，從窗戶向外眺望，看見天空中飄著雪花，其中夾著細雨，汽車看上去像蝸牛一樣慢。來北京已經五年，沒有一個朋友，原來在老家的朋友也失去了。三天兩頭地感冒，幾乎每天都因為焦慮拉稀。除了寫東西，唯一的愛好是搭地鐵末班車。幾乎每次都會遇見酒鬼，各種性別，不同膚色，不同年齡。有一次看見一個女孩吐了一地，周圍的人都躲遠了，過了一會，她醒來一點，從包裡掏出一包紙巾，跪在地上慢慢把嘔吐物擦乾淨，好像在收拾自己家的地板，然後趔趄著走下車。還有一次看見一個老人，戴著體面的灰色圍巾，雙眼緊閉，突然站起來把圍巾穿進頭上的拉環裡，把腦袋套進去，可惜拉環太矮了，他就這麼把腦袋擱在圍巾裡，睡著了。這時瘋馬開始喃喃自語。我開始沒有聽清。我掐了煙，蹲在他身邊，他輕輕地說，媽媽，我看見一大塊冰。我沒有說話。他說，媽媽，好大一塊冰啊。我說，多大？他說，有操場那麼大，你的腿不好，要小心。我說，好。我轉身趕緊去找自己的小本本，這時他說，媽媽，我想像花瓣一樣一分為二。我說，為什麼？他說，一瓣給你，照顧你，一瓣給我，想怎麼活怎麼活。我說，嗯，等你開花再說吧。他翻了個身，夾緊雙臂閉上嘴，繼續睡了。

下午的會進展不錯，依然由瘋馬提出主要的想法，我們三個去論證，然後我來確定是否可行。按照史料記載，文修良的原型曾和南京當地一個名旦過從甚密，從而接近了各路軍界要員和商界大賈。原來的想法是把一條感情線做在名旦身上，讓這個戲子愛上她。瘋馬不同意這個想法，一是他認為文的職務在軍統，感情問題應該在軍統內部來處理，不應該做不恰當的外延，二是他更傾向於把男旦和她的感情確認為一種更高貴的友誼，男旦也許一直沒有被她感召入黨，甚至是個浮誇的、招搖的人，不喜歡共產黨看上去清心寡欲的一套，但是他可以基於個人與個人的情誼，為之犧牲。這才是有意思的地方。杜娟兒反對這個觀點，她認為男旦和女特務的愛情，是大戲，應該作為主線。瘋馬反駁的理由是，沒人願意看一個娘娘腔和女主人公談戀愛，但是做朋友就會舒服很多，把所有男女關係以愛情和非愛情區分之，是極不高級的行為。經過一個下午的討論，我們三個再一次被瘋馬說服，並且做了詳細的記錄。中途製片人打電話來詢問進度，她去上海出差十天，我沒有提及具體劇情，因為那樣就會陷入無休止地推敲細節的海洋，伴隨著列祖列宗托夢的審查，我只是說，我們的主題不是爾虞我詐，而是關於信仰，關於犧牲，關於愛的，關於一個女人，或者說一個人，怎麼確立了自己的信仰，為之付出所有，成為了一個高貴的人的。瘋馬在旁邊補充說，還有代價。我說，嗯，還有一點代價。製片人首肯了我們的方向，但是提醒我們，時間緊迫，她的工作或有變動，希望我們十天之內拿出一個詳細的大綱，一個月之內拿出分集大綱，然後開始找演員和製作團隊，邊找邊寫出分集劇本。三個月之內，要建組拍攝。我從來沒有跟過這麼緊迫的組，尤其是製片人提到，錢不是問題，我們這些主創或許可以參與分成，我便覺得，緊迫也是有道理的。

晚上在會議室吃過工作餐，杜娟兒要去另一個劇本組幫忙，先走。柳飄飄留下，和我們兩個繼續喝酒。她掏出葉子，捲成大麻抽起來。我穿上大衣打開窗子，雨停了，完全變成了雪，不大，如果說有一種東西叫作雪花，那窗外下的就是雪花的邊角料。瘋馬抽著我的中南海，喝著剩下的半瓶威士忌。柳飄飄說起自己在美國幾乎被同學強姦的經歷。一件小事，她微笑著說，他們兩個人，就像你們現在這樣，一個站著，一個坐著。她把一條腿放在另一條腿上，用手去點腳尖，似乎腳尖是一枚清澈的水滴。我拿起刀捅了其中一個。瘋馬快把那瓶威士忌喝完了，他的臉頰緋紅，鬍子濕漉漉的，但是沒有一點醉意。天黑了，雪大了一點，連成了線，像是黑髮裡的白髮。柳飄飄說，他差點死了，現在不知道怎麼樣。我是射手座，我沒事兒，不會被記憶反覆折磨。樓底下有兩輛車撞在了一起，一輛車把另一輛車的屁股撞歪了，道路迅速地變成泥淖，所有車都陷在裡面。我得把這個寫到自己的戲裡，柳飄飄說，我的戲叫《再見莫妮卡》。你們說，是叫《再見莫妮卡》還是叫《再見了莫妮卡》？瘋馬把腦袋擱在沙發的扶手上，說，叫《回見吧莫妮卡》。柳飄飄說，你大爺，那不如叫《犯賤莫妮卡》。瘋馬說，《你不是莫妮卡》。柳飄飄說，《我是莫妮卡》。說了一會，柳飄飄拿起包搖搖晃晃站起來說，我去BAR，有人去嗎？沒人回答。她走到門口，瘋馬說，《再見了莫妮卡》。柳飄飄說，《回見吧瘋馬》。

我跟瘋馬說，我也走了，明天還是這個時間。瘋馬說，我睡這兒，時間對我無效。我下樓，在超市買了包煙，走到地鐵口，不是末班車，我想了想，去超市買了兩罐啤酒，又走回來，上樓。瘋馬穿著衣服在沙發上睡著了，窗戶還沒關。我把窗戶關上，關了燈，打開啤酒慢慢喝。過了一會，外面的雪停了，月亮露了出來，藉著月光，我能夠看見室內的輪廓。瘋馬的腳動了動，好像在走路。我掏出小本本等著。不多時，他說，媽媽，筆架山不是山。我說，是什麼？他說，是月亮的兒子啊。我說，此話怎講？他說，媽媽，他回不去了，通往大陸的路也經常被淹沒。我說，我知道。他用舌頭舔了舔嘴唇說，潮汐也許是月亮的信啊。我說，有可能。他說，可怕的間距是不是？等你腿好了，我帶你去旅行。小時候你把我忘在筆架山上，我坐在海邊想，我要是能把月亮拉過來，我就能回家了。說著，他用手拍著自己的頭說，我只有這麼小啊。然後是均勻細小的鼾聲，又過了一會，瘋馬徹底睡熟了，無聲無息，像一片潮濕的葉子。我把他的舊大衣給他蓋上，搭末班車回家去了。

第二天一早，我讓杜娟兒買一些包子油條豆漿，我們直接會議室吃。杜娟兒說昨天是她最後一次去別的劇本組，她把其他所有做鬧藥的工作全推了。我說，好。她說她昨晚沒怎麼睡，對文修良這個人物有了些新的想法，寫了一張紙。我說，好，一會我們討論，如果你願意，以後你可以一直跟著我幹活。進屋的時候，柳飄飄和瘋馬正在討論波拉尼奧，瘋馬說，假的。柳飄飄說，放屁。瘋馬說，真的全死了。年輕人沒見過真的，於是愛慕贗品。柳飄飄說，胡說，我看過的不比你少。八〇後別他媽倚老賣老。杜娟兒把吃的放下，幫大夥沏上茶水。我說，兩位省點勁兒，眼前的事兒弄完，咱們有的是時間聊。上午的工作主要是討論結局的大概走向，也就是文修良到底應該去哪裡？柳飄飄說，可以死嗎？我說，不可以，那是人生的結局，不是故事的結局。聊了一會，沒聊出所以然，瘋馬喝得很厲害，上午眼睛一直半開半閉，大家都沒有效率。中午瘋馬沒有吃飯，直接睡在沙發上。我們三個坐在屋子裡抽煙，杜娟兒不抽，用嘴咬著筆頭。杜娟兒說，如果這次再不行，我就得跟著我爸考古了。我說，你有些才華，可以再試試。別給我壓力。她說，我胖成這樣，沒有對象，每天坐著，越來越胖，還不如拿個刷子去野外鍛鍊。杜娟兒蹺起腿，她穿著黑色的長筒襪，說，我挺喜歡你們的。我說，別套了，想想下午怎麼弄。杜娟兒說，我說真的，雖然才見了兩天，我挺喜歡你們的，都是差不多的廢物是不是？我說，你能不能別給我洩氣？她說，沒有，我看了星盤，咱們這回能成，成了之後一起出去玩吧。我說，去哪？她說，我哪知道，你不是領頭的？我說，那就去筆架山，瘋馬的老家。她說，筆架山是什麼東西？我說，我和瘋馬小時候都去過。海中山。正說著，瘋馬的下巴動了動，我以為他要說什麼，然而並沒有，他用嘴喘了兩口氣，接著睡了。下午工作繼續，瘋馬睡了一覺起來，臉黃了，渾身發抖，我問他要不要回去，他說不用。他把大衣在屋裡穿上，站起來走到白板前面，說，我睡覺時想了想，我過去講的復活十九世紀的傳統是錯的。我講不出來，我寫寫試試。他拿起黑色水筆縮著脖子寫起來。

首先我們要承認時間是可能分岔的。比如我，馬峰，也是瘋馬，從錦州出來，坐火車進入北京，也許另一個我，在明末清初，從這兒騎馬回錦州省親，拒剪長髮，身旁有女子伴隨，夜晚有小僕提著燈籠。秋月霜空，就在馬上睡去，醒時就在此地，拾起另一個我，與大家交談。或者也許此時的我正在我媽身邊，攙她去廣場遛彎，總之時間分岔的基礎是減少世界上的靈魂，減少不相干的人，即過去，現在，未來，肉身不同，靈魂共用，通過夢擺渡過去，夢類似水中央若隱若現的浮橋。文修良應該做夢嗎？過去她是誰？現在她是誰？未來她可能是誰？歷史上文修良最後被中共懷疑，逮捕，老死獄中。平反已在數年後。我們把這個留在夢中。她在劇中的結局是大獲全勝，看破世局，飄然而走。聶隱娘？可以，跟著磨鏡少年遠走東瀛？可以。或是脫下軍裝，混入世間，嫁人生子，一生平靜緘默。不過她應該會做夢。在夢中她被逮捕，被拷問，被凌辱，終於老去，將死，再想起另一個分岔，坐在自家的庭院為兒孫縫衣或者坐在江戶的某個門階上數著梅花凋落。我們並不解釋為什麼有這樣的迷宮，為什麼過去，現在，未來並肩而立，各自循環。只是建造，只是呈現，只是請君入甕。

我們三個沉默了一會，瘋馬寫完坐在沙發上繼續喝剩下的威士忌，好像隨時要散架。杜娟兒說，我覺得可以，是絕好的隱喻。我說，這不是隱喻。柳飄飄看著瘋馬說，瘋馬，你很有意思，換句話說吧，我願意跟著你騎馬去明朝。

我點上一支煙抽，琢磨著整個故事。故事不再是直線的，而是平攤開來，佔據了我的大腦。這時有人敲門。一個從沒見過的人，年輕男人，自稱是董事長助理，說，哪位是袁走走先生？我說，我是。他說，麻煩您出來一下，我跟您說點事兒。我跟他走出門去，他把我領到男洗手間。我說，我沒尿。他說，我也沒有，這兒沒有攝像頭。他遞給我一支煙，幫我點上，說，文總被抓了，你這個項目得停掉。我說，為什麼被抓？他說，經濟問題，也是隊形的問題。我說，隊形的問題？他說，廣播體操站錯了排，被校長點名開除掉。我說，我有權利問問題嗎？他說，你可以問一個。我說，我需要把前期款退給你們嗎？他說，不用，文總似乎是有感覺，所以這筆錢，是走的其他的名目給你的。你把煙抽完，隊伍解散，再也別走進這個樓了。我說，好，我想拉屎。他說，我先走，保重，哥們。你還可以想拉屎就拉屎，開心點。

我確實肚子疼，拉完了，洗了把臉，回到會議室，把這個情況一五一十說了。最後我說，我拿到了一些前期款，幾位的薪酬沒有問題，雖然還沒簽合同，但是按照口頭上的約定三天之內結清。如果誰，因為這個項目推掉了其他工作，我可以酌情補償一些，大家不用客氣。杜娟兒說，就不能我們給它寫完，賣給別的公司嗎？我說，風險太大。這個項目就是個行活，不是我們原發的東西，不值得。這個茶具是我買的，我帶走。杜娟兒幫我收拾茶具，柳飄飄跟瘋馬說，唉，大鬍子，你下午有事兒沒？瘋馬說，有事兒。柳飄飄說，什麼事兒？瘋馬說，還沒想好。老袁，我晚上能住你那嗎？我說，我是個單人床，沒有沙發。他說，有地熱嗎？我可以睡地上。我說，地下室，沒有地熱。他說，那我也可以睡地上。我想了想說，各位，其實我一直想寫一個電影。杜娟兒說，什麼電影？我說，我也不知道，等我想好再找大家吧。柳飄飄跟杜娟兒說，娟兒，你下午有事嗎？杜娟兒說，沒有。柳飄飄說，那你跟我走吧。杜娟兒說，好。於是兩兩別過，柳飄飄和杜娟兒打車走了。

瘋馬跟著我回到地下室，沒有喝酒，就躺在我的單人床上發呆，我說，你沒事兒吧，有話就說。他說，我沒事兒。我說，你沒事兒的話就下來，讓我躺會兒。他說，晚上給你躺，咱們輪著不行嗎？我沒辦法，下樓走了一圈，要了一碗蘭州拉麵，吃了半碗，吃不下去，放下筷子抽煙，把煙灰撣在碗裡。天黑了，我回到房間，瘋馬還保持著原樣躺在那。地下室漆黑一片。他說，老袁，我想上月球去。我說，坐高鐵嗎？他說，我把月球叫過來。我說，行了，想想明天怎麼辦吧，你不能一直住我這兒，你朋友不是有床？他說，關於我的一生，我以前不知道，現在全想起來了，以前得了形而上學的近視眼。我說，你收拾鋪蓋回家吧，別在北京待著了。他說，我睡一覺就走，但是不會離開北京，我其實一直在這兒生活。說完，沒過一會，他就睡著了。他睡得很實，一句話也沒說。快十二點，我的電話響了，柳飄飄在電話裡喊，你在哪呢？我說，我在地下室。她說，地址給我。我說，就是我們開會的樓下。然後電話就掛了。過了半個鐘頭，柳飄飄和杜娟兒來了，兩人都喝得爛醉。我說，你們幹嗎來了？柳飄飄說，你不是要寫電影嗎？我說，那就是一說。杜娟兒說，關於電影，我有個好主意。我說，什麼主意？她說，我想吐。說完就倒在地上。我把臉盆放在她下巴底下，她吐了半盆。等我回頭，柳飄飄擠在瘋馬旁邊，一條腿拖在地上。我把她的腿拿上去，從壁櫥裡找出一床被，墊在杜娟兒身子底下，把臉盆清理了，又放在她手邊。我環顧了一下周遭，只有兩個選擇，要麼躺在書桌上睡，要麼坐在鐵椅子上睡，我選擇坐在椅子上。

凌晨三點左右，我看見瘋馬坐了起來。眼睛緊閉，輕輕地說，媽媽，拿住它的韁繩。說完站起來走到門口，把門拉開又關上，然後走回來坐到床邊。我翻身去找自己的小本本，他已經把兩隻手放在自己脖子上。我跑過去，去扳他的手，他手簡直像巨人的手，以至於他的脖子瞬間就被扎緊，細了兩圈。柳飄飄被我的叫喊聲驚醒，說，我操，你們怎麼打起來了？杜娟兒在地上翻了個身，說，電影，我有個好主意，然後又睡著了。瘋馬的舌頭尖兒伸了出來，我和柳飄飄一人扳著他的一隻手，毫無效果。我忽然看到了我剛才坐的椅子，我說，你躲開。柳飄飄閃開身子，我舉起椅子砸在瘋馬頭上，瘋馬鬆開手向後倒去，後腦撞在牆上，又向前翻滾下床，臉衝下倒在地上，額頭上腫起一個大金包。我去攙他，他突然掐住我的脖子，柳飄飄去扳他的手，根本扳不動，他的手漸漸收緊。我的眼前一片漆黑，黑漆漆中，我看見月球向我靠近過來，巨大昏黃，觸手可及。我蹲坐在水邊，是個小孩子，渾身瑟瑟發抖。潮汐退去，一條土橋從水中升起，我撒開腿跑在上面，跑了回去，跑進了一片市集，到處是飄蕩的燈籠，到處是動聽的歌聲，聲光凌亂，一時耳目不能自主。抬起頭，看見瘋馬站在騎樓上，手托一個光圈看著我，我終於看清楚，那是月亮，月亮在他手心，光從指縫裡射出來，如同一提小小的燈籠。我醒來時，與瘋馬並肩躺在地上，他的額頭淌下血來。柳飄飄手提椅子氣喘噓噓說，他這是怎麼了？我摸了摸脖子說，沒什麼，做夢了。這回你可以自己睡在床上了。她說，算了，一會他再把我掐死。我們看著他一會吧。我蹲下用手摸了摸他的鼻孔，呼吸很均勻，血也止住了。他忽然睜開眼，看著我，看了足有十秒，說，我知道了，等我睡醒了，我帶你們去一個地方。說完就閉上眼睛，又睡著了。

飛行家

一

一九七九年，李明奇第一次來高家時，高立寬十分光火，並不是因為李明奇當時穿了一條喇叭褲，繫著一條花皮帶。當然這樣的儀表也許是個起因，最主要的是，高立寬從李明奇出生就認識他，還有他的兩個弟弟李明耀和李明敏，還有他的六個妹妹，名字無法列舉，但是確有這麼一大家子人，就住在高家後面那一趟房。再後面就是一九六七年修的紅旗廣場。廣場原是日本人修的，鋪的大理石磚，據說是從阜新開山運來的大石，建好後日本人在廣場放了一群鴿子，中國人第一天都給逮走，回家吃了。第二天廣場上又放了一群鴿子，還有幾個日本兵，端著槍看鴿子，中國人才知道鴿子是餵的，不是吃的。廣場的四周是日本人的銀行和辦公樓，後來日本人走了，這些東西就都留給中國人，六七年在大理石廣場上立了一座毛主席像，施工時鴿子就都飛走了，再沒回來，就此稱為「紅旗廣場」，因為主席像的底下有一排士兵，為首的一個戴著袖箍兒打著一面迎風招展的紅旗。李明奇一家就比鄰廣場，與高家的後窗戶隔了一條馬路。房子大概三十幾平米，也是日本人留下的，舉架很高，牆窗足金足兩，跟高家一樣，是印刷廠分配的住房。不同的是李明奇的父親李正道自己做了一個隔板，搭在半空，也就是說，憑空蓋了一層吊鋪，牆上嵌進五個台階，一家十一口人，女的住在底下，男的住在上面，安排得滿好。

高立寬看不上李明奇除了他的儀表，還有重要的一條是李明奇的父親李正道過去是高立寬的徒弟。高立寬是市印刷廠的高級技師，拿手的本事是古版印刷，一通百通，所有關於印刷的活計都難不倒他，在廠裡很受尊敬，廠長見面也要給點顆煙再開口說話。受尊敬不光是手藝，高立寬是個老黨員，一九三六年就入了黨，那時說叫共產黨，更通用的名字叫地下黨。高立寬因為是個苦出身，讓人一說，心一橫，就入了地下黨，偷著印傳單，他印的傳單比別人的都好，色澤鮮艷，日久彌新。高立寬雖然小時候沒讀過書，不過在印刷廠裡認了字，字認得多了，還能措個詞，上級派下來的口號，他有時候給改改，鼓動性更強，上級後來給他寫了一封信，說真是行行出狀元，沒想到有人還是天生印傳單的料。那時他不是高師傅，還是小高，小高就印了兩年傳單，期間蹲了一次國民黨的大獄，蹲了一次日本人的大獄，都挨了打，日本人那次打得略狠，一隻眼睛瞎了，出來之後便喚作獨眼小高。解放之後，獨眼小高高興了一陣，不過也沒覺得如何，新世界新氣象，他還是在印刷廠印東西。沒過幾天，他才品出這個新世界不一般，那個給他寫信的上級當了副市長，一天把他想了起來，給他廠裡打了電話問還有沒有他這個人，是不是犧牲了。回答說，人在，還是搞印刷，只是眼睛瞎了一隻，過去調色是瞪著兩眼，現在是一隻眼，調得依然沒問題。市長就派人把他接去，還提醒他把信帶著。聊了一會，把信拿回，拍板讓他去幹部學習班，學習幾個月就當副廠長，高立寬當即說，我只有一隻眼，不好看，另外也不是當官的料，嘴笨不說，一看人多就哆嗦，當年參加革命不為當官，現在有了新中國，自己已然高興，還是繼續當工人為好。市長說，你這一隻眼是為革命丟的，欠你一隻眼，該還，你又有點文化出身又牢靠，這樣的好機遇不可浪費，不幹也得幹，明天就去學習班報到。

高立寬從市政府大院回來，心裡不舒服，把徒弟李正道找到家裡來喝酒。李正道第一次去師傅家喝酒，拎了半隻熟雞一瓶白乾，兩人把雞掰碎，邊吃邊喝，高立寬說，正道，你這雞不錯，哪買的？李正道說，師傅，買不著，我自己烤的。高立寬說，你當工人白瞎，開個店能發財。李正道說，我烤一隻得烤半天，開店準賠死，給師傅吃正合適，下次給您烤隻兔子。高立寬心裡高興，覺得這徒弟不但會烤雞，每次說話都讓人舒服，就喝了一大口酒，給他講了些印刷的門道，李正道歪頭聽著，時不時把雞的好位置遞給高立寬。高立寬喝得有點快，想起要傾訴的事情，說，今天去了趟市政府，心裡不舒服。李正道說，師傅您這話怎麼說的，今天您被大轎子接走，廠裡都炸了鍋，您是老革命，過去您也不說。高立寬說，這玩意說個屁，有人腦袋大，旁人一眼就看見，有人屁股圓，總不至於天天脫褲子給人看。李正道說，您說得是。高立寬說，市政府那個院子，過去是日本人的地方，我這隻眼就是在裡頭打瞎的。牆上還有日本字兒，沒刷乾淨。這個幹部班我是不想去，可是不去不行，市長得罪不起，不過別看我就一隻眼，可是看得清楚，我啊，去也白去，河裡游的扔馬路上，一步也走不了。這天喝到半夜，李正道就睡在高立寬家，兩人腳對腳，高立寬鼾聲如雷，李正道一宿沒合眼，第二天天一亮，就爬起來給高立寬沏了一大缸子茶，去上班了。

高立寬的看法沒有錯，人貴有自知之明。學習班上除他之外，都不怎麼識字，有幾個比他說話還笨，說得一口方言，除了自己誰都聽不懂。還有一位有鴉片癮，中途犯了癮，倒在地上亂滾，讓人送回家了。高立寬雖然相貌有些缺陷，可是儀表堂堂，寬肩闊背，一張方臉，說話雖然不比授課的老師，可是硬要說兩句，也是能說出兩三點，就這分出兩三點，不是一鍋粥，就壓死了人。可是他的問題就出在喝酒上。去了半個月，大醉十天，打傷了兩個同學，把一個巡查的老師也打破了腦袋。不單是醉人驃悍，是高立寬從小跟北市場的老師傅學過點把式，要不然也不能兩次大獄都活著出來。打傷同學是小事情，打傷的那位老師去過延安，是比高立寬資格更老的老革命，不但是老革命，要命的是還是一位女同志，愣讓高立寬揪著頭髮走了半個走廊，最後拽下一大塊頭皮來。這位女同志包著腦袋，連夜給組織寫了一封信，從太平天國說到十月革命，從十月革命說到義和團，從義和團說到延安整風，總之是用血的教訓確信無產階級的隊伍裡也藏著流氓，需要徹底地改造。高立寬捲著鋪蓋揣著休學的證明回了印刷廠，這回沒有大轎車，自己坐公交回來的，李正道把鋪蓋捲接過，什麼也沒問。實話說，師傅好酒，李正道早知道，師傅喝酒之後喜歡動手，他也知道，他就挨過幾次打，有一次在飯館喝到一半，師傅喝得興起，把他連人帶椅子順著窗戶扔到了大街上。這還是自由自在的時候，到了學習班關起來，心裡憋悶，半夜跑出去喝酒，醉酒鬧事，都在情理之中。李正道是山東人，家裡吃不上飯，父母餓得走不動，他一人揣著一包種子跑到東北來種地，四〇年河壩決了堤，把地沖了，他就跑到市裡來，先是在舊書店給人打工，夜裡睡在門板上，白天賣書碼書，也認了幾個字，後來幾經輾轉，到了印刷廠。要說無產者，他比高立寬更合格，只是沒蹲過大獄，沒跟市長通過信，但是他酒量大，不鬧事，心靈手巧，也知道時局變了，就像發大水，雖然啥都沒了，一地的泥巴，可也是新的機會。到了傍晚，高立寬終於說話，正道啊，明天給師傅烤隻兔子。正道說，好，明晚拎您家去。高立寬說，我手欠，把人打了，這學習班念不下去，市長把我保下來，讓我反省反省，下周再去，實在是要把人折磨死。正道一邊把裁紙刀擦好，擱在工具箱裡，一邊說，要不我替您去？高立寬噌地站起來說，你情願？正道說，看您這麼遭罪，我心裡難受。高立寬說，得去一個月，見天兒關在屋子裡講馬克思列寧，晚上大門都上鎖，你行？正道說，我試試，不行的話您來接我。高立寬往地上吐了口吐沫說，行咧，算我欠你一回，明天我去趟市委，把這事兒辦了，你家是山東哪來的？正道說，山東蓬萊曲南縣李家村，我爸我媽都讓日本人殺害了。這句和事實有點出入，李正道的爹媽是餓死的，不過如果日本人不來，不打仗，不徵兵納糧，也餓不死，所以從根上說，也不算撒謊。高立寬捉住李正道的手握了握，說，徒弟，以後就算我結了婚，有了孩子，家裡也算你一口。明天最後一遭，市委的門兒我再也不進了。李正道有點感動，也有點內疚，決心明天把兔子烤得好一些。

握手是個新事物，高立寬在學習班學的。

所以七九年李明奇來家，就算高雅風不說，他也知道這是李正道的兒子，兩人長得一模一樣，瘦高，挺長的脖子，眼窩深陷，像個德國鬼子。打過招呼，李明奇掏出個手絹，把椅子擦了擦，坐下，白色的喇叭褲貼在木椅子上，只坐了一個邊兒。高立寬心想，德性，看你憋的什麼壞。高雅風二十三歲，在變壓器廠工作，長得不太好看，眼珠子有點突出，牙也有點往外嘛，頂著嘴唇，但是是高家姐弟三人裡最能說的，雖然年紀不大，一旦讓她說起來，便蹺起腿，一隻手拽著腳腕子，眉飛色舞說幾個小時也行。就靠這張嘴，說動了老師，給她弄了一個假病歷，於是沒有下鄉，初中畢業早早就進了變壓器廠，每個月領二十多塊工資，工齡比同齡人都長。可是七九年秋天的這天下午，高雅風老老實實坐在李明奇旁邊，沒有說話，她怕她爸，就像是八哥看見貓，再怎麼抖機靈也是沒用的。她看著大姐高雅春前後忙活著給李明奇倒茶，心裡一邊覺得果然是親姐，平常怎麼鬧還是給她些面子，一邊嘴癢癢想說點李明奇的好處，可是看見高立寬濃濃的擠在一起的眼眉，又都嚥了回去。

李正道去了學習班，真個一個月沒回來，高立寬依舊耍著光棍，白天上班，晚上喝酒，這點工資都捐了飯店。高立寬喜歡請客，因為工齡長，段級又高，工資比別人多，主要是喜歡那個熱熱鬧鬧的氣氛，喝完酒去澡堂子一泡，泡完倚著澡堂的大長皮椅子聊天，修腳，喝半夜的濃茶。過了十天，差不離把李正道這個人忘了。一個月之後，李正道回來，他看見李正道理了個新髮型，頭髮長了，梳得很齊整，先前有點連鬢鬍子，都剃光了，穿著一身藍色的的確良中山裝，一頭扎進了廠長的辦公室。高立寬心想，你個什麼東西？我的手藝你才學了點假把式，去了趟學習班，就自己換了身皮，回來不先見師傅，跑到廠長那裡露臉，等你換上工作服，我再拾掇你。他沒想到，往後將近二十年，李正道再沒穿過工作服，先是在高立寬的車間做副主任，主抓生產線改造，伺候幾個俄國人，然後又做了全廠的工會主席，抓思想改造的工作，「三反」「五反」都是他領頭，揪右派的時候他第一個寫了材料，把廠裡幾個搞古版印刷的老師傅點了名，「文革」前，他已經是副廠長，市裡的毛選都是他主持印的，還去周邊的地級市傳授過先進經驗。高立寬看在眼裡，沒覺得多麼不舒服，一個人是哪塊料，活著活著就會顯露，這個李正道就算沒有這個機會，遲早也得跳出來，成個人物，單說每次講話不拿講稿，說得條條是道，主席的語錄張嘴就來，高立寬就覺得比自己強了不止兩條街。況且李正道每次見到他，都叫師傅，搞幾次運動，也沒刮著他。高立寬有時候叫他李廠長，他不讓，說，叫我正道，沒您沒我。還算吃過了炒菜，沒忘了大馬勺，高立寬心想。不過這二十年過去，直到「文革」來臨，把李正道打下馬，牛棚沒蹲，廁所也沒讓他掃，只是抄了幾次家，遊了幾次街，坐了幾次噴氣式飛機，剃了陰陽頭，不再讓他印毛選，工作呢，回到車間，換上工作服當工人，這二十年間，高立寬對李正道還是有幾點不滿意，第一，沒完沒了地生孩子，前前後後生了九個，管生不管養，一心都在工作上，這九個孩子見天兒在街上亂跑，穿鞋沒有腳後跟，大的帶小的，毫無規矩，不成體統。第二，自打學習班回來，再沒給他烤過兔子，那天晚上李正道說改天給他烤兔子，一直沒有兌現，高立寬的直覺告訴他，兔子比雞好吃，可是一直沒吃著，乾等了二十年。第三，李正道自己爬上吊鋪，把自己吊死之前，沒有找他商量。一個人要死，是個大事，大事應該和人商量，李正道誰也沒和誰說，在外面挨了一頓打，回家給九個孩子挨個洗了遍澡，就自己爬到吊鋪把自己吊死了。當這麼多年幹部，到最後死得這麼草率，死前也沒把他當朋友，高立寬意見很大。

高立寬喝了一口茶，看著他的老婆趙素英，終於說了話，掌櫃的，給下鍋麵條。趙素英比高立寬大，大四歲，相貌一般，個子矮，裹過腳，還結過一次婚，也在印刷廠工作，這些都不是問題，因為高立寬的眼睛算個殘疾，所以算是般配，何況趙素英前面那一軲轆婚姻，沒有孩子，丈夫暴死，來了高家之後，三年一個，生了兩個女孩兒一個男孩兒，高立寬感到滿意。唯一的問題是，趙素英性格慢，高立寬性格急，結婚之前不知道，結婚之後才發現，實在太慢，兩根電線桿子能走半個小時，你這邊火上房了，她那邊歪在炕頭睡著了。做飯好吃，但是從買菜到做熟，得幾個小時，高立寬餓得跳腳，喝多了酒打她，沒用，你打完她，正在氣頭上，她把摔碎的碗筷收拾好，坐在板凳上開始聽匣子了，穆桂英掛帥。高立寬後來想起過去的資本家，覺得自己在新中國雖然已經翻身做主人，可是又落到這個慢性子手裡，於是給她起了個外號，叫掌櫃的。掌櫃的趙素英從板凳上站起來，到廚房拿了一個大麵板，撂在炕沿上，又從廚房拿了一個大鋁盆，上面用屜布罩著。幾個人都能聞到鋁盆裡的鹼酸味兒。今天包餃子吧，趙素英說。高立寬心頭一驚，家裡的錢給趙素英管，掌櫃的管錢，天經地義，趙素英節儉，存摺在哪他都不知道，只知道趙有個小手絹，裡面包著零錢，他要買酒，趙就摺開手絹，拿出一張零票子給他。今天竟然吃餃子，而且看來早有準備，高立寬心裡有點矛盾，一方面他覺得趙不應該對李明奇這麼重視，不給他好臉，他要是識相自己走掉就是；另一方面，餃子就酒，越喝越有，他一邊琢磨著，一邊從炕裡頭把小方桌拉了過來，擺在了炕中央。

二

大姑打電話把我叫醒的時候，我剛剛睡熟。挨到凌晨三點，還是不睏，就下樓買了一件啤酒，喝到第三瓶，終於有點睏意，趕忙到床上趴著，也沒有馬上睡著，啤酒脹肚，五點鐘起來撒了一大潑尿，才睡下。北京的冬天不比家裡，每天霧氣昭昭，凍人不凍水，到了夜裡從窗戶縫裡滲進一股陰冷，這啤酒喝得有點作妖，直打哆嗦，只好把自己深深地裹在被子裡。第二天是周六，約好了陪領導踢室內足球，我在大學時是個足球健將，司職右邊鋒，能甩牛尾巴，現在胖了三十斤，換好運動服就出一身汗，不過也沒關係，踢球不是重點，重點是踢完球喝酒，喝酒也不是重點，重點是聽領導講他在大學時是個足球健將，左右腳七十米長傳。問題就出在，因為睡著得比較晚，以為得混到天亮，手機沒有靜音，清早七點半，大姑的電話打進來，我其實剛剛進入深睡眠，忘了自己身處東四環附近的一家出租屋裡，腮幫子發緊，以為自己睡在家裡那張硬邦邦的單人床上，後來單人床不見了，夢見自己在高考的考場，政治題怎麼想也想不出，伸脖子想看別人的，別人都離我很遠，且用胳膊把卷子蒙住，急得我想把自己腦袋揪下來。就在這時電話響了，我一激靈坐了起來。哎，是小峰嗎？我一聽就知道是大姑，雖然已經兩年沒聯繫過，但是她的錦州口音辨識度太高，尾音永遠是挑上去，像唱歌一樣，而且不說喂，說哎，好像對方接聽讓她覺得很突然。我說，大姑啊。大姑說，你個死孩子，過年也不說給大姑打個電話，你奶天天念叨你。我說，大姑，我還沒睡醒，一會給你打回過去吧。大姑說，別撂，大姑不是讓你還錢，有正事兒找你。我就怕她說這個，大學的學費是大姑給我拿的，畢業五年了，錢我一直沒還，其實一共三萬，想還也還了，不過她給我拿錢的時候說是給，沒說是借，我就認為是一種捐獻，欠的是情，不是錢。我大姑是我爸姐弟幾個條件最好的，也願意當家主事。後來她有時候和我聯繫，讓我去看我奶，從北京到錦州倒是不遠，只不過錦州確實沒什麼好玩的，我奶八十歲之後就有點糊塗，見了也跟沒見差不多，從沒去過，大姑就在電話裡說，我也不讓你還錢，就讓你來看看你奶，就你這麼一個大孫子，你也就這麼一個奶，哪天她死了，我跟你說，這麼大歲數的人，放個屁都可能過去，到時你想見就得看照片了。她這麼一說，我覺得難過，馬上答應去，放下電話又覺得太麻煩，終歸還是沒去。可一回味，這個不讓還錢有點微妙，似乎還是借給我，只是不著急要，本質和過去有了區別。我說，大姑，你給我卡號，我一會把錢給你打過去，這麼多年算上通貨膨脹，我給你打四萬吧。大姑說，你這孩子聽話就能聽半句，我沒說錢的事兒，我說有正事找你。我說，您說。她說，你二姑夫李明奇丟了。還有你哥，李剛，也丟了。我口渴，沒有水，只好喝了一口昨夜剩的啤酒，說，啥？啥叫丟了？大姑說，就是找不見了，兩人上周五早晨一起出去吃豆腐腦，然後就再沒回來。我說，報警了嗎？大姑說，你哥是個啥人你不知道？去年剛放出來，你二姑說了，李明奇跑之前跟鄰居借了錢，現在鄰居天天敲他們家門，所以是處心積慮，咱們別報警，自家人找自家人，先找找，實在不行再經官。我說，那您坐火車去瀋陽吧，我在北京給您打打下手。大姑說，狗東西，你大姑腰脫五年，還不是你爸死的時候護理你爸累的，你趕緊給我回瀋陽找去，找不見我把你奶送回去。這句話有分量，主要包含兩個往事，第一是我爸得癌的時候，我媽六神無主，我剛剛考上大學，我大姑從錦州過來主持局面。一天晚上抬我爸去做介入檢查，把腰閃了，再沒好。第二是，我爸去世之後，我大姑看我家這個情況，就把我奶接走了，給我和我媽減輕了巨大的負擔。我說，姑，我不是推託，我是學法律的，現在在銀行當法務，不是搞刑偵的，專業不對口，另外我奶在您那住慣了，您也說了她老人家身子骨脆，經不起折騰，咱們不要意氣用事。大姑說，你是翅膀硬了，還教你大姑怎麼做人了？我跟你說，公檢法不分家，你馬上回去把你二姑夫和你哥找著，要不然我給你奶買張火車票，去你單位靜坐，別看她糊塗了，腿腳比我好使得多，你自己掂量。說完就把電話掛了。

我給領導打了個電話，說下午的球去不了，一咬牙，順便請了一周的年假。本來這個年假答應我媽，帶她去香港玩一圈，她天天在家看TVB的劇，想去香港吃吃便當。實話說，我也想去，想去迪士尼，坐坐半空中翻滾的那幾個器械。有些人恐高，我家人從來不恐高，而且有個特點，喜歡上高，我爸活著的時候，一跟我媽生氣就自己上房頂坐著。我媽說，你是猴子變的？我爸也不言語，坐到天黑，下來，氣就全消了。領導聽說我要請年假，有點不樂意，我手裡壓著六七份合同，還沒改完。但是工作了三年，我一次年假也沒請過，他帶著老婆孩子全世界的景點玩了一半，有時在國外遙控我加班，所以我第一次張嘴，他也沒提出大的異議，讓我注意安全，心別玩散了。

到瀋陽的時候，已經是晚上七點。家裡沒人，電飯鍋還熱，刷好的碗擱在水池邊上，還有水珠。十二月的瀋陽正式進入冬天，我家是個老小區，暖氣沒有分戶，大家誰也不交錢，但是如果一點暖氣不給，又怕凍死幾個，鬧成新聞，於是就給一點，手涼的時候能摸出一點溫度。我媽那雙深紅色的羊毛拖鞋擺在地上，已經瓢得不成樣子，好像兩只烤地瓜。這還是我上班第一年春節時在無印良品給她買的，我媽說送鞋不好，好像是暗示她應該改嫁。我說全沒這個意思，是現實主義的考慮。我媽腳乾，一到冬天腳後跟就開裂，襪子的毛屑滲進裂紋裡，看著很不舒服。這兩年事情多，沒有注意她的腳怎麼樣，是不是穿上羊毛拖鞋之後有所改善。我走進自己的屋子，一張單人床，一個木書櫃，一把能旋轉的塑料椅，一盞舊台燈。椅子背後是衣櫃，曾經比我高，現在到我下巴，衣櫃頂上擺著我的儲蓄罐。一隻微笑的小豬。我在椅子上坐了一會，一晃半年多沒回來，我拉開抽屜，裡面擺著鋼筆和鋼筆水，還有我初中時買的打口帶，一個老外吹的薩卡斯。每次回來都很匆忙，這個抽屜已經好久沒有拉開過，裡面還有我小時候的作業本，還有從小學到高中同學送給我的賀卡。我一點點翻看，在緊底下，沒有記錯，我收藏了一張便箋，上面寫著：小玲，我今天臨時出差，你給小峰做飯，饅頭在冰箱裡。旭光。我爸生病之前，職業生涯的後期，經常被派到各個村莊去修理拖拉機，這個便箋就是那時候留下的。家裡我爸做飯，這點可能跟一般家庭不同。

窗戶衝東，窗外是一個大酒店，擋住一天中大部分時間的光，只有到傍晚時分，夕照日的光經酒店的窗子反射，才能照進屋內一點。這時酒店的窗戶亮了三分之一，大多拉著簾子，有一扇沒拉，一個保潔工人在裡面鋪床，雙手抻著被單，用力一甩，罩在一張潔白的雙人床上。

門響，我媽回來了。我推上抽屜從房間走出來，我媽正在脫鞋，她彎著腰抬頭看我，說，你怎麼回來了？我說，遛彎去了？她的頭髮又白了一片，眼袋也比上次見她大了一圈，體型倒沒怎麼變，還是微胖界人士，穿著褪了色的紅羽絨服像一隻棕熊。跟樓上的二嫂去廣場了，她說。她每天活動的區域不會超出周圍兩公里。我說，媽，你知道二姑夫和我哥，丟了嗎？我媽說，知道，你二姑前天給我打了電話，你吃飯沒？我說，在車站吃了，兩大活人咋說丟就丟了呢？我媽說，我問你，這十年，你跟你二姑夫你哥說過幾句話？我回想了一會說，我爺去世的時候說了幾句，我爸去世的時候說了兩句，其他的想不起來了。我媽說，我再問你，你爸有病的時候，他們來過幾趟？我說，想不起來了。她說，來過一趟，你爸住院一個月了，說不出來話了，他們來了，坐了二十分鐘，買了兩斤蘋果一盤香蕉，扔了二百塊錢，就這麼一次。我說，啊，我都忘了。我媽指了指自己的腦袋，我從小記性不好，丟三落四，但是這種事我記得清，一樣一樣都碼在光底下。我說，光底下？她說，就像光照著，那麼清楚。我說，陳芝麻爛穀子的事兒就別說了，明天我去看看我二姑，你去不去？我媽瞪著我說，你就為這兒回來的？我說，啊，我大姑早上給我打的電話。我媽說，請了假？我說，請了年假。我媽說，香港還去不去？我有點愧疚，走過去拍了拍她的胳膊說，媽，明年。我媽說，行，要不是你爸死了，我指著你？說完走進自己的房間，把門鎖上了。

我媽過去是個十分溫和的人，聽我爸說，我媽年輕時是個開心果，雖然有點任性，但是十分招人喜歡，梳著一條黝黑的大辮子，一打撲克就偷牌，見誰都笑。工廠倒閉之後，兩人自謀生路，我媽變得陰鬱了一點，老房子被拆遷，住到郊外的棚戶區去，我媽又陰鬱了點，回遷之後，房子沒有陽光，樓道無人清掃，樓上住著一些以打架鬥毆為生的少年租客，直到父親去世，這一重擊，使我媽徹底變成一個陰鬱的中年女人。不過她也沒有完全放棄，想要去香港，便是一種努力，可惜我讓她失望，想來想去，我在心裡恨起大姑的餿主意來。

第二天一早，我媽的房門沒開，我站在房門口聽了一會，她應該是起來了，不過沒有電視機的聲音，也許就是在坐著。我找東西吃，飯已經做好了，一盤西紅柿炒雞蛋，一小碗雞蛋糕，都溫在電飯鍋裡。一個棕色的電話本，放在飯桌上。我翻開，是我爸的字跡，記著很多地址和電話號碼，我找到二姑的地址和電話，不知換是沒換，看字跡至少是十年前寫的。鐵百東，第一個衚衕右拐，看見一個賣布鞋的門臉再右拐，二單元三樓，黑色盼盼防盜門。鐵百就是鐵西百貨商店，位於鐵西區的中心，我小時候去過，每到周日人山人海，對面是一家新華書店，有兩個開放式的書架，其餘的書都在售貨員的背後，想看或者想買，需讓售貨員扔過來。小本的其中幾頁寫著好多數字，軸承六個，螺絲八盒，合頁七盒，汽油三桶，底下寫著一個字：欠。看樣子是當年做工人時記的帳。我敲了敲房門說，媽，本我拿上了。沒有回答。傳來一聲窗簾的滑動聲，不知是拉開還是拉上。我穿上羽絨服走出門去，把電話本揣在懷裡。

幾乎沒怎麼變，還是一個十字街。除了新華書店消失了，變成了一家必勝客。鐵西百貨沒有了，變成了一家小超市。我在裡面買了兩箱牛奶。那家做布鞋的店還在，也做壽衣。幾個老人穿得圓滾滾，戴著帽子手套坐在院子裡聊天。二樓三單元，確有一扇黑色盼盼防盜門。上面貼滿了小廣告，像一張波普藝術的畫。門旁邊有一個三元牛奶的木箱，上面寫著：高雅風。我敲了敲門，沒人答應。又敲了敲，一個聲音說，誰？我說，二姑？那個聲音說，誰？我說，小峰。高小峰，你侄兒。那個聲音說，我侄兒？然後聽見拖鞋蹭到門口的聲音，那個聲音說，勞駕你把貓眼的廣告撕了。我撕下，聽見裡面說，真是我侄兒。門開了。

二姑變得很小。像一隻猴子。不過確實是我二姑，我意識到即使她變成一隻老鼠，我也能認出她來。她的頭髮掉了一半，不是整個的一半，是間或的一半，挨著另一根頭髮的頭髮掉了，不過還是努力朝一邊梳著，看著更顯稀楞楞的。兩腮塌進去，臉上都是老年斑，牙也掉了許多，笑起來牙床隔著嘴唇蠕動，走路時腳在地上拖著，抬不起來。房子的格局跟我記憶中一樣，中間是廳，兩側是南北雙臥。她引我進南屋，北屋是我哥的房間，我小時候去玩過，還睡過他的床。不過現在門關著。南屋的床上有兩個包子，一個吃了一半，露出酸菜和雞蛋，另一個僵硬了，像一團水泥。電視開著，一個女人在唱歌。我過去知道她得了風濕病，難以下樓，現在回想，知道這件事已經是很久之前，於我卻好像是昨天的消息。她的手變形了，像雞爪，用三根手指鉗著一杯水遞到我面前來。

二姑說，來就來，還買啥東西？你媽挺好的？我說，挺好。二姑……二姑說，你愛聽歌，還是愛看電影，電影頻道有電影。我說，都沒關係。二姑，大姑給我打了個電話。二姑說，上次見你，是你爸出殯，五年前？我說，五年前。二姑說，也是冬天吧，我哭得太厲害，好多年不出門，一出門就是這種事，你多擔待。我說，二姑，你這說的啥話，不哭才有問題。二姑的房間很小，收拾得很乾淨，地上的紅色地板已經不紅，但是沒有灰塵，她身上穿著一件黑色棉襖，有點大，但是袖口沒有一點污漬，腳上穿著紅襪子，看上去是嶄新的。二姑回頭指著窗外說，小峰，你瞧見那個有個煙囪沒？我伸脖子看，說，瞧見了。確實有一個煙囪，暗紅色，在一百米開外，沒有冒煙，側面鑲著一排鐵梯子。二姑說，就是這個東西，把你二姑妨了。我說，二姑，我沒太懂。二姑說，就是這個煙囪，妨了你二姑的命，病老不好。我沒有言語。二姑說，你現在出息了，在北京做頭臉人，去找人說說，把這煙囪扒了吧。我說，二姑，我雖在北京，就是個銀行職員，管不了煙囪。我看這煙囪不冒煙，梯子也鏽了，你不碰它，自會有人扒它。二姑說，我也這麼想的，可是十五年了，它還在那妨我。前兩天給你媽打電話，你媽說你現在不得了，跟劉sir吃過飯，一個煙囪治不了？我說，二姑，我媽這話說大了，劉sir我只在電視裡看過，就算我是頭臉人，跟他吃飯也不是什麼好事兒，您說對不對？二姑沉吟了一會說，不該跳舞。我說，啥？二姑說，這輩子就讓跳舞毀了。我說，不是煙囪？她拿起包子看了看，又放下說，煙囪是煙囪，跳舞是跳舞。年輕時跳舞，遇見你二姑夫，這是第一毀。上班後跳舞，跳了一宿，出了一身汗，直接去上班，讓風掃了，鑽進骨頭縫，得了風濕病，這是第二毀。教會了你二姑夫，我跳不了，他一直跳，終於人跳沒了，這是第三毀。這輩子就毀在跳舞上，小峰，你餓不，去冰箱裡拿點東西吃。她這麼一說，我還真有點餓了，站起來走到廳裡，拉開冰箱門，發現裡面滿滿當當裝的都是包子。我把門關上，回頭看她，她眼睛盯著電視機唱歌的女人，用腳尖輕輕打著拍子。

三

掌櫃的趙素英手握菜刀開始剁餡，高雅春知道她媽話少，刀架脖子上說饒命都得合計半天，怕怠慢了李明奇，就開始找話說。高雅春念的衛校，是個護士，這麼說來一家子人裡學歷最高，所以平時主事兒，當半個媽使，也有信心敢說話。她知道妹妹高雅風是個膚淺的人，過去談朋友，介紹人說半天沒用，家裡金山銀山沒用，看了照片才決定見不見。說白了，就奔個模樣。這讓高雅春很是擔心，所以前幾次相親她都跟著去，一看對方是繡花枕頭，當場就給攪和黃了。高雅春本人要結婚了，未婚夫是隔壁醫專的男同學，分配到錦州當大夫。模樣一般，人很本分，家裡都見了，很相中，秋天就去錦州辦事。這個夏天其實高雅春心情挺複雜，一是要離家遠去，錦州也在省內，但是火車要六個小時，平時想是回不來了，擔心家裡頭。二是，到了錦州人生地不熟，一切都得適應，過去就聽說過個筆架山，退潮時露出條小路，可以直接行到海中的山上去，漲潮時小路被淹沒，若是沒回來就得困在山中。想到去那裡落地生根，心裡有點忐忑。三是，臨走前，想給家人一人織一件毛衣，時間越來越緊，還沒有織完。高雅春從包裡拿出一罐茶葉，這是託朋友在鐵西百貨買的鐵觀音，到外屋拿開水沏上，給高立寬倒了一杯，給李明奇倒了一杯。李明奇欠了欠屁股說，姐別麻煩。這回離近了看得真切，這個李明奇確實長得可以，不但濃眉大眼，鷹鉤鼻，兩隻眼睛的睫毛足有一寸長，忽扇忽扇的，好像眉底落了兩隻蝴蝶。

高雅春說，聽說明奇在軍工廠上班？李明奇說，是。高雅春說，好單位，是不是還得保個密？李明奇說，也沒啥，具體的工作不讓說，但是總之就是造降落傘的。高雅春說，降落傘？李明奇說，好多個車間，都和飛機有關，我的車間造降落傘。高雅春突然覺得此人高雅了一點，不知是為啥，她說，聽說去年還是先進？李明奇說，也沒啥，我搞了一個發明，改動了降落傘的一個小部件。高雅春覺得此人又高雅了一點，竟還是個愛迪生。高雅風此時插嘴說，他還沒說完。這句話起了作用，高立寬也斜著一隻眼朝這邊看，高旭光本來在看書，這個高旭光是個書蟲，「文革」時看大字報，下鄉時看字典，回城後分配到拖拉機廠，下班就鑽圖書館，性格隨了他媽，平時沒聲，書看了也說不出來，自己咂摸。

高立寬卻極愛這個小兒子，常說兩句話，第一句說，掌櫃的，要不是你生了小旭子，我打你更多。第二句是，掌櫃的，我們這印刷廠就指著小旭子這樣的人活，愛看字兒。高旭光這時也抬起頭來，聽李明奇的下文。李明奇喝了一口茶水說，我弄的降落傘雖說只是改了一個小部件，但是作用不算小，主要是開傘比過去更快，整體也降了分量，雖說比美國人的沉一點，不過已經接近。沒人敢試。我就自己試了一次．高旭光問，你怎麼試的？李明奇說，飛機上，五千米。落下出了點小故障，鎖扣卡住了，弄了半天，比預計開傘的時間晚了三秒，也偏了靶點，落在了樹上。第二次就好了，實驗比較成功，所以得了個先進。高立寬心想，這小子跟他爸一樣，愛往上走，遲早摔得慘。高雅春聽得心驚膽戰，她是護士，有點醫學常識，五千米落下，稍有閃失準成肉泥，落在樹上，運氣不好也是骨斷筋折。高雅春說，發明是發明，實驗是實驗，咱好不好以後專搞發明，不搞實驗，這次命大，下次命小，都保不齊。高雅風笑說，這傢伙不是命大，是骨頭輕。我和他跳舞，他跳女的，我跳男的，拿手一帶，他就轉起來。高雅春瞪了她一眼，高雅風馬上把嘴閉上。李明奇說，我確實比一般人輕一些，不是分量，我有一百四十斤，但是不知為啥，感覺比別人輕，小時候跟我爸放風箏，有一次我爸做了一個大蜈蚣，那天風很大，我被風箏帶起來，腳離地飛了一百米，撞到個郵筒才停下來，後來我爸再也不帶我放風箏了。高立寬知道有這麼一個風箏，用的特種紙，還是他給弄的。想起李正道，高立寬心裡又是一緊，這個徒弟心靈手巧，可惜死了，留下一大窩孩子，這個李明奇是老大，幫著他媽拉扯剩下八個孩子，經過這麼多困難的時期，一個沒死，他還進了軍工廠造了降落傘，也算是有出息。高立寬又想到，因為這麼多年生李正道的氣，從來也沒伸手幫過什麼忙，一勺豆油都沒借過，想到自己五大三粗，心眼比針鼻還小，就眨了眨那隻獨眼，嘆了口氣。

高雅風聽見高立寬嘆氣，心裡發慌，想是剛才說跳舞的事情惹惱了他，便拿眼睛戳李明奇，引他往放在炕頭的軍包裡看。李明奇站起來，從軍包拿出兩瓶西鳳酒，放在方桌上。高立寬看見酒，翩腿上了炕，指了指李明奇說，上來坐。高雅春並不知道高立寬的心裡活動還有內疚一環，只覺得這個爸雖是一家之主，其實內心簡單，兩枚糖衣炮彈就擊穿了心扉，又想到自己就要遠嫁，更加擔心起這個家來。李明奇站起來，試了一試，發現褲子太緊，上炕盤不下，就說，叔，我在炕沿陪你，這兩瓶西鳳酒是我爸留下的，當年捨不得喝，埋在院子裡，抄家沒給抄走，今天能喝多少喝多少，剩下的給您留下。高立寬說，你能喝多少？李明奇說，我看狀態，睡飽了的話，能喝半斤。高立寬說，夠使，今天這酒剩不下。掌櫃的，先別剁了，炸盤花生米，也讓我們消停會兒。趙素英放下刀，在圍裙上蹭了蹭手，去外屋生爐子。高旭光站起來往外走，李明奇說，旭光不喝點？高旭光回頭說，最煩這個。說完拎著書走出房門去。這時候正是中午，夏日的陽光正照在房頂上，衚衕裡頭賣冰糕的老郝太太推著冰糕車走過高家門口，旭光攔住她，掏出五分錢買了一個冰糕，順著梯子上了房頂，在斜沿一躺，又把書看起來。高旭光從十幾歲起，就下了兩條決心，一是不喝酒，滴酒不沾。二是不打老婆，無論老婆怎麼惹人厭，不行就離，絕不打她。要說大部分的兒子，無論怎麼努力，內心裡總有個核心的部分，和父親相連。就像影子，無論怎麼歪歪斜斜，總是離不了本人的腳後跟。這個高旭光是個另類，從十幾歲起，就在靈魂深處鬧革命，把高立寬的所有東西都掃地出門，終於長成了一個和高立寬完全不同的男人，這個不同的程度怎麼說呢，就像X和Y的不同。

花生米端上來，杯子擺好，高立寬說，再拿一個。於是三個杯子擺在兩人面前，高立寬都給斟滿，說，正道，世事無常，沒想到這麼多年沒吃上你烤的兔子，卻和你兒子喝起你留下的酒。還是有緣。你走得早，我也遲早得走，先走為大，我先乾了這杯。高雅風無所事事，坐在板凳上抱著雙腿看兩人喝酒，這一中午她憋了一肚子話，憋話比憋尿還難受，尿憋住實在不行可以尿褲兜子裡，話憋不住也不能站起來喊出來。高立寬喝酒從來不讓女人上桌，要不你可以吃他剩的，要不你就抱個碗坐凳子上吃。趙素英一般都在灶台吃飯，站著就吃好了，因為人又矮又瘦，食量小，鉗兩口就飽了。此時正在煮餃子。高旭光可以上桌，可是他不願意對著他爸吃飯，於是其實高立寬每天晚飯如果在家吃，都是一個人吃，一個人喝，喝幾個鐘頭，往炕頭一倒就睡了。禮拜天如果沒人引他出去，他就從中午開始喝，也是喝到半夜，一倒睡了。所以高雅風看著高立寬和李明奇喝酒，心裡火急火燎，這要是喝到半夜，她這肚子話就得憋到半夜，想到這裡她下意識地晃動雙腿，直想撓牆。高雅春有事幹，她從炕櫃裡拿出針線，開始打毛衣。高旭光有個舊毛衣，穿的都是窟窿，她給打散，攙上新線，重新織一個。高雅風看見，馬上把兩手伸出去，讓她姐把線繞上。想了半天，高雅風終於找出一句話，她把頭挨過去小聲說，姐，咱爸今兒要大。高雅春說，大就大，滿意就行。高雅風點頭，覺得她姐還是她姐，生在頭裡，多吃了幾年鹽醬，能沉得住氣。

李明奇這點隨了他爸，能喝一斤半，就說能喝半斤。餃子上來時，兩人無話，已經各喝了三兩酒，李明奇面不改色，花生米一夾一個準兒。高立寬有點喜歡，家人沒人陪他喝酒，這小子懂事兒，每次碰杯都矮半截，熱餃子往他面前挪，涼的放自己跟前兒。高立寬說，掌櫃的，餃子不錯。趙素英並沒有聽見，她端著一缸子涼白開，爬上梯子，遞給高旭光，等著他喝乾。高旭光問，媽，那個李明奇能喝酒？趙素英說，能喝，你挪挪，這邊曬。高旭光說，媽，我也想吃餃子。趙素英說，我專給你包了帶蝦仁兒的，一會給你端過來。高旭光說，三滴答醬油，四滴答醋。趙素英點點頭，順著梯子爬了下來。

高立寬又喝了二兩，醉意醺醺。這是他為人最好的狀態，一隻獨眼看誰都很順眼。高立寬說，小李，你爸管我叫師傅，你管我叫啥？李明奇說，我叫叔。高立寬擺擺手說，不能這麼論，你應該管我叫師爺。高雅風在地上聽著有點彆扭，這輩兒論得沒頭沒腦。李明奇說，我爸跟您學印刷。我在軍工廠，您的本事我用不上。高立寬又擺擺手說，今天我教你點功夫，咱們這輩兒就對上了。說著伸手把趙素英落在炕沿的菜刀拿起來，高家門後掛著一張像，紅光滿面，笑容可掬，臉龐像一只熟透了的大蘋果。高立寬說，看他左眼。說完把菜刀一擲，正中像的左眼。李明奇看那人像上刀痕累累，想來平時沒少表演。李明奇說，這我學不了，我沒勁兒。高立寬說，什麼叫沒勁兒，手伸出來。李明奇伸手，白白嫩嫩，像個大姑娘的手。高立寬抓住手往旁邊一帶，其實想把他拽個趔趄，也想試試他到底有沒有力氣，沒想到李明奇騰空而起，麵袋一樣摔在窗戶根底下。高雅風把毛衣一扔，站起來說，爸，你怎麼鬧沒好鬧？李明奇坐起來，爬回原來的位置說，沒事兒沒事兒，就是忽悠一下，沒摔著。高立寬很納悶，甩了甩手，說，你怎麼這麼輕？李明奇說，跟您說了，我就是骨頭輕。高立寬捏了捏他的肩膀說，有骨頭啊。李明奇說，骨頭有，但是像是空心的，也許跟我生在吊鋪上有關。高雅春有醫學常識，知道骨頭都是空心的，跟生在哪裡更八竿子打不著，但是也沒糾正他，知道他是打個比方。高立寬說，怪不得五千米都沒摔死你，原來是個鼓上蚤。一會教你輕功。李明奇說，輕功好，這我用得上。高雅風看李明奇沒事兒，坐下繼續織毛衣，兩人都倒滿酒，這算是個拜師，又乾了一杯。

李明奇的酒量有個限度，就是九兩酒。九兩酒之前，謙虛謹慎，戒驕戒躁，九兩酒到一斤半，逐步露出真心，想啥說啥。一斤半之後，一頭栽倒，人事不省。這點高雅風並不知道，因為兩人舞廳認識，混熟之後偶爾也喝點小酒，但是從沒喝到這個程度，高雅風也就喝點啤酒，主要是助興，要是多喝，回家讓高立寬聞出酒味兒，準得拿皮帶抽她。所以李明奇喝到九兩之後，眼神流變，她並沒注意。這時太陽已經落山，旭光在屋頂吃過了餃子，書本蓋在臉上，睡著了。這個下午高立寬和李明奇已經聊了不少話，從蔣介石聊到杜月笙，從四人幫聊到葉劍英，從身處的日本房竟有上下水聊到中日建交時的首相田中角榮，這麼一聊不要緊，高立寬一生桀驁不馴，在這個下午被李明奇在話上拿住了。凡事高立寬知道個大概，李明奇知道個細節，高立寬知道報紙上寫的一二三，李明奇知道報紙背後的四五六，高立寬的見識有一里地，李明奇的見識出了衚衕，還能拐彎，一直看到山海關。高立寬從來沒佩服過誰，這個下午佩服了李明奇，有志不在年高，怪不得能穿喇叭褲，這裡頭學問也不小。李明奇指著自己的喇叭褲說，叔，人之身體受之於父母，五臟六腑兩胳膊兩腿不能更換，這衣服卻可裝卸，所以穿衣服要注意，衣服就是話，穿在身上就是跟人說的一句話。高立寬說，你這行頭說的是什麼話？李明奇說，說的是，我和你們有些不同。高立寬點頭說，是這麼個意思，我穿了一輩子衣服，沒說過一句話。最後說到李正道，李明奇說，我爸上吊鋪吊死前，給我們這九個孩子都洗了澡，最後給我洗，洗的時間最長，說了幾句話。高立寬說，說了啥？李明奇說，我爸說，長兄為大，你做得不錯，知道疼弟妹，但是還差點意思，差就差在自己還要更加立事做個榜樣。人總有一死，有的死在床上，有的死在馬上，能死在馬上，不要死在床上，做人要做拿破崙，就算賣西瓜，也要做賣西瓜裡的拿破崙。高立寬心裡更加服了，自己是永遠做不成拿破崙，可是家裡有個拿破崙，也讓人高看一眼。高立寬說，若是你和雅風結了婚，住哪？這一句話讓李明奇從拿破崙又變回了李明奇。李明奇低頭說，叔，沒地兒住，老二結了婚搬出去了，可家裡還有九口人。高立寬說，你住我這兒。雅春過兩天要去錦州，住得下。

高雅風聽得直發愣，今天本來就是見個面，李明奇除了有個模樣，有個單位，要啥沒啥，要不是自己已經跟他親熱過，已然貶值，今天說啥也不能把他領到家裡，摸老虎的屁股，就像是買衣服，今天本來就是試試大小，沒想到不但買了，還送了一件羊毛大衣。這樣的速度讓她也有點發慌，趕忙在心裡掂量兩人是否合適。李明奇這人好處是聰明，壞處是膽子有點大，就像打麻將從來不會屁胡，總想飄胡槓開悶三家。但是也不是要命的壞處，保不齊讓他胡上一把，就可以站起來不再玩了。還有一個壞處是摳。有點錢都給自己弟弟妹妹花，若不是二弟李明耀已經成親，三弟李明敏天生小兒麻痺，沒法成親，他還不能考慮自己成家。這麼一想，也不是什麼壞處，兩人結婚就成了一家人，摳是對外人，摳出來的錢還得回到家裡，也就是她的手上。想來想去，高雅風感到這輩子都在眼前明晰起來，她活了二十幾年都沒把她爸拿下，高雅春是長女，說話自有三分威力，高旭光是老兒子，啥也不幹也得萬千寵愛，她夾在當中，可有可無，沒想到今天她領來的李明奇一個下午就把她爸徹底攻陷，以後姐姐去錦州，弟弟萬事不管，廠子也有宿舍，她和李明奇住在家裡，似乎可以當政，想到這裡高雅風的心情很舒暢。

四

我坐在二姑的床頭，聽她講二姑夫和我哥的故事，想起了昨晚我媽提到的兩次葬禮。較近的一次是我爸的葬禮，參加人數大概三十人，告別儀式時放的是〈二泉映月〉，喇叭不太好，發出絲絲的雜音，我媽委頓在家，我站在大姑的旁邊與每個人一一握手。我爸叫高旭光，是個拖拉機廠工人，去世時五十歲，患的是胰腺癌，發現時已吃不下飯，兩個月後就沒了。除了最後一周，這兩個月其餘的時間我爸非常清醒，也知道天命難違，氣數已盡。他不愛旅遊，所以談不上去周遊世界，一輩子只談過一次戀愛，就是我媽，所以也談不上和舊情人敘舊。唯一的愛好就是讀書，家裡地上床上都是他的書，一個工人愛看書，略有點奇怪，一個工人臨死前還在看書，就更加有些奇怪。我爸在病床上，指揮我去買了幾本他一直捨不得買的精裝書，其中一套書是精裝本的《十萬個為什麼》，此書已經絕版，我是在網上買的舊書。我爸說他從小就喜歡這套書，一直攢不出錢來買，現在終於買了，可是翻了幾頁，就睏了。他的朋友很少，生病後幾乎沒什麼人來看他，所以非常清靜，醒的時候就拿本書看，睏了就睡。我媽對我爸的行徑深不以為然，她以為我爸應該有一肚子話跟她說，給她提供一些久未解答的祕密和一些可供回憶的資源。可是並沒有，似乎我爸沒有什麼祕密，一輩子上班就在一個工位，出差只有一個路線，下班就回家做飯，吃完飯就抱本書看，出差時每晚六點往家打個電話，然後在農民家的炕頭抱本書看，下崗之後就在廣場賣茶葉蛋，也是一個工位，收攤之後回家做飯，吃完飯抱本書看。我爸感覺到自己不行前，把我媽單獨叫進病房談了一會，據我媽回憶，也沒談什麼，就說他死後，要把奶奶照顧好，奶奶已經糊塗，所以他死了這件事情可以不說，也許也不會發覺，說出差即可。然後叮囑我媽改嫁，不要有心理負擔，他們倆這輩子和睦共處，已經知足。最後一個事情是葬禮時要放阿炳的〈二泉映月〉，那是他最喜歡的曲子，骨灰埋在爺爺的骨灰旁邊。然後把我叫了進去，主要說了三件事情，第一件是好好讀書，本科念完最後念碩士，碩士念完念博士，最好一直念下去，這是他的夙願。學費可以跟大姑借，工作後再還她，他已經打過招呼。第二件是，我的二姑夫李明奇，如果有一天向我張嘴請我幫忙，我最好幫一下，這人不是一般人，只是命不好，沒起來，但是他總覺得李明奇的一輩子不止於此。第三件事不是事，是一句感慨，那時他已經說了不少話，非常疲倦，於是說，小峰，我曾經在書上看過一句話，今天才深有體會。我說，爸，什麼話？他說，度過一生並非漫步穿過田野，忘了這話是誰說的，現在突然想起，覺得很有道理，很想念躺在房檐上看書的時候，有機會你也可以試試。說完就閉上眼睛睡著了，再沒清醒過來。

從我記事起，李明奇很少到家來過，我爸和他應該也沒什麼交集，逢年過節在一起吃飯，都是李明奇說我爸聽，也沒見有什麼深層的交流。所以那時提到李明奇或多或少有些怪異。

我爺死在九十年代，印象已經模糊，那時我十幾歲，只記得一天上課，被我媽從教室裡叫出去，說我爺沒了，去哭一哭。進病房前我有點緊張，怕哭不出來，我媽說哭好了給我買手槍，我就有了點底氣。進屋發現我爺已經被蒙上了白被單，我嚇了一跳馬上哭了。我奶坐在病床旁邊，數落我爺的不是，我從沒見過她說那麼多話。我爺去世前，已經病了十年，酗酒引發的腦出血，一直臥床，開始能說話，我小學和人打架打不過，我爺歪在病床上從窗戶看見，大聲指揮我怎麼還擊，他的招法非常管用，幾下我就把對方打倒在地。後來爺爺家的日本房動遷，他搬到了二姑家，住上了後來二姑分配的樓房，就說不出話了，只能哼哼。他是個急脾氣，有時哼哼別人聽不懂，能急得從床上滾下來。我爺爺最好的朋友是我二姑夫李明奇，每天都是我二姑夫給他擦身翻身，我爺爺的哼哼他也聽得懂，晚上都是他和我爺爺睡在一個屋，這麼多年沒有過褥瘡。後來二姑夫生意失敗，聽我媽講，竟在家裡準備放煤氣自殺，放到一半，聽見我爺爺哼哼要撒尿，就去給他接尿，洩了那股氣，抱著我爺爺哭了一場，就繼續活下去。我爺臨死前，把兒女們招到一起，他一生沒有積蓄，都換了酒喝，只有一筆動遷款，那天是決定這筆錢的分配，開會時他用眼睛緊緊盯著二姑夫，大家明白沒什麼分的必要，他的意思是都給李明奇一個人。為這件事，我媽和我二姑還吵了一架，半年沒說話。

我爺去世後，我奶不願意跟二姑夫住，因為二姑和二姑夫兩人老吵架，她聽得煩心，就搬來我家。我家倒是清靜，我奶話少，我爸也話少，只是我奶開始忘事，出去買菜經常不鎖門，大勺燒漏了好幾個，逐漸成了我們的負擔。我爸去世時的遺囑，其中一項是不要跟我奶說，可是我大姑執意要說，認為這是我奶的權利，這是我大姑的特點，非常仗義，敢拿主意，不過有時候壞事。結果我奶聽見這個消息，當晚就聾了，一直聾到現在。想起我爸另一個願望，是讓我念書念到頭，我也沒做到，念完本科說啥念不下去，厭倦極了，就變成了銀行職員，心裡有點愧疚。我媽一直單身，絲毫沒有改嫁的打算，有老同學聯絡她，她就給人家一頓臭罵，然後把電話線拔了。李明奇也一直沒請過我幫忙，終於到了今天，我來找他，可能也算變相完成我爸的一個願望，這一層在我大姑給我打電話時沒想起來，昨晚我媽鬧情緒時我也沒想起來，現在想起來，覺得回來得有點意義。

二姑這時正在翻相冊，她指著其中一張照片說，你七歲。她家的照片竟然有我，我有點意外，仔細一看，確實是我。穿著我奶做的棉襖，坐在一條大鯉魚上，鯉魚底下露出半個不知是誰的屁股。我說，二姑，這屁股是誰的？二姑說，是你哥的，李剛從小就喜歡你，當時怕你掉下來，鑽進魚肚子扶著你。我回想了一下，想不起我哥喜歡我這件事，只記得小時候兩人打架，每次都是我挨揍，他揍完我，我爺就揍他，下次他還揍我，所謂條件反射的學說在他身上不起作用。我還記得有時候我放假來二姑家住，就和我哥住在他的小床上，我哥喜歡玩牌，先教會我，再和我玩，他每次都作弊，然後彈我的腦瓜崩，把我彈得一腦門青包。二姑說，你哥羨慕你，你是老兒子大孫子，又考上了大學，他學習不行，我和你二姑夫老打架，我打不過你二姑夫，回頭就打你哥，你哥就出去打別人。所以從根上說，都是你二姑夫害的。我想想似乎是這麼回事兒，長大之後我很少見過我哥，在我的印象裡我哥有個特長，除了揍我，就是打枱球。我哥的枱球打得非常之好，一度靠之度日，參加各種比賽，後來終於沒成為丁俊暉，只是在枱球廳裡賭錢。我見過他打球，先裝成個笨蛋，姿勢怪異，歪歪地翹著屁股，有人來跟他玩，他就巧合一樣每次贏對方一個球，於是賭上錢，就一直贏到半夜。他拉著我的手，扛著枱球桿，哼著歌，走過一排排路燈，有時候他用一隻手將我抱起，說，真想把你賣了。我說，賣給誰家？他說，沒想好，肯定是山區，吃不上饅頭，不通路不通電，把你拴在繩子上推磨。旁的倒沒什麼，不通電就看不上動畫片，我就緊緊摟著他的脖子，防止買家把我奪走。

後來枱球不打了，隻身去了廣東，走私摩托車。隔行如隔山，還沒摸到廟門，先摸到了電門，被地頭蛇扔到了海裡，沒淹死爬上來，又回了瀋陽。二姑說，你哥最近在幹什麼不太清楚，好像在幫人討債。我說，我哥比我還瘦，還能幫人討債？我姑一笑說，這玩意拚的不是體格，主要是個陣勢，你哥現在胳膊上紋了兩條龍，算是個投資。我跟你說，別看你哥學習不如你，腦子很活，原先被人追債，後來一看，莫不如幫人討債，甲方乙方一換，形勢就大不相同。我說，那他到底丟沒丟？二姑說，丟了，電話打不通，已經一個星期沒回來，上次回來給我買了一堆包子就再沒露面。我跟你說，你二姑夫找不找無所謂，他退休金的卡在我這裡，是死是活隨他去，欠鄰居的錢我遲早能還上。你李剛哥你得幫我找回來，他得了抑鬱症。我說，我哥咋還得了這麼個富貴病？二姑說，誰知道？討債也有壓力，上面有領導，欠錢的人比兔子還賊，前兩天幫人搞拆遷，腿差點讓釘子戶打折。你哥最近想買房，估計是讓這房子壓的。我說，為啥要買房？二姑說，你這孩子念書念傻了，你哥八〇年生人，現在三十六了，不結婚等著啥？我說，有女朋友？二姑說，我沒見過，許是有，要不為啥要買房，這叫推理。我說，您是福爾摩斯，但是我到哪去找他？有沒有啥思路？二姑說，下樓穿過新華街，路口有個八哥枱球廳，他老去玩，你去那問問，要不是我下不了樓，早把這個兔崽子逮回來，他一撅屁股我就知道他要拉幾個糞蛋。我說，我哥還玩枱球？二姑說，過去是事業，現在是愛好。事業掙錢，愛好花錢，懂吧。我說，好，您的電話保持暢通，有事兒我跟您聯繫。二姑把我送到門口，說，我聽說抑鬱症好跳樓，你看見你哥，告訴他，要跳等我死了再跳，現在要是跳，沒人給他發送，讓他在冰櫃裡凍著。我說，記住了。她關好門，拖鞋蹭地的聲音一點點遠了。

八哥枱球廳不大，有十幾個案子，不過燈光柔和，溫暖如春。沒幾個人，燈光底下，碼好的枱球呈三角形，好像是博物館櫥窗裡展覽的寶貴文物。老闆坐在一台潔白的蘋果一體機前，正在打麻將。他見我進來，四處撒抹，就站起來說，哥們，找人？我說，李剛。我找李剛。他說，剛子？我說，兩條胳膊有紋身，三十多歲，挺瘦。他說，是剛子，最近沒來。你找他打球？他現在不掛了。有時過來教教球。我說，不是打球，他是我哥，我找他商量點事兒。他一指沙發上坐著的一個姑娘，說，你問問美麗子。美麗子，你陪這兄弟玩會。說完就坐下了。我心想，了不得，還有日本人。美麗子是個二十歲出頭的女孩兒，穿著裙子和絲襪，手裡拿著一個鑲著水鑽的手機。她把手機擱在案沿兒上，從櫃子裡拿出一支球桿，說，你帶桿兒沒？我一聽是瀋陽口音，比我還純，我說，我不打球，我找個人，叫李剛。她說，你去那邊拿個桿。一桿八十，先打三桿。我只好去拿了一個枱球桿，她讓我開球，我一下打呲了，她說，你握後面，別使勁攥，桿捏碎了球也不快。用胳膊帶動，肩膀作軸。我又打了一下，把球打散了。我說，你不是日本人？她說，你才是日本人。藝名。我說，李剛是我哥，一周沒回家了，我從北京專程回來找他，把他找著我還得趕緊回去工作。她說，北京牛逼啊？你哥親還是工作親？你打進一個長台，我就告訴你。我累得滿頭大汗，就是打不進，她又教了我幾次，主要是看點，原來一個白球，看著是一塊白，其實有好多個點。我的眼鏡老從鼻子上滑下來，她把我眼鏡拿走，放在吧台上，說，再打。我終於打進了，球在洞眼上逛了逛，掉進去了。她說，行，交錢吧。我把錢給她，她塞進大腿根的絲襪裡，說，你哥生病了，你這二百四十塊錢就當買藥了。百憂解。我說，人我得見見，在哪？她說，別見了，他不回去了。你呢，趕緊回你的北京上班去，又不是親哥，你就說沒找著，或者說找著了他過兩天就回去，誰也不會怪你。我把眼鏡戴上說，上班不著急，你剛才問我，工作親還是我哥親，我想了一下還是我哥親，人我必須得見。回不回去再說。她說，你是小峰吧。我說，是。她說，你哥說你們家就你出息了，你摘了眼鏡就瞎，出息到哪去了？我說，是，我雖然念了大學，但是真的也是一塌糊塗，你知道有時候都是虛名，一個家裡需要一個虛構的人。她看了看我，把桿拆開，放回櫃子。披上大衣，從大腿根裡掏出一百塊錢給老闆說，今兒份子錢，八哥，我下午請個假，看看晚點能不能過來。老闆說，真是剛子他弟？美麗子說，真是。那個大學生。老闆說，行，忙去吧。明兒再來。

美麗子的出租屋離我姑家很近，直線距離也就一千米。是一個狹小的兩室一廳，我們進去時，我哥正在和另一個女孩兒坐在沙發上看電視。我哥還是那麼瘦，脖子上纏了一圈白紗布。美麗子說，這是菜菜子。沙發上的女孩兒吐出一葉瓜子皮，衝我笑了笑。我哥看見我，說，小峰？我說，哥，你趕緊給我二姑打個電話，我不管你是抑鬱了還是躲債呢，趕緊給我姑打個電話。我哥說，你不是在北京呢嗎？我說，這不是讓我大姑遣回來，找你和二姑夫嗎？我哥說，你就專程為這個回來的？我說，就為這個回來的。我哥說，你過來。我走過去，他拍了拍沙發說，坐吧。我坐在他身邊。

五

兩人喝乾了最後一滴酒，高立寬從炕上爬下來。此時已經夜裡一點，高雅春和高雅風人困馬乏，頭挨著頭偎在炕尾睡了。高雅春的毛衣織了三分之二，連同雙針放在炕櫃上。高雅風一肚子話到底沒說出來，不停地做夢，在夢裡跟一個比李明奇還要精神的年輕人跳舞，仔細一看是扮演楊子榮的童祥苓，就跟童祥苓說個不停。趙素英後背靠著已經涼了的鍋台，聽著匣子坐著板凳睡著了。臨睡之前，爬上房頂給高旭光蓋了一條薄毛毯。高立寬雙腳一著地，差點摔了個狗啃泥。高立寬說，來，教你輕功。李明奇已經醉了十分之九，不過因為說得暢快，一點不睏。他跟著高立寬來到院子裡，高立寬指著梯子說，你上去，我隨後就來。先教你一項，落地無聲。李明奇順著梯子爬到一半，回頭說，師爺，剛才說到一半，我有個志向。高立寬仰頭看他說，什麼志向？李明奇說，降落傘只是個起點，我想造飛行器。高立寬說，啥？李明奇說，飛行器，跟衣服一樣穿在身上，飛到房頂這麼高，比如你去我家串門，就穿著它飛過一條街，落在我家院子裡。然後就進屋喝酒。高立寬說，燒啥？李明奇說，目前我想燒柴油，柴油有勁兒，但是太沉，這得再研究，也許可以燒電池。高立寬說，那得幾號電池？李明奇說，電池得特製，最好能充電，充一次能飛幾公里。高立寬點頭說，是個玩意。林彪要有這個，不知道跑到多遠。李明奇說，這玩意不能逃跑，要是一下飛出了國，不好管理，凡事先邁小碎步，前一陣我聽廣播，說美國幾乎每個家庭都有小汽車，咱國家將來也能，國家搞了這麼多年運動，最後還是得搞經濟，要不然江山沒了。經濟搞上去，就成了美國，美國現在有的城市堵車，我們將來也堵車，我這個飛行器不走馬路，從人腦袋頂上過，不走美國的彎路，直接趕英超美。高立寬說，不簡單，你這腦袋看著不大，其實大，比我沉兩斤。李明奇說，發明創造得有本錢，領導不讓幹，說我腦子裡有蟲子，您支持支持我，回頭我還你，出錢都是老闆，以後不但是我丈人，還是我老闆。高立寬擺手說，我不當老闆，只當你丈人。錢我借你，要不也換了酒喝，走了尿道。你就放手幹，自己承包自己，回頭弄好了，咱家一人一個，先飛給街坊看看。李明奇有點感動說，師傅，等您老了沒人管你我管你，但是您不能因為喝酒了回頭不認帳。高立寬說，咱們初次見面相互還不瞭解，我高立寬就是喝酒的時候說的話算，別的時候都不算。你先上去，我撒泡尿。

高立寬撒完尿，忘了李明奇已經上了房，等著跟他學輕功，徑直回到屋裡，把腿伸到方桌底下，獨眼一閉，打起了呼嚕。李明奇在房頂坐了一會，高立寬沒過來，他就琢磨起自己的事兒來。他有點愧疚。這個高雅風，他並不特別喜歡，也不能說是討厭，但是不是特別喜歡。高雅風有點平凡，嚴重點說，有點庸俗，想的事情和馬路上隨便拽來一個女人想的事情沒什麼大分別。倒是不懶，愛乾淨，但是話太多，今天他清靜了一天，等結了婚，估計就很難清靜，想到這裡他嗓子眼發緊，有點想吐。用手指捅了捅，沒吐出來。和高雅風搞對象，主要看中了她的條件。沒有下鄉，工齡長，工種好，是個鉗工，所謂車鉗洗沒得比，工資是他的兩倍，家裡姊妹少，三個，父母是雙職工，都是老工人，根紅苗正，收入不俗，甭管是搞政治運動還是到鐵西百貨買蘋果，都有了靠山。這個高立寬是個混不吝，他來之前有點忐忑，不過今天聊完，心裡踏實不少，怪不得他爸老說，高師傅千不好，萬不好，有一點好，沒有壞心。他想起他爸臨死前的話，他爸臨死前不光說了拿破崙，還說了高立寬，說你要是有一天吃不上飯，不用遠走，帶著弟弟妹妹到高立寬家門口，他能給口吃的。爸還是看人准，他心裡想，我能看到一里地，他能看到山海關，可惜沒看清再挺幾年運動就過去了，不該置一時之氣，也不該這麼自私，甩手一走，扔下這麼多人，給他造成這麼大的負擔。想到這裡，他想起他爸的樣子，想起他爸給他做的風箏，想起他爸的一雙巧手，幹啥像啥，想起他爸在家穿著白汗衫，拿著鋼筆在桌前寫交代材料，寫得那麼認真，錯了一個字，都撕掉，重新謄一遍，最後想到他爸掛在吊鋪的梁上，像一隻死雞，死沉，他怎麼弄也弄不下來。想到這裡，他抬手揉了揉腮幫子，然後在衣服上蹭了蹭。

瓦片的聲響弄醒了高旭光。他用餘光看見，坐在他身邊的是李明奇，心裡有點奇怪。這房頂全家只有他一個人愛上，李明奇爬上來是幹什麼呢？他往前看去，視野的上部是茫茫的一片黑暗，這晚沒有星星，也看不見月亮，只有一團無止無終的黑暗懸在上空。夜晚比白天涼快得多，偶爾有風吹過，掀起他身上薄毯的一角，像是這團黑暗在向他吹氣，或者這團黑暗在與他交談，只是他不懂它的話語。視野的下部，是幾個房頂和幾棵榆樹。所有房子的燈都滅了，只有一盞路燈，在遠處不知誰家的門口亮著。這是高旭光熟悉的景象，或者說是他在等待的景象。有時他很納悶，家裡這一團人，每天在忙著什麼，或者到底為什麼有這麼多的事情值得討論，爭吵，堅持，妥協，為之喜悅，哭泣，為之生氣，又再諒解。他也鬧不清為什麼上帝把高立寬，趙素英，高雅春，高雅風，他，現在還有這個李明奇在這個時代這個地方放到一塊來思考。為什麼他每天需要面對的，處處影響到他生活的是這幾個人，而不是幾個美國人，蘇聯人，愛斯基摩人，或者是外星人。他的心意不能完全和他們相通，也不能完全投入到他們在乎的事情上去，大部分時候只覺得他們吵鬧。他喜歡讀書，但是不想考大學。這是全家人的疑惑，除了高立寬覺得考不考沒大所謂，其他家庭成員都跟他急了幾回。一個讀書人，應該變成一個大學生，就像是一匹馬應該上鞍釘掌一樣。可是高旭光不這麼想，他有幾點考慮，只是從來不說，第一，考大學，有風險，不是考不上丟人的問題，是考上了可能會被分到外地的問題。而大姐已經要走，二姐他並不放心，大姐性格太強，造成二姐有點幼稚。高立寬最為忌憚大姐，第二是他，他是沉默的反抗，最不拿二姐當回事兒，如果大姐走了，他又去了外地，趙素英恐怕一天好日子沒有。他曾想過，「文革」時他沒殺過人，「武鬥」從沒上過街，但是興許有一天他會殺了他爸，為了避免這個風險，他不應該把他媽留給他爸和他二姐。第二點是，成為一個大學生，變成了一個專家或者專業的知識分子又有什麼用呢？剛剛過去的十年，再往前推二十年，這些人有什麼好果子吃？他看見他的一個同學用刀挑豁了老師的鼻子，如果他願意，他可以把刀接過來，去在她臉頰上劃一刀。今天說一，明天說二，高考恢復了，誰擔保二又變成一，不是另一次引蛇出洞呢？念來念去變成一個臭老九？臭老九這個詞不知是誰發明的，雖然高旭光喜歡知識，也還是這麼認為：臭老九天然散發著臭味兒。第三點是，與他一個生產班組的一個女工，今年和他走得很近，那個姑娘非常陽光單純，接受他的沉默寡言和憂傷的氣質，他也覺得，如果非得和一個人度過一生，這個女孩是他接受的一種方案。他覺得婚姻生活是這麼一種東西，當然孤獨是很好的，不過發瘋是不好的，婚姻也許也會使人發瘋，不過是一種社會意義的瘋癲，類似於一種沮喪和失望，而不是靈魂本質的分崩離析。況且趙素英企盼著這件事，或者說，是唯一的企盼，期盼家裡出現第三代人，尤其是出現一個孫子。還有一點，高旭光自己並未覺察，那便是一種麻木，是腦中的一片區域在過去的十幾年時間裡，被紛亂的現實像強光一樣持續地照耀，以至於不再有太多的感覺，於是也不願意做太多的變動，令自己的人生道路冒險地向一個有希望的所在延伸過去。

李明奇擦乾了眼淚，在房頂上站了起來。高旭光一驚。高旭光沒有聽見屋裡的談話，以為李明奇是遇了滑鐵盧，今兒一氣之下要把自己扔這兒。其實李明奇只是被肚子裡的西鳳酒和熱夢催動，想發表一篇演說。但他並不知道自己要說什麼，他揮舞了一下手臂，然後用手腕做了一個類似盛飯的動作，好像要把肚子裡的話盛出來。關鍵是電池，他終於說。電池要輕，要有勁兒，原理是流體力學，這個倒不難，我們周圍布滿了大氣，就靠這個上天。他打了一個嗝。接著說，不要飛太高，腳趾尖能過腦瓜頂就行。到時候咱們的街全變成立體的，您問了，啥叫立體的？讓您問著了，立體的就是二樓的窗戶都成了門，一抬腿就進去，百貨商店，二樓可以直接敞著窗戶做買賣，買二斤凍秋梨，得，錢一遞，梨胳膊上一挎，飛走了。您再想一下，人要是能離地三五米，甭說掃房，就說消滅個麻雀，是不是就不用那麼費事了，直接給它們連鍋端。兩人談戀愛，也不用再往小樹林裡鑽，直接房頂樹上，軋馬路也不用腿了，走得腳丫子疼，拉著手飛著，邊飛邊聊，不叫軋馬路，叫軋空氣，只是女孩兒別穿裙子。說到這兒，得解決一個問題，想飛，肯定是得有反作用力，就是一股氣噴地上，把人頂起來。要是飛得高好說，到了平流層，不用使勁也飛了，但是如果飛三米，沒有勁從下往上頂著，準掉下來。如果電池成功了，動力不成問題，但是這氣老是往地上噴，打人頭頂過，就像有個人老在你天靈蓋上放屁，也不是事兒。

高旭光聽到這兒差點樂了。李明奇不單說，還帶演的，得，錢一遞，二斤凍秋梨您拿著，都有動作。一會演驚慌的麻雀，一會演捂著裙子的女孩兒，最後演頭上有人放屁的無辜行人。高旭光心裡起了一圈波瀾，這個李明奇跟他認識的人都不一樣，他認識的人在馬路走都擔心要磕跤，這位還想著在天上飛。有點意思。高旭光想了一下李明奇想像的場景。如果飛行器能成功，首先解決了他上房看書老得爬梯子的問題。其次，他想給趙素英備一個，高立寬要打她，她噌一下就飛走了。然後他又想，不對，趙素英能買著，高立寬也能買著。不過趙素英瘦小，高立寬又寬又沉，還是趙素英飛得快，就算飛得一樣快，也得高立寬的先沒電掉下來。高旭光隨後想到了空想社會主義，想到了歐文，聖西門，傅立葉，歐文也就罷了，聖西門和傅立葉這兩名字多麼美麗又空洞，和空想社會主義是天生的搭子。這個搞飛行器的李明奇雖然名字不比人家，可是琢磨的事兒類似。他並沒有因此認定李明奇會失敗，相反，馬克思主義正是從空想社會主義來的，毛澤東思想又是從馬克思主義來的，兩個「凡是」又是從毛澤東思想來的，所以凡事都有個來源，有的時候來源很簡陋，起點很低，但是不耽誤結果很偉大。陳景潤就研究個一加一為什麼等於二，從這麼一個簡單的問題抻出一個大道理，這才不是一般人。我們天天拿一加一算帳，從沒想過為啥就非得這麼算，我們天天拿腳走路，從沒想過能雙腳離地，從房頂飛過去，即使想過，也沒認真覺得可行。高旭光順著這個思路想下去，越發覺得世間偉大的事情，好像都是從李明奇目前這種手舞足蹈的醉態裡開始的。高旭光不喝酒，也從沒有體會過這種野心的迷藥，但是李明奇的狀態讓他剐蹭到一種幸福感，這種幸福感具體的意思是：就算李明奇最後失敗了，也沒什麼大不了，人生在世，折騰到死，也算知足。這一瞬間的領悟非常短暫，換句話說，高旭光大腦中麻木的區域閃爍了一下，旋即熄滅如同他眼前的黑夜一樣，他很快又睡著了，夜風吹動著他的頭髮和他的確良上衣的領子。但是這一領悟也在他身上留下了痕跡，就是畢其一生，無論李明奇活得如何，他從沒改變過對他的看法，這個李明奇不是一般人。

李明奇絲毫沒有覺察他有一個觀眾。他說累了，坐下來，在腦子盤算著飛行器的應用還是存在著諸多問題。比如人都上了天，是不是也應該有交通規則？屁股上掛著尾燈？要不然一不注意必然追尾。紅綠燈怎麼擱？難道得造無數幾十米的大信號桿子？空中幾排車道？橫排加豎排豈不亂套？這就不是追尾的問題，還容易追到腳後跟。喝多人的最怕風吹，風一吹，肚子的一斤酒變成了一斤半。李明奇剛才覺得涼快，現在覺得噁心，他順著梯子慢慢爬下來，進了屋。看見趙素英腦袋搭在灶台上，肚子圍著圍裙，睡得很香。他輕輕叫了一聲，姨？趙素英沒反應，仔細一聽還有點小呼嚕。他關了匣子，伸手把趙素英的胳下一架，把她抱上了炕，放在高立寬旁邊，趙素英翻了個身，沒醒，高立寬鼾聲如雷，如同拖拉機。趙素英在他旁邊蜷著身子，像條狗。高雅春和高雅風緊貼著睡在炕尾。李明奇站著看了一會高雅風，他過去沒見過高雅風睡覺，這是第一次。高雅風睡熟了愛筋鼻子，不打呼嚕不磨牙，面目是笑嘻嘻的，額頭上有層細汗。李明奇發現睡著的高雅風比醒著的高雅風可愛，看著小，安靜。他看了一會，然後發現炕櫃上放著織了三分之二的毛衣，他不知道是織給誰的，但是他一點也不睏，他就拿在手裡開始織。高家的人不知道，李明奇的一個強項是織毛衣，他八個弟弟妹妹的毛衣都是他織的，李明奇不想讓他們知道這件事兒，一個大老爺們能織毛衣，總有點不太地道。但是此時他身上還有熱血，手癢難耐，不織不行。他鬆了鬆喇叭褲的褲腰帶，坐在板凳上，飛快地織了起來，天亮的時候他把毛衣織完了，不但織完了，還在袖子上變換了花紋，他把織好的毛衣放回炕櫃，站起身來走出去。

太陽還看不見，月亮還沒有完全退去，只有淡藍色的熹微。他感到有些疲倦，這個衚衕他第一次來，現在變得非常陌生，但是他應該能找到出口。他跨上自行車，一隻腳擱在腳蹬子上，另一腳在地上一踩，像往常一樣去上班了。

六

美麗子和菜菜子都不是我哥的女朋友。我哥的女朋友在中興大廈賣化妝品。美麗子和菜菜子二人是我哥的朋友，我哥發病之後，就把我哥接來，怕他死，一個白天看著他，一個夜裡看著他。這樣倒班其實非常合理，因為美麗子的主業是陪人打枱球，副業是晚上去KTV陪人唱歌，菜菜子的主業是晚上去KTV陪人唱歌，副業是白天陪人打枱球。所以這兩人這段時間都取締了副業，只做主業，將我哥盯死。要說我哥為什麼發病？是因為化妝品女孩兒要他買房子，非常人道，給了半年的期限。說你做哪行無所謂，只要有一百平以上市區裡的房子，我父母看你的紋身都覺得美麗。可是我哥只有紋身沒有房子，於是只好去借，物以類聚，我哥的朋友們都知道我哥和自己一樣沒有償債的能力，過去一起玩得很好，聽說他最近要借錢，都忽然忙得厲害。我哥就想到了高利貸，他本人就是做這行的，所以抬點錢並不難，難的是需有抵押。他就將我姑的房證偷出來，押給了對方。偷房證十分不易，我姑將房證藏了起來，本不是防他，而是防我二姑夫，我二姑夫這幾十年都沒有偷成，叫我哥給偷成了。我哥六歲時有個小棉褲，背帶褲，肚子上有個布兜。那時二姑和二姑夫打架，主要是為錢，二姑夫管二姑要錢不給，兩人要動刀子。我哥就躲在牆角看，二姑夫手裡拿著菜刀，二姑手裡拿著水果刀，菜刀需要劈砍，二姑夫其實並沒想劈死二姑，劈死她要償命，她是高立寬的女兒，看在高立寬的面子上也不能劈死她，況且錢也還不知道放在哪。二姑卻是真要捅死他，女人的情緒沒有中間值，愛戀和殺心只在一線間。

二姑夫長年跳舞，比較靈活，所以終究沒有被捅到，錢當然也沒拿著。其實存摺和現金就放在我哥肚子上的布兜裡，用針線縫著。所以到了他要用錢的時候，趁二姑睡覺翻箱倒櫃，發現了他小時候棉褲竟然還沒扔，只是看上去小了許多，像個布娃娃。一摸肚兜，硬邦邦，便知道裡面有貨。挑開一看，果然房證和存摺在裡頭，存摺不知道密碼，他單把房證拿走，放了幾頁房地產商的宣傳單在裡頭，重又縫上。房證到手，順利抬了錢，交了首付，可惜晚了幾天，化妝品女孩兒非常守時，在這點上像德國人一樣精確，過了期限，馬上跟一個賣馬自達車的初中同學好了，可見備胎已經備了不知多久，也許早已隨身攜帶，買房云云只是藉口。我哥拎著砍刀去鬧了一氣，對方早有防備，幾個社會人士在等他，把他打了一頓。我哥拖刀家走，越想越憋氣，就給了自己脖子一刀，人走背字兒勢不可當，死也沒有死成。

美麗子和菜菜子東一句西一句把故事講完，我哥只是微笑著聽著，沒有插嘴，也沒有反駁。我確信他得了抑鬱症，不是作死，是真的生了病。他的笑容是典型的抑鬱症患者的笑容，無所謂的憂傷的笑容。美麗子跟我哥說，你弟來了，你跟他好好聊聊，天天看電視，腦子都看傻了。菜菜子說，我們倆最近看著你，跟哨兵一樣站崗，好久沒逛街了。美麗子說，對，現在我們去逛街，你家人在這兒，你要死要活都行，這樣比較合理，我們算什麼東西？兩人研究一下到底去哪，稍微打扮了一下就出發了。

房間裡忽然非常安靜，只有電視上傳來的槍響，啪啪啪啪，我哥向我靠了靠說，我說話聲音小，你離我近點。因為脖子受傷，他的聲音十分沙啞，好像信號不好的收音機。他問了問我最近的工作生活，我簡單介紹一下，在銀行工作，沒有女朋友，每天坐地鐵上班，六點起來，坐兩個鐘頭到公司，晚上下班，坐兩個鐘頭回家，到家已經睏了，就上床翻翻書睡了。我哥又問了問我在銀行做什麼，我概括地講了一下，他具體地又問了問，我發現他很熟悉銀行的運作模式，只是對一些術語不太清楚，我馬上明白他供職的討債公司也是以同樣的原理運作的。又隨便聊了聊，我哥說，你最近去看你奶了嗎？我說，沒有。他說，這事兒過了，你去看看你奶吧。我說，嗯。他說，你嗯什麼嗯，你奶特別想你，你知道嗎？我說，哥，我奶都糊塗了。我哥說，你奶老給我打電話，現在的事兒糊塗，過去的事兒記得清楚著呢。我說，啥，給你打電話？他說，對，打我手機，幾乎每個月都要打一次。跟你說，你爺你奶住在我家時，你二姑二姑夫每天沒有消停時候，你二姑夫有時候不回家，你爺癱在床上，所以我和你奶成了好朋友。我說，不對，我奶聾了，怎麼能給你打電話？他說，你奶沒聾，比我耳朵尖，要不是裝聾，這幾年能消停下來？你爸死了，她就不愛說話了，也不愛聽別人說話。我心想，我奶原來是個老戲骨。我說，她給你打電話說啥？他說，啥都說，聊過去的事兒，聊你爺，聊你爺的徒弟，聊你大姑二姑，聊你爸，聊你二姑夫，聊你。我說，聊我什麼？她說，你小時候，她從小手絹裡拿錢給你買糖吃，你老嫌她摳，每次只拿一點點錢給你，現在她還用那個小手絹，想多給你買點糖，你已經不想要了。她說她要是死在你爸前面就好了，那時候兒子能給她送終，你還小，也能多哭兩聲。

我沉默了一會，說，我奶怎麼不給我打電話？他說，你奶知道你有出息了，忙，時間寶貴，怕耽誤你時間。還有一個原因。我說，什麼原因？他說，你奶最喜歡你，但是她跟我是朋友，心裡話還是得跟朋友說。我說，你跟我奶都聊什麼？他說，我就說我現在很好啊，要結婚了，請她老人家來喝喜酒，過兩年讓她當太奶。我又沉默，過了一會我說，哥，你知道我二姑夫在哪吧。他說，知道。我說，你能讓他回家嗎？我哥說，他不回去了。我哥站起來，去了裡屋，回來時手裡拿了一本房證，說，我那個新房子，託人幫我賣了，把錢還了，房證贖回來，你給我媽。我接過說，你也不回去了？他說，我也不回去了。一部電影結束了，現在是廣告，一個體育品牌的廣告，非洲歐洲南美洲難民貴族殘疾人都在使用這個牌子，他盯著看了一會說，你知道你二姑夫造過飛行器吧？我說，飛行器？他說，是飛行器，能上天那種，像個背包，他後來起名叫便攜式飛行器。我說，不知道。他說，很快敗了，操，怎麼可能成功？飛行器？那世界不是亂了？我說，嗯。他說，你爸還幫他弄過零件。我說，我爸？他說，是，你爸，我舅，幫他偷過工廠的零件。我說，我爸還有這膽子？他說，你大姑，也借過他錢，讓他弄飛行器。不知道為啥，全家人都相信他能搞出來。失敗之後他又做過好多買賣。搗騰過煤，開過飯店，去雲南販過煙，還給蟻力神養過螞蟻。我說，養螞蟻？他說，那陣子我那屋子被他佔了，全是小盒子，裡頭是螞蟻，我睡在地上，有時候螞蟻跑出來，爬到我臉上咬我。後來還辦過舞蹈班，賣過安利紐崔萊，反正幹過不少事情，我爸這點我是佩服的，從來都相信遲早能成功，他跟我說，知識就是力量，這句話還有下半句。我說，下半句是啥？他說，勞動創造自由。國外有老太太七十歲還在念大學，八十歲開始創業，他覺得永遠不晚。我點點頭，說，哥，我不知道到底咋是對的，但是我覺得是不是應該讓我和二姑夫見一面，他回不回去，我也算是見到了真佛，回去能有個交代。他說，你能見著，今晚我們就見，說實話，要不咋說是一家人，緣分就是比旁人深，本來今天我很被動，這兩姑娘看著我，我出不去，你來了，救了我，咱們晚上出門。

之後的幾個小時，他一言不發，電視上又開始播放另一部電影，是一部喜劇，他看得很認真，也不笑，我沒辦法，只好也看下去，裡面的主人公變成了上帝，從水中走過去，驚喜地看著自己的雙腳，納悶為什麼沒有沉入水中。

天黑了下來，東北的冬天，晚上六點已經看不清東西。寒氣像冷酷的話語，從窗戶縫裡滲進來。我哥沒有開燈，電影終於演完了，字幕浮動，音樂響起。我哥站起來穿上衣服說，走吧。他從抽屜拿出一只金燦燦的手錶，戴在手上。我們下樓，走到八哥枱球廳。老闆說，來了？我哥說，來了，桿兒還在嗎？老闆從吧台裡頭，拿出一支球桿。桿身淡黃色，尾部深褐色，像一束光。我哥拿在手裡說，哥，陪我玩會？老闆從吧台裡走出來，走到後面的雜物間，拿出一支球桿，兩人便開始打枱球。有幾人圍著觀看，嘖嘖讚嘆，後來人們漸漸散去，枱球廳只剩我們三個人，兩人還在打。一直打到深夜十一點，我哥停下說，哥，一起玩了二十年。老闆說，是啊。我哥說，我走了。老闆說，桿也拿走嗎？我哥說，也拿走。老闆從吧台拿出一個黑色的桿盒，我哥把球桿拆開，放在桿盒裡，夾在腋下，領著我走了。

走到我姑的樓下，院子裡一片漆黑。我哥仰頭看了一會，幾乎所有窗戶都黑了。他指著其中一扇窗戶說，那是我的屋子。我抬頭看，沒有看清他指的是哪個。他說，小時候我老從窗戶向外望，最遠就能看到這個院子。那時候老琢磨跑出去，現在一想，還是在那張小床上睡得最踏實。我說，我這次回來發現，我就在家裡的床上睡覺不做夢，在外面老做夢。我哥點點頭，朝窗戶喊了一聲，姨，李剛在嗎？沒人回答他。聲音迅速讓夜色吸走了，跟沒說過一樣。他轉身領著我走出院子，打了一輛出租車，他對師傅說，走南五馬路，到紅旗廣場。我說，二姑夫在紅旗廣場？他說，對，在紅旗廣場。我說，這麼晚了他跑廣場幹嗎去？他想了想，沒有回答。

我的印象裡，紅旗廣場是有燈的，但是今天沒有。不知我的記憶有誤，還是這個鐘點我沒來過，這個鐘點沒有。四周的老式八角燈都黑著。上面的大理石磚非常平整，比我記憶裡的還要光滑。毛主席像立在正中，底下是一圈黑影。我抬頭看了看主席像高舉的右手，在黑暗中那手顯得特別和藹，平易近人。我哥說，據說廣場過去有鴿子。我說，是嗎？他說，據說有，後來不知為什麼沒了，可能是冷。從正面轉過去，我看見在主席像的背面，有幾個人，正在忙一個什麼東西。我又走近前幾步，看了我二姑夫。他手裡拿著一個應急燈，正在指揮。他幾乎沒怎麼變，還是那麼俊朗，五官層次分明，眼窩深陷，像個洋鬼子，眼睫毛還是那麼長。只是臉和脖子乾癟了，頭上戴的明顯是假髮，露出光禿的鬢角。我聽見有氣泵的聲音。二姑夫看見了我，走了過來。他比我高一頭，身上穿著寬大的羽絨服，底下穿著白褲子，一塵不染，腳上一雙單層皮鞋。他說，小峰？我說，二姑夫，好久不見了。他說，你也要去？我說，去哪？二姑夫，你一直沒回家，家裡人讓我來找你。二姑夫笑了，說，沒人找我吧，你現在怎麼樣？聽說你出息了。我說，沒出息，一個銀行職員。他說，北京地鐵多少條線了？我想了想說，十幾條吧，記不準。他說，聽說北京打個車就得五十幾塊錢？我說，主要是堵車，不動彈，乾跳表。他說，你媽怎麼樣？我說，挺好，就是不愛出門。他說，你跟你媽說，我李明奇沒忘了她，就是最近忙，沒去看她，一個人過不好受，趕緊找人搭伙。我說，你最好還是親自跟她說，我說沒用。他說，還是你替我轉達吧，你現在是戶主。這時氣泵的聲音更響了，我看見一只氣球，在主席像的旁邊鼓起來，越來越大，終於穩穩當當地飄在半空中，底下是一個大籃子。

二姑夫說，小峰，天快亮了，不能再耽擱，我跟你不多聊。記住二姑夫一句話，做人要做拿破崙，就算最後讓人關在島上，這輩子也算有可說的東西。做不了拿破崙，也要做哥倫布，要一直往前走。做人要逆流而上，順流而下只能找到垃圾堆。我說，這氣球是幹嗎的？他說，是我設計的。一般情況下，這東西飛不了太久，但是我這款能飛一個月，關鍵是，除了順著風向，還能一直往上飛。我算了一下，一個月之後，我們應該能到南美洲。我說，南美洲？我的腦中浮現出大片的種植園，幾個女人背著籃子摘香蕉。他說，對，南美洲。這時我哥在我背後拍了一下我，說，弟，我先走，你多保重，房產證別忘了給你二姑。說完他走過去，把桿盒放在大籃子裡，然後從大籃子裡拿出一個背包背上。我說，等一下，二姑夫，你說這氣球能一直往上飛，那不是遲早要爆炸？二姑夫說，對了，所以每人有個降落傘，這個降落傘是我三十年前設計的，後來又有了更先進的，我這款庫房裡堆了不少。有人坐在輪椅上，張手招呼二姑夫。二姑夫說，雖然就聊了這麼幾句，我能聽明白，你小子將來有出息，知道氣球能爆炸。我跟你說，人出生，就像從前世跳傘，我們這些人準備再跳一次，重新開始，你呢，回去就說見著我們了，我們準備去南方做生意，你要是你爺的孫子，你爸的兒子，就成全我們一下。這時一輛大卡車從環島飛馳而過，「嗡」的一聲。二姑夫說，行了，我們出發了。你保重，把你媽照顧好，父母在，不遠遊，在北京混好了，把你媽接過去。說完他走過去，從輪椅上把那人抱起，放在籃子裡，然後把輪椅摺疊，也放進去。我想起聽我媽說過，我二姑夫有個小兒麻痹的弟弟，估計是他。大籃子裡站了大概五個人，四個男的，一個女的，四個人年紀和我二姑夫相仿，我哥年紀最小。我沒再往前走，不知該說什麼，只是遠遠地看著。二姑夫拉了一下一個燈繩一樣的東西，一團火在籃子上方閃動起來。氣球升起來了，飛過打著紅旗的紅衛兵，飛過主席像的頭頂，一直往高飛，開始是筆直的，後來開始向著斜上方飛去，終於消失在夜空裡，什麼也看不見了。

我站在原地等了一會，感到睏意襲來。我非常想趕緊回家去睡覺，就站在環島邊上，伸手打車。過了不知道多久，一輛車也沒有，環島像沉默的河流。我想我也許要睡著了，就這麼站在廣場的邊上，在冬天的午夜，墜入夢鄉。

北方化為烏有

劉泳看著饒玲玲，束手無策。作為出版人，饒玲玲無疑是最好的，敬業，聰明，敏銳，珍惜每一頁紙張，善於整束所有人的資源。作為一個女人，她一塌糊塗，沒有結婚，沒有孩子，沒有信仰，基本上是靠著虛榮心在工作。還有最要命的一點，就是酗酒。此時，二〇一二年一月二十二號，除夕夜，她坐在劉泳在北京的寓所，已經喝了七個小時。有那麼幾個時刻，她似乎已把劉泳當成酒保，不時用食指敲敲桌台，示意他把酒給她續上。她身材高瘦，令人想起福樓拜那個著名的比喻，裹在衣服裡，如同一柄劍插在劍鞘。她喝掉了自己帶給劉泳的兩瓶紅酒，上面還綁了花。目前開始蠶食劉泳珍藏的威士忌，公寓裡的乾果已經被她吃光。劉泳看她用手指在空盤摸索，便套上羽絨服下樓。超市關門了，街角做滷味的福建人也已回家過年，鐵門上寫著大年初十恢復營業。漫天的煙花，路上飛散著硝磺的氣味，好像一場戰役剛剛落幕，地上淨是紅色的紙屑。突然從黑暗裡竄出一支炮仗，在劉泳頭頂發出一聲巨響，嚇得劉泳一激靈。那炮仗像是殘敵擲來的手雷，震得窗框直晃，卻不知對方藏在哪裡。

按理說，饒玲玲這時候來找劉泳，劉泳也應該反省。來之前，她沒打招呼，算準他在，算準他是一個人，算準他無所事事也不會睡覺，算準他如果不是無所事事就是在擺弄著電腦寫著新的長篇小說，算準他再討厭她的行徑也不會攆她走。這足以證明劉泳在饒玲玲心裡是怎樣的一個人。劉泳三十一歲，一米六七，六十五公斤，頭髮白了三分之一，藍色羽絨服裡頭穿著一件舊襯衫，前襟因為抽煙破了一個洞，不過此時掖在褲子裡看不見。灰白色的運動褲，襠前有尿漬，左邊大腿上有一塊醒目的油點。

他一直使用洗衣機，洗衣機不會針對一個油點。

劉泳和饒玲玲合作了兩本書，一本長篇小說，一本小說集。之前出過一本小書，跟沒出差不多，只是幾個大學裡年輕的批評家發現了有這麼一個人寫得挺有意思。跟她合作之後，他的境況有了明顯改善，靠著版稅可以過活，一本小說正在改成電影，接觸的人，也終於逐漸的，喝紅酒和威士忌的，比喝白酒的多了，有幾個人還用噴槍燒著雪茄。不過他還是和過去一樣，羞於見人。雖然不需要再為生存恐懼，他的作息和工作方式沒有變過，每天八點起來，下樓吃早餐，回來寫一上午，中午吃飽一點，午睡。睡醒之後處理一些郵件，回一些電話和微信，然後接著寫一點。晚上也許自己喝一點酒，或者就在家附近見見老朋友，或者自己去電影院，或者躺在沙發上看一部電影。唯一的區別是，當有了一些積累之後，他能夠更從容地準備。他準備把縈繞自己多年的故事寫出來。先寫上一年初稿，信馬由韁，然後再說。

劉泳回來的時候，饒玲玲已經脫掉毛衣，只穿一件貼身的T恤。劉泳說，你別再脫了，我很兩難。她仰頭說，你兩難個屁，你從來沒想動過我。他說，不要貶損自己，也不要貶損我。她說，沒有貶損你，你他媽的一向精於算計，你要是對我有念想，你就不會跟我合作，你就是這麼他媽的無聊。我一直納悶你這麼乏味的人，怎麼會有人買你的書？他說，那是你的本事，你是這個意思對不對？她的眼睛一喝酒就扁一圈，目前是兩塊菱形。她說，你坐下。他坐在她對面。她三十三歲，柳肩，胸很平，這就少了不少尷尬，他可以將其看作胸肌。她說，說真的，小泳，我做你的書，不為別的，我看你的書都哭。他說，你沒跟我說過，你算版稅算得可細了。還有我說過好幾回，別叫我小泳，不是你叫的。她說，我是南京人，沒去過東北，你寫的東北我不相信，但是我會哭，這就是為什麼我做你的書。他說，你不相信，這個不好。她說，那是你意念中的真實，那些人沒那麼好，對不，要不然你也不會大年三十不回去。他說，喝多了談論文學是最沒勁的事兒，實在無聊的話你就繼續脫。她說，你有個小說說下了一場大雪，工廠的托兒所很舊，禮堂改的，木製的，被大雪壓垮了，你們這幫孩子一點事兒沒有，就在雪和木頭裡頭玩捉迷藏，阿姨在後面追。劉泳說，我寫過。她說，不知為啥，看到這兒我哭了，但是我不信。你們一個大廠子，車間都是石頭的，我就不信托兒所是木頭的。而且房梁都下來了，人的密度那麼大，會沒事兒？這就是你們東北人吹的那種牛逼。他說，這事兒有。她說，放你媽的屁，我的故事你為什麼不寫？我小時候學舞蹈，一身都是傷，在台上一轉圈甩出去都是眼淚。來了北京，先從圖書批發幹起，跟大老爺們一起搬書，睡過五六個作家，後來發現他們都是朋友，有一個群，背後談論我，你為什麼不寫？他說，我是個東北男人，寫不了南方女人的人生，況且，我要是真寫了，你第一蹦出來說我誹謗，對不對？她說，不是這個原因，是你除了你的童年你什麼也不會寫，你狹隘。她想激怒他，饒玲玲經常會嘗試激怒別人，尤其是男人，在爭吵中實現男女平等。劉泳沒有生氣，一是他明白她的企圖，二是他已經過了在意這種批評的時候，有些批評家也會這麼說他。這很中肯，不過對他沒什麼影響，他自己也沒有因此感到羞愧。

接神的時刻來了，窗外的爆竹聲密如一場暴雨，終於過去了，又歸為沉寂。北京已變成空城，歸家的人卸掉了這隻巨獸的內臟。劉泳想起去年春節的時候，他還不認識饒玲玲，自己穿著羽絨服跑到長安街上騎自行車，騎得忘乎所以，滿身大汗。隨後他又想起小時候在家裡過年，奶奶會包兩種餃子，一種是三鮮餡的，一種是芹菜餡的，三鮮餡給大家，大概十幾個人吧，芹菜餡只有他一個人吃。爺爺用筷頭蘸一點白酒餵給他。小勇，酒是糧食精，張嘴。爺爺在工廠的事故中失去一隻眼睛，面部失去了平衡。那隻假眼珠像果凍，好像一敲他的下巴就會掉下來。他死時，劉泳在高考，沒人告訴他，他得知時他已給燒成灰，下葬在城市背面的山坡上。他成年之後經常會想起那隻眼睛，他的面容和高考的試卷一樣已經僅具輪廓，只有那枚果凍式的眼睛永遠不會腐朽，似乎一直在某個高處看他。

饒玲玲站起來走向她的背包，他以為她要走了，心情突然有點不好，她沒有走，從背包裡拿出兩摞書稿。她說，你這個長篇的開頭我看了，你準備寫多少字？他說，沒想好。她說，我看了這兩萬字，覺得你這本書得三十萬字。他說，有可能，也不一定，那兩萬字也許不能用，我最近在琢磨，開頭可能得重新寫，你知道我想用書面語寫一個小說，過去寫不太長，可能跟一直用短句子有關係。饒玲玲說，寫在書面上的就是書面語，我警告你，別老為語言瞎操心，怎麼舒服怎麼寫。他說，嗯，我準備先這麼磨磨蹭蹭寫著，不能用也沒關係，等天暖和了，我回一趟東北，摸一摸素材。她說，你怎麼幹我不管，我現在跟你說你這個開頭。我看了之後沒睡好，不是別的，是挺激動，你知道吧，我這人碰到這樣的稿子，總是睡不好，想出一百種方式給你做好。他說，要不你也失眠。她說，傻逼，失眠和睡不好是兩碼事。你寫了一起兇案，說是你十六歲住在工廠，你爸是個鉗工，車間主任是個小個子，姓董，宣傳口上來的，不太懂生產，貿然用了德國來的機器，出了幾起事故，然後在一天晚上，在辦公室被一柄匕首插進喉嚨，第二天一早被打掃衛生的發現，血已經流乾了，對吧。他說，是，你複述得準確。她說，辦公室在三樓，窗戶在裡面鎖著，冬天，大雪剛過，即使窗戶沒鎖，也凍死了。辦公室門虛掩著，行兇者應該是從門進來的，然後再從門出去。這個車間有兩個大門，正門衝南，後面衝北，北門連著一塊空地，是生產線上的拖拉機下去之後，直接開動測試用的。下班之後就鎖上。一般情況下，下班之後有一夥人在換衣服的工具箱旁邊打撲克，所以正門先不鎖，到八點左右，打更的老馬把這些人清走，然後把正門在裡頭鎖上。董主任那天下班之後走了，據老馬回憶，十點左右又回來了，好像喝了點酒，說要寫點材料，老馬開門讓他進來，他上了三樓辦公室，你們家當時住在車間的二層，動遷之後沒地兒住，你爸就央求董主任讓你們家住在二樓的雜物間。因為你爸喜歡下棋，董主任也喜歡下棋，而且想跟你爸學棋，就答應了。那天你爸媽去錦州參加婚禮，只有你自己在，你以第一人稱兒童視角寫道：我看見了老董走進辦公室的背影，穿著灰色的工作服，拎著一只暖瓶。劉泳說，你歇口氣，你說的都對，你要幹嗎？她說，你等我說完。老馬的口供很詳盡，他是個老更夫，在這個車間打了五年更，每一個角落都熟悉。他確認，八點之後除了你之外，沒人在車間裡，之後也沒人進來過，因為大門從裡面用鋼筋拴住，不可能鑽進來，四面的高窗除了高達兩米之外，也都從裡面鎖好，玻璃第二天完好無缺。所以除了你，沒人能夠殺人，我這個邏輯對吧。他說，慢一點說，這是我的小說，你這麼激動幹嗎？搞得像在開庭。她說，你這個故事裡面有多少東西是真實的？他說，你這是外行話，永遠不要問作家這樣的問題。她點點頭，拿起威士忌放在書稿上，說，行，我是外行，這個事兒先按下不表，說另一份稿子。其實在饒玲說話的時候，劉泳已經瞥見了另一份稿件，上面的字體比他的大，分段也比他多，且沒有題目，也沒有題記，上來就是一個自然段。她說，這份稿子是我昨天在郵箱裡發現的，然後打印出來。是十幾天前一個莫名的郵箱發給我的，被系統當成垃圾郵件處理了，碰巧我昨天整理垃圾箱，掃了兩眼，把它恢復了。這個小說沒寫完，看格局像是個中篇，目前寫了七八千字，還沒寫出所以然，想到哪寫到哪，文字很樸素，語病不少，但是才華盡顯，你知道吧，就是一看就不想放下那種，這是文章的人格魅力，你明白吧。他說，明白，但是你跟我說不上這個，我不是編輯，專業不對口。她說，你別急。說著她把書稿推到劉泳面前，拿起壓在書稿上的威士忌抿了一口，說，前面七八千字，寫了一個罪案，跟你寫的一模一樣，不是敘述一樣，是故事的核心是一樣的，對那個車間的格局描寫也一模一樣。你看這段，你寫道：車間的後門是紅的，卻有一個白色的叉在中間，不知何意。她這裡也有對這個後門的描寫，她寫的是：車間後面是一個紅門，上面一個白叉，是我趁人不在，用噴漆槍噴上去的，因為我課本上都是這玩意。我沒有比較你們的文學造詣，你是老江湖，此人是個生瓜蛋子，她這七八千字，一邊寫這個匕首案，一邊寫了很多閒篇，上學的事兒，好像上的廠辦的技校，讓人著急。但是她好像對於同一件事情有不同的理解，哈。劉泳看著書稿，一動不動。饒玲玲感到這個除夕夜有了點意思，繼續說，我不是說你抄襲，作為出版人，我的直覺告訴我，你們兩個互相沒有看過對方書稿。你往後看，她還提到了你。

在文章的末尾，當然不是結尾處寫道：據查當時車間裡有一個十六歲男孩，是唯一可能的目擊證人，他卻聲稱什麼也沒有看見，也沒有聽見。當然他也可能是唯一的兇手，只是匕首和門把手上都有完整的指紋，不是他的，也不是老馬的，也不是能夠值得比對的任何人的。於是少年自此排除了嫌疑，使此案成為貨真價實的無頭案。

劉泳又把文稿從頭到尾看了一遍，然後放在桌子上。他說，她當時不可能在車間裡。饒玲玲說，她沒這麼說，雖然用的是第一人稱，但是看得出來是想像，比如她說罪案發生前，有一隻野貓走上了三樓老董辦公室的前面，想要點吃的，這是一隻經常在車間裡徘徊的野貓，誰有吃的就給點。這是想像，只不過細節很逼真。劉泳說，這不是想像，那隻貓是我養的，叫武松，那天它確實上過三樓，我看見了。

饒玲玲坐直了，看著劉泳。劉泳說，寫這東西的是誰？幹什麼的？男的女的？多大？

饒玲玲說，你冷靜一下。劉泳說，我沒有不冷靜，這是很簡單的問題，請你回答一下。饒玲玲說，這東西沒頭沒尾，作者署名叫米粒，沒有留地址，只有一個電話。劉泳說，請你現在給她打一個電話吧。饒玲玲說，現在是大年三十兒，這人可能五十歲，在美國刷碗，也可能十八歲，現在正跟父母一起在黑龍江某個縣城守夜，你想幹嗎？劉泳說，不可能五十，也不可能十八，應該跟我差不多大，你打個電話。饒玲玲說，你有病，我沒有，我要回去睡覺了，要打你自己打。劉泳一把抓住饒玲玲的手腕，說，今兒我們倆在一起喝酒，就是世上最親的人，我求你幫我這個忙。饒玲玲說，你別唬我。劉泳說，我的小說裡有虛構的部分，就是我當時是待在車間裡，但是並非住在裡頭，我只是去玩。那天十點，我和老董一起回來的，他上樓去寫材料，我在車間的另一頭拿螺絲擺長龍。因為，這個老董，姓劉，是我的父親。他死時我十六歲，後來我媽改嫁，嫁到深圳。要不然我不會在這裡過年，你說對不對？

電話那頭響了好一陣，饒玲玲幾乎在聽筒裡聽見自己的心跳。劉泳坐在對面盯著她，她第一次感到這個東北男人並非一個文弱的書生，他的眼睛微微瞇著，手放在桌子上，紋絲不動，那上面的關節，那連接肉的骨頭，好像隨時會擰成一把什麼鐵器。

一個女孩兒的聲音。

女孩：喂？

饒玲玲：請問，是米粒嗎？

女孩：哪個米粒？

饒玲玲：大米的米，顆粒的粒？

女孩：大顆粒？

饒玲玲：米粒。

女孩：啊對，米粒，我是米粒，不好意思，我喝多了，睡前還吃了安眠藥。

饒玲玲：我是饒玲玲，做出版的那個饒玲玲，我收到了你的書稿。

女孩：看了？

饒玲玲：看了，寫得有意思，你是做什麼的？

女孩：我沒寫完，不知道往下咋寫了，你說往下咋寫？

饒玲玲：這你不能偷懶，你得自己想。

女孩：你在北京嗎？

饒玲玲：在。

女孩：你看到有一個特別大的煙花沒？就在剛才，就在我窗戶前面。

饒玲玲說：沒看見。

女孩：特別大，像一個大蜘蛛。

饒玲玲：你怎麼沒回家過年？

女孩：跟你有關係嗎？你怎麼也沒回家？你不是挺牛逼的出版人嗎？不應該拿著一堆成功的樣書回家？

饒玲玲：我提醒你一下，你得尊重我一點，你家人沒教你怎麼跟人講話？

女孩：為什麼要尊重你？我就是閒得無聊給你發了篇自己寫的破玩意，我指著你能吃飽？我當個傻逼作家？把青春都爛在椅子上，然後到處舔出版人、評論家的屁股，還他媽的窮得叮噹響？你家人沒教你除夕夜打電話把人叫醒應該抽你大嘴巴？

饒玲玲打開免提，把手機放在桌子上。

饒玲玲：這樣，我旁邊還有一個人，就是你說的那種傻逼作家，他想跟你說兩句。

劉泳：你好，我叫劉泳，寫小說的，出版人和批評家屁股什麼味道，我不知道，我想知道一件事情，你寫的那個故事，是聽來的，還是你看見的？我恰巧也寫了這麼一個故事，為了證明一下，我告訴你，那個死去的車間主任，姓劉，那隻貓，你沒有描寫，我知道，是黑白相間的花紋，尾巴尖也是白的，公貓。

女孩：你是誰？

劉泳：我說了，我叫劉泳。

女孩：哪個劉，哪個泳？

劉泳：原名是姓劉的劉，勇敢的勇，筆名改了一字，改成游泳的泳。

女孩：哦，本來挺勇敢，現在要隨波逐流？

劉泳：游泳也可能逆流而上，你住哪？

女孩：你多大？

劉泳：我一九八一年生人，今年三十一。

女孩：你是老劉的兒子吧？

劉泳：有可能。這樣，這麼閒聊總是差點意思，我相信你知道我不是騙子，我也相信你肯定跟我有點交集。我住在朝陽區陽光上東二十二號樓二單元五樓三。你要是方便，你過來一趟，我和老饒都不是北京人，都沒回家，在這兒搭伙過年，你要是願意，請你過來，有酒，一起守夜。

沉默。

女孩：我沒興趣，你們倆自己玩吧。

忙音。

饒玲玲說，睏了，我得走了。劉泳說，留下幫我做個見證。饒玲玲說，說實話，我很欣賞你，我們也是挺好的搭檔，但是我們真沒有那麼熟。劉泳說，所以你是見證人的最好人選。劉泳站起來走進臥室，出來拿著一塊帶血的布。劉泳說，這是我爸當時穿的工作服的衣領子，燒之前，我偷偷把衣領子剪下來，這麼多年一直帶在身上。後來我一直跟我爺爺奶奶住，我爺在我高考那年死了，夏天，搬了個大西瓜回家，心臟病突發死在院子裡，西瓜倒沒有摔碎，滾到牆角。我當時住校，這是我奶後來告訴我的。過了五年，我奶死了，死在炕上，她那時已經糊塗了，我在旁邊，她把我當作我爸，問我什麼時候回來的，這麼長時間去哪了。也不賴她，我和我爸長得確實像。這些事情我沒跟人說過，你說我們倆不熟，我們現在也許熟了一點，如果你也這麼覺得，我請求你留下來，幫我把這件事情弄明白。饒玲玲想了想說，我陪你等到天亮，也別天亮，萬一陰天下雪天不亮不好說，我陪你等到早晨七點，如果這女孩兒沒來，我也沒有辦法，我不是你老婆，不能一輩子在你屋子裡待著。劉泳說，好，你想再喝點嗎？饒玲玲說，不喝了，你給我找件外套，冷。劉泳把自己的薄羽絨服給饒玲玲披上，拍了拍她的肩膀。然後從電視櫃的抽屜裡，找出一副新的一次性拖鞋和一副跳棋。劉泳把拖鞋放在門口，坐回來說，沒事兒幹，玩會跳棋吧，有時候我自己跟自己玩，你要紅的要綠的？

劉泳的這間公寓位於朝陽區的南面，地勢略高，房間面積大概九十幾平，兩室一廳，他已租了兩年。家具都是自己買的，北歐風格，簡單，硬朗，且無一不是米黃色，件數也不多，茶几，電視櫃，餐桌，四把椅子。客廳裡只有電視是黑色的，不過連電源線都沒有連。臥室在南，書房在北。書房四個立式書櫃，一個長方形書桌，從這頭到那頭，頂到了窗戶底下，地下也滿是書，有的書裡夾著紙條。靠著北牆，放著一個小黑板，上面寫一點也許跟小說有關的提示性的東西，此時小黑板上寫著：匕首／少年L／開槍的是人，提供子彈的卻是上帝。

樓道悄無聲息。劉泳下起棋來全神貫注。有時候會用手摸一下下巴，大部分時候雙手支在桌子上，頭垂直於棋盤，呼吸均勻。大概是淩晨兩點半左右，樓道裡的電梯門開了，隨後是腳步聲。腳步停在門前，等了幾秒，手在敲門。劉泳說，你別動，一會下完。此時他的綠色棋子，已經有半數進入到饒玲玲的本營，而饒玲玲的黃色棋子，昏昏欲睡，如一條長蛇，都在路上。

女孩穿了一件黑色帽衫，挺瘦，但是也挺結實。

「撂下電話我就睡著了，睡醒了想起有這麼一個事兒。」女孩說。

「把鞋擱這兒，這拖鞋是你的。」劉泳說。

「你家挺熱，你是饒玲玲？」

饒玲玲有點不知該說啥，從沒遇見這樣的人。她挺想生氣，給她一個白臉子，但是發現自己的氣已經消了。不管怎麼說，小說寫得不錯。

饒玲玲點頭說，坐吧，喝什麼？

女孩從懷裡拿出一瓶白瓶牛二，五十二度，你們喝得慣這個嗎？

她沒化妝，黑色短髮，臉很小，白白的。尖下頜，冷丁一看以為是高中生，仔細一看眼睛，也許超過三十歲，或許比劉泳還要大一點。那是一雙長年沒有休息好的眼睛。

三人落座，劉泳刷了三個玻璃杯，女孩（姑且還是稱為女孩吧）和饒玲玲坐對面，他坐中間。玩跳棋呢？女孩說。她的面前擺著劉泳的棋子。劉泳說，打發時間，等你。女孩說，你咋知道我一定會來？劉泳說，感覺吧，你打車的錢，我可以給你。女孩說，給你省了。我離你不遠，走過來的。劉泳說，你住附近？女孩說，不是附近，是一個小區，我住你旁邊那棟，和另一個女孩合租，剛搬進來。你能不能乾了？養魚？兩人乾了一杯牛二。劉泳說，冒昧地問一句，你是幹什麼的，小說寫得很好，過去寫嗎？女孩說，我那也叫小說？就是閒著沒事兒胡編亂造，當時叫了外賣，正吃大米飯，就署了名叫米粒。我啊，長年混在劇組，什麼都幹，劇務，美工，副導演，編劇，最近還當了幾次演員。劉泳說，什麼電影，我們看過嗎？女孩說，肯定沒看過，都是小製作，特矯情那種。我問你，你家有餃子嗎？我來不為別的，過年想吃頓餃子，你有嗎？劉泳說，速凍的行嗎？女孩說，生的我都能吃一蓋簾兒，就想這口了。饒玲玲說，我去煮吧，你們聊。劉泳說，冰箱左邊那個門，第二層，廚房的燈在那。女孩說，你倆兩口子？饒玲玲扭頭說，兩口子他告我燈在哪？女孩張口喝了半杯酒，一笑，露出一排小白牙說，是我傻逼了，但是你們文學圈誰知道誰跟誰怎麼回事兒。

劉泳不抽煙，但是家裡有煙，也有煙灰缸。他戒煙五年，一根沒抽過。女孩抽中南海，劉泳看著她抽了半根煙，說，聽你口音，是東北人沒錯，我也不繞彎子，小說好，我表揚完了，我想問一問，這個事兒你怎麼知道的？女孩說，我說完還能吃上餃子嗎？等吃完再說。劉泳說，好，那咱們就等餃子。做電影有意思嗎？女孩說，別沒話找話了，咱們把跳棋下完吧。兩人便下，女孩用饒玲玲的殘棋，她也不往前走，就是處處堵劉泳的路，劉泳有時候偷偷瞥她一眼，她面帶笑意，在這種消極的戰法裡得到極大的快樂。她的脖子很長，戴著一個銀製的十字架，嘴唇有點乾，時不時用舌尖舔嘴唇，黑眼圈如同刺青滲入肌膚。餃子好時，劉泳還剩一個棋子沒有走進女孩的陣營，女孩的那枚棋子也死活不出來。開始吃餃子，女孩說，沒有臘八醋。劉泳說，確實沒有，遺憾，外酸裡甜。女孩說，醋是綠的。於是繼續吃，女孩吃了幾個說，沒有喜錢。算了，你這是速凍的。饒玲玲說，什麼是喜錢？劉泳說，就是餃子包一個洗乾淨的鋼鏰，誰吃著誰新的一年走運。當年我們家年年都是我爸吃著。吃完了餃子，女孩和劉泳一人喝了一碗餃子湯。三人繼續喝酒。

女孩說，吃得很好，你想把餃子摳出來也費勁了。劉泳說，肚子裡的全是你的。女孩說，好，這故事我是聽來的。劉泳說，聽誰說的？女孩說，我姐。劉泳說，你這歲數，城市裡不可能有倆孩子。女孩說，我是超生，所以我爸媽都沒了工作，去你爸的廠子當臨時工，劉主任是你爸吧。劉泳說，是。你繼續說。饒玲玲說，我可以用手機錄一下嗎？女孩說，隨便你。你可以選擇錄，我也可以選擇怎麼說。劉泳說，行，不錄。饒玲玲把手機揣起來。女孩說，我家住南教堂那，你知道吧南教堂。劉泳說，知道，俄國人修的。女孩說，我爸是天主教徒，我爺也是，那教堂是老毛子修的，我們家跟著老毛子信的。所以我媽懷了我就給生出來了。我姐當時十八歲，沒考上大學，在你爸車間當噴漆工，啊，對，那個後門的白叉，就是她噴的，其實是個十字架，噴歪了，我在小說裡寫的是胡編的。當時我姐和你爸，老劉，正在談戀愛。愛得死去活來。饒玲玲看著劉泳說，我看這孩子沒一句真話。劉泳抬起頭說，少說多聽。說完他對女孩說，我當時有感覺，我媽也應該有感覺。你姐叫什麼？女孩說，忘了，你還想聽嗎？劉泳說，想，說吧。女孩說，我姐後來跟我說，活了這麼長時間，遇見你爸之後才覺得活著有意思。我爸媽以前給她講的那些道理，遇見你爸之後才覺得是真的。上帝就是愛啊。女孩喝了一口酒說，你爸雖然個子不高，但是心是善的。那套德國機器，在其他很多車間沒有開箱，只有你爸強令開箱使用。為啥？因為那時候工廠已經要完了，其他車間主任，都在打自己的算盤，先讓工廠倒了，然後把新機器弄到自己的小作坊裡，工人裁掉三分之二。我姐說，這叫小舢板突圍。劉泳說，嗯，有這個說法。女孩說，你爸是想救工廠，不想看著工人都回家，他那時候經常跟我姐說，工廠完了，不但是工人完了，讓他們幹什麼去，最主要的是，北方沒有了，你明白吧，北方瓦解了。你爸是宣傳口出來的，還他媽文謅謅的。劉泳說，他寫一手好字，你還是叫他老劉吧，我能稍微舒服點。女孩說，行，那就徹底第三人稱。老劉答應我姐，做最後一搏，如果這套機器上了，還是不行，等他妥善處理完遣散工人的問題，就和我姐私奔，什麼也不要了。饒玲玲沒忍住，私奔？女孩說，是私奔，跑到更南的地方去。推著三輪車賣早點也行，一起背著貨跑單幫也行，反正不能分開。那機器吶，誰也玩不轉，主要是工程師心早散了，都在想自己的後路。幾人出了事故，有一個年輕工人，剛來不久，很想表現，結果被咬掉一隻手。劉泳說，老劉出事兒跟他有關係嗎？

女孩站起來，在身後握住雙手，把身體抻了抻。劉泳說，有關係嗎？女孩說，坐太久了，你們作家怎麼能一天坐那麼久？劉泳說，那你動動。女孩說，嗯，我不想說了。劉泳說，什麼意思？女孩說，沒意思。你給我弄口水，喝完我走。劉泳說，哪不對了？女孩說，你是個寫小說的，你說寫到這時候怎麼寫？劉泳想了想說，賣了個關子？女孩說，你擺地攤賣吧，我鞋呢？劉泳說，也許應該寫寫這個姑娘？女孩把手移到身前，活動著手腕，說，繼續說。劉泳說，如果是福樓拜的時代，也許應該從姑娘的頭髮和吃穿用度開始寫。女孩說，不用扯那麼遠，頭髮可以。劉泳點點頭說，黑髮，大黑辮子。女孩說，顏色對，弄那麼長辮子給機器絞腦袋？劉泳說，是了，黑短髮，劉海過眉。女孩說，可以。劉泳看了看女孩說，身材不高，但是很挺拔，皮膚很乾淨。女孩說，可以。劉泳說，話不多，但是有脾氣，有意思，說出的話招人聽，遇見不對路的人一句話也不說。女孩說，喜歡看書嗎？劉泳說，確實，老跑廠裡的圖書館。女孩說，行，說說她和老劉怎麼認識的？劉泳說，朋友，我畢竟是老劉的兒子，讓我揣測這個倫理上有點問題。女孩說，你是作家還是兒子？劉泳說，都是。女孩說，首先是啥？劉泳說，好吧，我隨便猜，女孩愛看書這點讓她與其他女工不同，老劉注意到了。女孩說，太概然，新年聯歡會女孩演了個節目。劉泳說，對，朗誦？女孩說，詩朗誦。劉泳說，沁園春雪？女孩說，屁。劉泳說，艾青？

女孩說，戴望舒。劉泳想了一下，說，應該。女孩說，繼續說，怎麼私奔？劉泳說，老劉帶上家裡的錢，女孩帶上一點首飾。女孩說，再帶上一箱子吃的？你以為是羊脂球？老劉只帶兩百塊人民幣，剩下的留給老婆孩子，女孩帶幾件衣服和幾本書。兩人要去哪？劉泳咬著牙說，實在猜不出來。女孩說，你身上流著老劉的血。北京。

女孩擺了擺手示意他不用據此回答，然後坐下說，挺無聊的哈。饒玲玲此時已經趴在桌子上睡著了，臉靠著盤子，嘴微張著，披著劉泳的羽絨服，因為個子高，身體如蝦一樣摺著，好像鼻子不通氣，一直用嘴吸氣。劉泳看著她，意識到剛才她說睏了是真睏了，另外一層是，這件事情只是他自己的事情，或者說一個人身上發生的事情都是自己的事情。女孩說，跟那些受傷的工人沒關係。是你們廠長。劉泳說，我都忘了廠長姓什麼了。女孩說，有人記得。當時老劉老是半夜來寫材料，其實有一個目的是和我姐幽會，我姐有一副老劉辦公室的鑰匙，下班之後她就自己進辦公室，藏在櫃子裡，等老劉去而復返。劉泳說，嗯，他得接我放學，還回家陪我媽和我吃飯。女孩說，另一個目的是確實在寫材料，他寫五份，舉報你們廠長副廠長四人，侵吞國家財產，挪用工人養老保險在農村買地給自己蓋房子，等等等等吧，準備寄到五個部門。說實話，這些事情，都是我最近才知道的。劉泳說，哦，最近才知道。女孩說，不知道廠長從哪聽說了此事，便要弄死老劉，他自己不可能動手，就雇了一個人，他們當時詳細地研究了車間的圖紙，發現就在老劉的辦公室的頂棚，有一個廢棄的排風扇，通到外面房頂。幾乎沒人知道，多年不用，是當年按照蘇聯圖紙建造的，後來覺得，東北風大，不用非得這麼排風，就多年不轉了。此人就是用一條繩子，順著這個排風口下來的，然後又順著繩子爬上去的。我姐已養成了習慣，她沒敢開燈，因為開燈就會有人上來找老劉說話，老劉並不在，會露。她都是摸黑藏進櫃子裡，然後打開手電筒看書，累了就睡一會。那天老劉回得很晚，也許是打開櫃門，發現她睡得很香，就沒叫她，先坐在辦公桌前寫材料。殺人者悄無聲息從他頭頂降下，一刀就把他刺死了，然後拿著材料又順著繩子爬上去，我姐醒時，看見人已經爬回頂棚了。

天更黑了，徹底安靜。很難知道北京城到底有多少守夜的人，大部分窗子都瞎了，偶有幾只燈籠亮著，好像哭紅的眼睛。女孩說，我姐後來很少睡覺，老劉在她睡覺時死了，她可能對睡覺有恐懼吧。劉泳說，故事講完了嗎？女孩說，我很累了，但是還有一點。從那天起我再沒見過我姐，這些事情都是她寫信給我我才知道的。第二天早晨，她從辦公室的門走出去，就開始追蹤這個殺人者，十幾年了吧，終於在一個月前，把此人殺死在一個村莊的河邊。她跟我說，她把他的雙手割下扔在河裡頭了。

劉泳拿起酒來喝了一口。酒真涼啊，到了肚子裡四方流散，無孔不入，劉泳連腳趾都覺得暖了。

劉泳說，廠長叫什麼？女孩說，你不用知道。她說她累了，先歇一歇。劉泳說，嗯。女孩說，不過她歇完了還會上路吧，一個一個來，是吧，要一視同仁。劉泳說，你這個故事不錯。女孩說，一般吧。劉泳說，如果老劉活著，也會覺得是個好故事。女孩說，不一定，也許他會覺得她永遠躲在櫃子裡最好。女孩站起來說，我走了。我住很遠，到家天要亮了。劉泳說，好，不送你了。女孩說，好，你坐好。劉泳點頭說，不是一個小區？女孩說，不是。女孩推門走了出去，頭也沒有回。

饒玲玲動了動，沒有醒。雖然姿勢有點難受，但是她還能堅持。

劉泳走到窗前，看著女孩走出門洞，又走出大門。世界漆黑一片，如同海底，只有兩個小姑娘在大門口放煙花，海馬一樣，似乎是背著大人偷跑出來的一對姐妹。女孩對其中一個小姑娘說了什麼，那姑娘把兩支燃著的煙火遞到她手裡，她一手一個，展開雙臂將其搖晃。火焰四處噴射，夜海浮動，不知要將她帶往何處。

白鳥

一

Z有一天過來找我，說她的左耳有點聽不見了。我們通過樓下的對講機聊了兩句，她的耳朵好像確實出了點問題。我簡單收拾了一下屋子，讓她上來了。她把棕色的圍巾放在椅背上，摘下口罩揣進兜裡。你最近在看什麼書，她說。其實她就是隨便一問，因為她已經從我的桌子上拿起書來。哦，畢肖普。我說，別人給的，沒看。她說，那我翻翻。時間已經不早了，我看一眼鬧鐘，不是不早了，是已經晚上十點了。我說，你的耳朵怎麼了？她說，不知道，沒什麼大問題，就是一隻耳朵不好用了。她用食指敲了敲右耳說，還有一隻備用的。我點點頭。她說，那是你女兒的披風？我說，是浴巾。她說，一隻鯊魚？我說，所以是浴巾嘛。她說，怎麼你還住在這裡啊，上次我來是七年前？我說，記不太清了。她說，差不多吧，畢肖普是幹嗎的啊？我說，一個詩人。她說，我說她是幹嗎的啊？我說，死時在哈佛大學教書。她說，真夠可以的，你看這裡說，寫作這首詩的過程救了她，她當時已陷入絕望。梅斯菲索後來取消了婚約，兩人相伴直至畢肖普去世。我說，我還沒看到這段。她說，你瞧瞧這詩寫得多肉麻，我給你念念吧。我說，好。她念道，失去的藝術不難掌握，如此多的事物似乎都，有意消失，因此失去它們並非災禍。算了，太差勁了。我看見她的左耳流出血來，我說，妳耳朵出血了。她說，沒事沒事。她的臉色蒼白，手指尖都是白的，我說，妳是不是吃了什麼不該吃的東西？她說，沒有沒有，當初我們是怎麼回事兒來著？我說，什麼怎麼回事兒？她說，時間很緊了，怎麼回事兒來著？我說，想不起來了。她笑了說，對對對，你說我從來不給你做飯，畫的你也不像。說完，她從懷裡掏出一張紙，放在畢肖普旁邊。她揮手告別時，臉衝著門，並沒有看我。

等她走後，我在書桌旁坐了一會。然後起身擦淨了地上的血，把她留下的紙撕碎扔進垃圾袋，然後把垃圾袋提出來繫好放在門口，再套一個新的。

我看了看鯊魚浴巾，它並不存在。Z是我的鄰居，一個畫家，她的丈夫和女兒上個月死於車禍後，她已經來了我家七次，送給我七張她丈夫的肖像畫。

二

離家寫小說之後，我常想起那個高中老師W，一個女的，個子不高，可稱瘦小，不過眼眸光閃閃，如同小型探照燈。我在一本書的後記裡提到過她，說她當年對我如何如何好，鼓勵我寫作文，那本書寫得比較早，現在再看那段有點爛俗了，不過確是實情。不過時常想起她，也總有點不對，最近做夢有時也會夢見她，這就更怪了。而且在夢裡，我老是向她伸出手去，好像在索要什麼東西。按理說，是我欠她比較多，後來也沒去看過她，管她要東西，有點不厚道，但是到底要什麼呢？前兩天有個記者給我發了個郵件，說，有幾個問題要問我，第一個問題是我第一篇小說寫的是什麼，不是發表的第一篇小說，而是自認為的第一篇小說。這個記者也許通點弗洛伊德，這個問題沒人問過。我想了想，忽然想起來，如果說是小說這個東西的話，那我的第一篇小說應該寫於高中，高二。我記起來了，那不是一篇作文，是一篇小說，交上去了，寫了大約三千字。題目叫什麼來著，啊，對，叫〈白色的荊軻〉，至於為什麼荊軻是白色的，寫了什麼，忘得一乾二淨。我伸手向她索要的，應該就是這個東西。

語文老師W應該拿著我的這篇小說。我有這個感覺。夢裡我那麼理直氣壯，應該不是沒道理的。我有一個通訊錄，當然是在手機裡，我每個月都會做一次打掃，把不需要的人刪除掉。現在裡面已經沒有一個高中同學和高中老師的號碼。不過高中沒有位移，一直在那裡。我便給W寄了個包裹過去，裡面是兩本我的書，和一個便箋，便箋上寫：尊敬的W老師，您所做的一切我都感念在心，不過最重要的是請把那白色的荊軻還給我。過了一周，包裹被退回，查無此人。無法，只好在網上查了查，學校平庸，W姓名也普通，同名同姓者多之，不過連帶查到了現任校長的名字。我將包裹重又寄出，不過便箋改了改內容，詢問W的去向。過了一周，我收到回音，書和便箋對方已經留下，寄給我一個新便簽，上面寫著：

尊敬的小說家朋友，語文教師W十二年前，也就是您畢業一年後，在校門口被一個白衣男子領走了，從此杳無音信。據說有人在西安見過她，長髮過腰，雙眸閃亮，斜背長劍，一閃而過。若此事對您的職業有所幫助，也算是母校對您的寒酸的支持。祝好，不要再寄任何帶字的東西來了。

三

M的前夫是個醫生，我看過照片，相當儒雅，口袋裡別著圓珠筆。我和她約會了兩次，她很愛乾淨，來我家都自帶床單和毛巾，也許是遺傳了前夫的脾性。她目前沒有工作，不過除了有筆遺產，她的父母都是大學中文系教授，她其實一直沒工作，不怎麼為錢發愁。她有一對小巧的乳房，一頭利落的短髮，和兩本寫得不錯的詩集。第二次約會後，她坐在床邊抽煙，跟我說起前夫的死。真是一次意外，他是心臟科醫生，她說。那天我們去逛超市，你知道吧，就是7-ELEVEN，我們倆準備買一點薯片回去看電影。他喜歡吃著薯片，喝著可樂，把腳放在書桌上，對著電腦看電影，而我喜歡依偎在他懷裡，你是作家，跟你講這個應該沒關係吧。我比較直率，你也發現了吧。他娶我時，我提醒過他，我說我啊，沒什麼正經事兒，戀愛談了很多，你能接受？他很坦然，說有一天我不愛他了，可以走，婚姻就是徒手爬樓，對吧，累了可以下去。我說你這話說得挺好，我可以嫁給你，為了你這個比喻。結婚之後挺舒心，他有種磁性，我很願意給他講故事，怎麼說呢，有時候覺得他像我媽。我的所有男友他都知道，每一個他都聽過，床上的細節我不講，直率不是傻逼，你說是吧。那天在7-ELEVEN，我們正在琢磨是買薯片還是薯條，突然我看見了我的一個前男友，是個音樂人，唱民謠的。我跟他打了招呼，然後把婚戒在他面前晃了一下，他也挺開心，我們倆當初挺好的，後來沒有往來誰也沒記恨誰。他指了指背後的吉他，說一會在酒吧有演出，請我們去聽聽。我丈夫沒意見，他知道沒問題，他一看我的眼睛就是知道沒問題，電影可以明天看，反正也在硬盤裡存著。

酒吧不大，但是環境特別好，音響也很專業，去的我看都是懂行的人。前男友唱了兩首歌，都是自己寫的，他還是挺棒的，你知道吧，真是有才華，而且不急，在酒吧唱歌也挺高興。第三首歌，他提了一嘴，說是我寫的詩，他譜了曲，他不說我都忘了，確實有這麼一首歌。他唱了起來，我頓時一顫，真是好，當初沒覺得好，時間給這歌注了魂。歌唱完時，我回頭看了看丈夫，他的眼睛裡全是淚水，好像眼睛化了一樣，他對我說，我被打中了，M。然後趴在桌子上死了。

心臟病突發，純粹的意外。

四

一天午夜跟老作家S喝酒。S大我三十歲，酒量是我兩倍，結了五次婚，小說寫了幾百萬字，在家鄉買了兩棟樓，北京有三套房，但是基本不開車，因為老是醉的，另一方面是性格暴躁，不愛搖號。那天喝到過了一點，S又點了一隻雞架，戴上塑料手套撕著吃，這時「叮」的一聲進來一條短信，S將手套摘下，貼著手機看。他寫了太多東西，睡了太少覺，眼睛壞得厲害。

「什麼意思？」他說。

「他媽的什麼意思嘛？」他將手機翻向我，說，「這他媽是什麼意思？」

我見屏幕上幾個大字：「小寶，我原諒你了」。號碼一串，沒有人名。我說，發錯了吧，您都多大歲數了？他又把臉貼在手機上，「不然，這號碼我有印象，叫我小寶的人也是有的。」我說，你慢慢想，我把雞屁股吃了。他點點頭，又歪過頭說，是她，但是她死了啊。說完喝了一杯酒，說，應該是死了吧。他拿起電話，打給某人：餵，嗯嗯嗯，不要廢話，我問你，L死了嗎？是死了吧，嗯，什麼時候死的？三年前，葬禮我還去了？好好好，你睡吧，好了好了，我是評委，嘴閉上，眼睛也閉上吧。

「聽說過L嗎？」

「沒有。」

「二十年前是個不錯的短篇小說作家。」

「哦。」

「哦哦哦，你是電動的？比我寫得好。」

「嗯。」

「是我第一任妻子。」
「明白。」
「我出軌，她自殺了。」
「……」
「沒摔死，摔成了殘廢。服務員，再來一瓶燕京。腰斷了。」
「嗯。」
「三年前趁人不注意，吃了安眠藥死了。其實她這麼多年給我寄過不少小說，讓我幫她發表。寫得比過去差遠了，也許腦袋也摔傻了，你說是不是？」
「我吃飽了。」
「死了之後，還要給我發短信，你說是不是腦袋摔傻了？啊，是不是啊？」

五

在我上課時，課堂進來了三個人，兩男一女，坐入第一排。我看了看他們，其中一個男的說，你繼續講啊。我便繼續講，講了幾分鐘，另一個男的說，什麼破玩意啊。學生站起來走了三分之二。有兩個睡著的，分居西南兩角。還有一個女生，坐在第二排，在記筆記。女的拿出瓜子兒吃，咔咔咔，呸，咔咔咔。第一個男的從懷裡掏出一張紙條遞給我說，這幾個詞不能用，你的新書。我說，為什麼？他說，照做即可。我說，嗯，海明威說過，閹割雖然對人、動物和書都是小手術，可影響是巨大的。那人說，明白，可後來他讓步了，用空格代替那些字眼，因為珀金斯在給他的信裡寫道：如果我們能夠連載而不招致太嚴重的指責，你就能大大鞏固你的地位，並且還能避免那種討厭的批評，那種批評很糟糕，因為它使許多人不去關注書本身真正的價值。我說，你低估了我的骨氣。他從兜裡掏出一把槍和一包煙，說，你在小說裡寫過煙和手槍，現在你可以挑一個。我說，我不抽烤煙。他說，挑一個吧。我說，司馬遷遭腐刑而後作《史記》，流芳百世。另一個男人說，不一樣，《史記．太史公自序》中講，至於大道之要，去健羨，絀聰明，釋此而任術。健是剛強，羨是貪欲。你不是骨氣，你是面子，貪欲和小聰明，「釋此而任術」，把健羨、聰明解脫掉，走清靜無為的道路。你考慮一下。我這有萬寶路。他把一把古代凌遲用的柳葉刀和一包萬寶路放在我面前。

我終於認出了眼前那個女生，一直聽我講課的女生。她每堂課都來，都是坐在第二排，從不遲到，也從不早退，從不提問，也沒有回答過問題。她是我的讀者，O，一個聾啞人，五年前曾經參加過我的活動，要過我的簽名，那時她還是十四五歲的少女。我之所以認出她，是她當時給我留了一封信，她說，她是個沉默的人，喜歡閱讀，最喜歡的小說是麥克尤恩的《立體幾何》，小說精妙是一方面，另一方面是小說中那種將人摺疊進虛空的本領她能夠掌握。她曾經摺疊過酗酒凌虐她們母女的父親，也摺疊過很多寄不出去又不捨得燒毀的情書。她說也許有一天她會來到我的課堂學習寫作，當然要等她長大一點。

我相信她能讀出我的唇語，於是我向她提出我的要求。在下課鈴響前，O將三人摺疊完畢，將那盒萬寶路留給我，然後走出了教室。

六

尊敬的各位朋友，來賓，評委會的各位評審，大家下午好。我很高興能夠得獎，這是對我莫大的鼓勵，就像在我很小的時候，老師會在我的作文底下畫上一些波浪，意思是這兩句寫得好。這個獎就如同給我的人生底下畫了一條波浪，說明我這幾年幹得還不錯，這本小說也算站住了。恕我直言，我查了一下歷屆的得獎者，有的人確實是天才，有的人則不怎麼好，我直說吧，是垃圾。所以我拿著這個獎杯，會想以後是不是有人也會這麼想，會把我放入哪一類中。我希望即使不是天才，也不要成為令後來的得獎者感到屈辱的前輩。說到這裡，我不想再念稿子了，因為我突然想到了我的朋友H，想必大家都認識H，他是個卓越的小說家，想必大家也都討厭他，因為他的嘴實在太臭了，極愛爭寵，攻擊同行。我與他已經幾乎五年沒有說過話，因為他曾經對一個評論家說，我的一個備受好評的小說是抄襲他早年給我講的一個故事，而他講得那麼的好，以至於我將他的一些語氣詞都保留在了小說裡，哦，對，原話是，你細讀一下他的小說，就會發現我的口吻。這是無稽之談。那個故事是我奶奶講給我的，他嚴重地冒犯了我的文學和我的親人。我想在座的各位，如果遇到同樣的境遇，也會與此人斷絕來往。他最近三年消失於大家的視野中，沒人知道他去了哪裡，我當然也不知道。直到去年，他突然給我打了一個電話，說要給我講一個故事。我想你們都能夠理解我，沒人能夠抵擋聽他講故事的吸引力，於是我「嗯」了一聲。他說他最近住在北方的一座廢棄的工廠裡，要寫它，就應該住在其中。他經常在工廠裡散步，發現這個工廠有一車間二車間三車間四車間六車間七車間八車間九車間，唯獨沒有五車間。當他習慣了此事之後，有一天五車間出現了，他便走了進去。發現裡面的車床都在轉動，生產線也在兀自生產著拖拉機，可是沒有人。他就沿著生產線往前走，發現所有組裝好的拖拉機都被送進了一個地洞裡。他坐在拖拉機上，進了地洞。地洞裡有頭巨獸，十層樓高，坐在一潭泥漿裡，吃著拖拉機。巨獸說它叫小齎犢，已在此吃了幾十年，吃進拖拉機，排出泥漿，從來沒有吃過人，不過準備吃H。H跟它打了一架，把它的牙都打掉了，不過沒有逮住它，小齎犢沒有牙之後，變成蟑螂一樣大，一頭鑽進泥漿裡不見了。H說，他被小齎犢的爪子敲了一下頭，所以最近老是忘事，所以跟我講一下，防止以後想不起來了。他覺得，小齎犢一定跑到另一個洞裡去了，等著牙長出來，還要吃東西，他得把它逮住，等他逮住了它，這個故事也就有了結尾。然後就把電話掛掉了。我的這本書《巨獸》就是這麼來的，結尾是最差的部分，因為我確實不知道結尾。所以，請允許我請求各位評審，把這個獎授予H，雖然我不知道他身在何處。就這樣吧，獎杯還給你們，下次可能要更謹慎一些，不要把獎頒給一個速記員。一個偉大的作家是不會有時間站在這裡的。

七

很小的時候我住在艷粉街，一天來了一個老和尚。這個老和尚見我在門口尿尿，就從地上撿根樹枝來捅我的小雞雞。我說，去你媽的。老和尚說，你這個小東西，你摸摸自己的頭頂，是不是有條隆起？我摸了摸，果然有，就在頭頂中央，自己嚇了一跳，不知是原來就有還是忽然才有。我說，你這個老東西，怎麼知道的？他說，你可知道這條隆起講了個啥？我說，啥？他說，這是一道浪，前浪未平後浪又起，講的是你這一輩子，比較跌宕，也講的是，你這半寸，跟吃食無關，比吃食高半寸，你這輩子就琢磨這點東西。我說，你是要錢要米要油？他說，不要，還要給你東西。我說，老騙子，我要叫我爸。他從懷裡掏出一隻鳥，雪白雪白，脖子來回動著，眼珠鮮紅，灰色小嘴如同一粒沙。鳥之小，令人詫異，就停在他的手心上。他說，這鳥給你，這鳥吃不了東西，就能活一晚。等它明早死了，你把它隨時帶在身上，放心，它不會腐臭。三十歲之後，若有人找你要鳥，你就把鳥給他，能助你事成。他用嘴一吹，鳥落在我的手心上，那個癢啊，好想抱住它保護它養育它。抬頭時，和尚已經走遠了，一顆光頭一晃一晃，在豆腐坊旁邊一拐，不見了。

鳥第二天死了。誰也不知道。我就把它放進文具盒。等我長大了一點，我就把它放進錢包裡。等我三十歲了，寫起了小說，我就把它夾在我的記事本裡，記事本我隨身帶著，想到啥就寫，算是一個外接的腦子。有一天夜裡，我在公寓裡寫小說，我寫了一個人物叫V，那是什麼人呢？不好說。脾氣大，愛說理，極美麗，特簡單，有藍色的溫柔和潔白的欲念。我已經寫了一個月，愛上了她，可是她就要死了，死於一場懷疑，一場圍困，一場暴風雨。旋風捲著她，要把她摔死在亂石密布的曠野。這時她在旋風中喊道，鳥，把鳥給我！我跳起來，從記事本中拿出白鳥，用嘴一吹，鳥落在她的手心。鳥突然變得碩大無朋，馱著她從旋渦中升起，用兩隻巨翅為她擋雨。當她們停在我窗台時，天已經亮了。

V拉開窗，鳥飛了出去。她回過頭對我說，你可以過來吻我了，雖然你比我想像的還要邋遢。

刺殺小說家

一

走廊的盡頭是兩扇門。是兩扇門。他們摘掉我眼睛上的黑布之後，我看見了那兩扇門。緊緊關著，結婚照上的夫妻一樣靠在一起。我在心裡打了個比方。

「你在這裡等一下。」引我前去的西裝人指著門口的沙發說。

「好，需要多久？」

「不知道。」他把自己的領帶向上推了推說，「等著就好。」

「那就等著吧。告示上說的一大筆錢，具體是多少，可知道？」

「不知道，我這個級別的人不會知道。」

「我想去北極看北極熊。」

「北極熊？你說的是這個？」

「是北極熊，北極，北極的特產。」

「知道了。」他側過頭扯了扯西裝的墊肩，好像不準備再說話了。

走廊好像宇宙飛船的航道一樣長，不知道這兩扇門是終點還是起點，另一頭又通向哪裡。我坐在沙發上昏昏欲睡，其實並沒有辦法睡著。離開家已經五年，走了二十幾座城市，去過的村莊數不過來，想不起來是從哪一條線索開始的，又是什麼東西把這麼多的地方一個接一個地銜接起來，總之是一無所獲，除了花光了賣房子的房款，和十年來所有的積蓄。不知道怎麼回事，只是還記得那個傍晚。那是在雲南的一個小旅館裡，應該是第四個年頭了吧，吃過晚飯，坐在床上看電視，忽然放出了日本動畫片《阿拉蕾》，我看了一會，聽見自己腦中的什麼「刺啦」一聲冒出一股青煙，伸手在臉上摸，發現眼淚已經流過了下巴，鼻涕也出來了，而自己完全不知道。拿起電話打給妻子，一連打了三十幾個，沒有人接聽，我跑出門，看到街上有一個過街天橋，於是跑上去從上面跳了下來，沒有死成，骨折了幾個地方，鼻子也摔塌了。從醫院出來之後，我把號碼辦理了停機，再也沒有和妻子聯繫過，自己一個人在中國閒逛，總是睡不著，有時候也打一點零工，只是我這個年紀，能勝任的零工很少，賣過房子，也在搬家公司搬過家具。直到剩下最後一點錢，我發現自己已經回到了家的附近了。

於是，我非常想去北極看熊。

「醒一醒，可以進去了。」西裝人推了推我的肩膀。

「沒有睡著，閉目養神而已。」

「無論怎樣，請進去吧。」他一手拉開了一扇門，另一隻手拉了拉西裝的下襬。

房間很大，好像是剛剛租用的辦公室，舊東西剛剛搬走，新東西還沒有進來，地上還有曾經擺放的隔斷留下的灰塵。左側的白牆上掛著一幅畫，尺寸不大，四四方方，上面畫著一個金色的佛像，佛的眼睛閉著，嘴巴抿成一條直線，頭上是山巒一樣的鬈髮。另一個西裝人提著公文包站在房間中央，細高的個子，戴著無框眼鏡，深黑色的西裝上衣繫著最上面的一個扣子。手上戴著一雙白手套。若不是看見我之後向我走來，還以為是誰擺在那裡的指路模型。

「千兵衛先生是吧？」他停在我面前兩步遠的地方。

「電話裡留的是這個名字，不是真名。」

「沒關係，這個名字就好。我是老伯的律師，讓你久等了，應徵的人實在太多，請不要見怪。」

「不會，正好累了，在外面睡了一會。沙發倒是很舒服，人一坐進去就想睡覺。」

「失禮失禮，弄這樣一個這麼容易讓人睡著的沙發實在是過意不去，沒有著涼吧，回頭我讓人換一個讓人清醒一點的放上。」

這個人怎麼回事，客氣得實在過頭，囉哩囉唆。一面大談門外的沙發，一面不肯在房間裡放兩把椅子，嘴上的客氣又有什麼用呢。內心的焦躁情緒向上湧動一下。為了防止做出過分的舉動，我努力不去看他的嘴，轉而盯著他的脖子看。每當我覺得要無法控制自己的時候，我就去看別人的脖子，無論是多麼難看的脖子，都有柔和的曲線可以讓人略微放鬆一會。

「現在可以開始了嗎？」他的喉結終於動了。

「可以了。」

「請問您現在從事的是什麼職業？不方便可以不說，有時候職業是一個人的隱私，其實在下知道這麼唐突地問對方的職業十分失禮，只是既然是受人委託尋找合適的人選，只好硬著頭皮問這麼一下，您能理解吧？」

「曾經是銀行職員，現在什麼也不做。」

「失敬失敬，原來曾是金融家，社會能夠運轉全靠金融家調配各渠道的資金，說是某種程度上的樞紐也不為過。沒有金融家，錢就成了死錢，世界也就回到了古代。請問是前台金融家還是後台金融家呢，可否方便告知？」

「前台金融家是？」

「不好意思，是在下描述得不夠清楚，模糊得厲害。前台金融家換一種說法，也許稍微有些粗鄙和不敬，不過一時找不到更好的說法代替，只能姑且這麼一說，沒有絲毫冒犯之意。前台金融家就是櫃員。」

「那我確實曾是貨真價實的前台金融家。有點事情能不能先講一下？」

「當然當然，是在下考慮不周，沒能想到您一直有話要說，其實從您的眼神應該能夠看得出來，只是一天之中面試了幾十個人，神經有點麻痹，才出現了這樣的疏漏。請講吧。」

「我曾經出過一點問題，具體說是神經上面的一些事情，所以偶爾的暴力傾向在所難免，想來您這樣的人應該能夠理解。」

「十分理解，精神問題是現代社會……」

「所以為了您的安全，請您說話盡量切中要點，有一說一，如果再這麼繞圈子，我一時控制不住，跳過去掐死閣下也說不定，我的意思您明白了吧？」我盯著他的脖子說。

「那就太好了。非常明白。」律師彬彬有禮地點了點頭，聲音裡沒有絲毫別的什麼東西。

「下一個問題，你可知道我們招聘的是什麼人？」

「告示上寫的是特殊情況處理師，如果我沒記錯的話。」

「確實如此，為什麼來應徵，或者換句話說，為什麼認為自己能夠勝任？」

「我很需要錢。」我誠實地說。

「似乎這不算什麼勝任的標誌。」

「想用這筆錢去北極看北極熊。非去不可。」

「很好。看完了熊呢？」

「還不知道，先看熊再說。」

「所以你目前只是為了去北極看北極熊，而願意來應徵這個工作，特殊情況處理師的工作。」

「可以這麼說，表面上看確實如此，事實上到底是怎麼回事，我也沒有搞清楚，所以這麼說沒什麼問題。」

律師把公文包放在地上，看起來很沉的東西，扎實地立住，沒有向側面傾覆。他走到我面前說。

「請把手伸出來。」

他拿住我的手，看過了手掌又看手背，然後捏了捏我的手腕，好像法醫在檢查屍體。

「曾經受過傷？」

「大學打籃球的時候，曾經弄折過一次。很久之前的事情了，你不說我都要忘記了。」

「可當過兵或者混過黑道？警察局的事務也算。」

「沒有，畢業之後就做了銀行職員，只不過中途換過一次銀行，行業一直是這個。」

「可曾與人起過糾紛，動手那種，被打或者打了別人？」

「偶爾會有，近幾年的事。」

「此事可能與你的精神問題有些關聯，不過在此不用多談，像你說的，囉唆無益，我又不是給人催眠的心理醫生。最後一個問題，如果讓你去殺一個人，你會怎麼行動？如果不願意回答，今天我們就可以到此為止了。」

「也許到時候就會想到。」

「什麼意思？」

「就是去殺的時候，也許才會有靈感，畢竟殺一個人不是什麼清空別人存款帳戶那麼簡單的事情，無論怎麼謀劃，到了真正動手的時候，可能最重要的是隨機應變。」

「有道理，雖說你是個普通的銀行職員，可是說起殺人來好像有點心得似的。」

「銀行職員這種東西需要後天訓練，殺人恐怕不用，只要是人大體上都具備這種能力吧。最近可看了新聞？」

「抱歉，確實看了，不知道說的是哪一條。」

「幾個遊人跑到動物園去看鱷魚，鱷魚正在冬眠，幾人覺得無趣，就丟石塊把鱷魚砸死了。在旅館的電視裡看到的。」

「這條確實沒有看到，鱷魚就這麼死了？」

「嗯，就這麼死了，睡著覺被別人用石塊砸中要害死了。」

「知道了。我想打個電話，不打擾吧。會不會因為我打個電話就犯了精神病？」

「你可認識我老婆？」

「在下是個同性戀者，認識的女人不多，除非同在法律界謀生，或許可能有所耳聞。」

「不是法律界人士。請便吧。」

「雖然是同性戀者，剛才碰您的手可是沒有別的意思，我這人從來不把工作和生活混為一談，對患精神問題的銀行職員也是一點興趣都沒有。」

「知道。」我無所謂地說。

在律師走到房間的最遠處打電話的時候，我開始覺得此事有些意思了。難道是讓我去殺人不成，這個特殊狀況處理師其實是個殺手？如果果真是如此，可一定要問清楚才好，不是什麼人都可以跑去殺掉的，哪怕是會得到一大筆錢，哪怕是可以就此去北極看熊，也一定要問清楚才好。

「讓您久等了。情況比我預想的順利，看起來我們下面可以進入實質的階段，不知道閣下可準備好了，因為之後談論的事情有些敏感的東西在其中，雖然對於我們來說沒什麼大不了，不過不知道對於您來說是不是覺得彆扭。而一旦進入了實質階段，即使最後沒能夠合作，這方面的事情也需要保密，閣下一旦洩漏或者有洩漏的趨勢，恐怕會有對閣下不利的事情發生。所以，閣下準備好了嗎？」

「你們說的一大筆錢到底是多大一筆？」

「很大的一筆，去北極看熊綽綽有餘，這麼跟您說吧，即使每次去只看到一隻，這筆錢也夠您把所有北極熊都看個遍的。」

若是在從前，恐怕一定會給妻子去個電話，妻子是善於決斷的那種人，無論面對何種狀況，用不了三五秒時間，就把手掌當胸一拍說：就這麼辦吧，這麼辦一定不會有錯。而事實證明，絕大多數情況妻子都是正確的，或許不是正確那麼簡單，而是一旦她做出選擇之後，就與自己所做的選擇融為一體，患難與共，即使有時和預期略微有些小出入，她也會冷靜地告知我：所有事後認為並不是完全明智的選擇，在事前都是必需的，這個道理你懂吧。妻子就是這樣的人，小到一捲衛生紙的牌子，大到是不是忤逆父母與我結婚，都會用兩隻靈巧的手掌在胸前一拍，然後絕不後悔，那一拍與其說是對自己的鼓舞，不如說是與其他可能性的告別，一別之後，再無瓜葛。

「既然如此的話，那就請講吧。」我在心裡從一數到十，然後努力抓住第一個浮現在腦海中的念頭，那個念頭是：面對一條沒有橋的大河，只能游過去，如果想繞行的話，也許在找到河的盡頭之前，我就會氣餒了。

「爽快。還是老伯的眼光厲害，在下雖然站在閣下面前，也沒看出閣下是這樣的一個人。我們想請閣下幫我們殺一個人。」

「哦？」

「閣下可看小說？」

「看。實話說，精神好的年頭裡，很喜歡看。通俗小說。」

「那就好辦了。想請閣下去殺一個小說家。」

「小說家？」

「確實是小說家。一個以寫小說為生的人，雖然生活得不怎麼順利，毫無名氣，一篇小說也沒有發表過，和所謂的文學圈子幾乎沒有聯繫，可是寫小說的能力相當好，而且不論困頓與否，一心想把小說寫下去，所以我們稱之為小說家。」

「恕我直言，這樣的人一定是相當稀有的吧，餓著肚子寫小說的人，為什麼要去殺他呢？」

「他對老伯做了不可饒恕的事情。」

「不可饒恕的事情？能不能說得更清楚一點？」

「當然當然，你不問我也會解釋給你聽，我們已經是一個戰線的人，不會讓你有只為了錢而去殺人的愧疚感。這個小說家到目前為止，短篇小說寫了九篇，沙林傑你可知道？」

「完全沒有聽說過。他和此事有什麼關係？」

「一點關係也沒有，只是隨口一說，塞林格是個死去的美國作家，據說晚年喜歡喝自己的尿液，不好意思又扯遠了，看你的樣子情緒已經平穩，不會再跳過來掐死我了，所以仗著膽子閒扯了一句。沙林傑寫過一部書叫《九個故事》，九個短篇小說，小說家的那九篇小說和這部書有點像，應該是受了塞老兄的影響，說是影響有點不太準確，應該是在與他較量，多奇怪的一個人，喜歡和死去的喝尿的美國作家一較高下。小說家的這九個故事，有八個和我們毫無干係，只是八個很精美的小說而已，無論是被埋沒，還是突然有一天因為這八篇小說得了諾貝爾獎，都和我們毫無干係，只是另外一篇，名字叫作〈心臟〉的，和我們有了關聯，或者說，對我們造成了困擾。」

「〈心臟〉？」

「是叫這個名字，九篇小說的名字大體如此，也有叫〈靜脈〉、〈闌尾〉的其他幾篇，有問題的這一篇叫作〈心臟〉。」

「這個〈心臟〉問題何在？」

「你可聽過蟲蠱之術？」

「沒聽過，也不知道蟲蠱兩個字怎麼寫。」

「很像的兩個字。你有沒有一直記恨的人。」

我想了想，說起心結的來由，似乎有幾個人需要記恨，可是仔細推敲，又不知道具體是誰，或者說，如果知道是誰，也不會落到現在這個地步。

「沒有。沒有記恨的人。」

「那說起來就要費一些工夫。蟲蠱之術便是如果你有記恨的人，照著他的樣子扎一個小人兒，用銀針刺入小人之中，你所記恨的人也會跟著受苦，如果法力很強，疼痛的位置都會大體一致。」

「有這樣的事？」

「傳說而已。現代社會，若是有記恨的人，非要去尋仇不可，用這樣的方法豈不是會讓人笑死，有扎小人買銀針的工夫，還不如去雇個打手或者請個律師，實際得多。蟲蠱之術在我看來，只是無能之人的浪漫幻想。」

「很實際的想法。」

「確實如此，在下是律師嘛，浪漫主義律師不會有好下場的。但是大千世界無奇不有，雖然在我看來無論多麼玄虛的事情，內在一定有現實主義的規律在推動，只是我們沒有找到那個規律才覺得玄虛。老伯最近碰到的所謂玄虛的事情，就是因為這篇〈心臟〉，簡單來說，小說家在這篇小說裡寫了一個人物叫作赤髮鬼，不是《水滸傳》裡的劉唐，是他創造的一個新的人物，而小說中發生在赤髮鬼身上的事情都會發生在老伯身上，說來奇怪，每一件事都會應驗，這讓老伯很困擾。」

「具體都是些什麼事呢？」

「這裡不方便說，涉及被代理人的隱私，但是事情是實實在在發生了，當然我還是相信一定有什麼東西可以解釋它，可是按照老伯的意思，與其說去尋找此事運作的機制，還不如把源頭消滅掉。而且最棘手的是，根據我們的情報，按照小說家一貫的進度，再有三天，小說就會結尾了，雖然在寫完之前結局到底如何，誰也不知道，但是從目前的趨勢看，老伯一定不會有什麼好下場。這就超出了一個體面人能夠忍耐的極限，老伯才下定決心，不能讓這個人和這篇小說在這個世上存在。」

「說句外行話，因為雇兇殺人什麼的畢竟是你的專業。就不能找到小說家談一談？或者給他一筆錢，或者嚇唬他一下，看起來你們做這樣的事情應該輕而易舉。世界上可寫的東西那麼多，不用非得寫讓人頭疼的赤髮鬼嘛。」

「當然也考慮到這個方案。實話說，他之所以一篇東西都不能發表，其中也有老伯暗中關照的原因。寄到各個地方的稿子，因為老伯事先打過了招呼，全都給原封不動地退回了，而且大多寫了負責任的退稿信，提醒他確實是個難得的寫小說的人才，只是題材不對，很難出頭，換個方向，也許會震驚文壇。可是這個傢伙看過了退稿信，就把信往廁所的紙簍裡一扔，繼續寫他的小說，一定是頭腦中某個地方出了大問題的人才會這麼幹。所以老伯也就清楚，嚇唬他也不會有用，搞不好還會引出更大的困擾，還是想辦法把他清除掉比較可靠。而且就算我們出面讓他暫時地低頭了，留這樣一個可怕的人在世上多少會讓人不放心。達摩克利斯之劍，你明白吧。」

「大致明白。」

「現在看來，兩個人總有一個要完蛋，不知道你對生命的價值怎麼看，在我心裡無論是地位多懸殊的兩個人，生命的價值都是一樣的，既然一樣，既然一定有一個要消失，我們希望你幫助我們讓小說家消失掉。天平兩端的東西一模一樣，陌生人的生命，只不過其中一個上面又放了一筆錢上去，現在是這樣的情況。」

看起來確實是這樣的局面，律師說得沒錯，雖然已經想到這次來應徵的工作不會是什麼見得了光的事情，可萬萬沒有想到是去刺殺一個小說家。小說家那種東西過去只是聽說過，古往今來有過不少，能讓我叫出名字的沒有幾個，一群十分遙遠的存在。去殺一個不得志的小說家，按道理說不是什麼困難的事情，心裡面已經有了幾套方案，神不知鬼不覺地把他幹掉，然後全身而退，拿著錢搭上去挪威的飛機，遠離在這裡受到的折磨。可是問題在於，無論是小說家與否，那是一個不得志的人啊。

「猶豫是很正常的事情，看起來是個弱者，但是不要忘記他具有置人於死地的力量。還有就是，你呢，目前已經上了這艘船，若是現在想棄船而去，恐怕會淹死。」

「哦？」

「是會淹死。也許你是個游泳健將，但是還是會淹死。和會不會游泳沒有關係。」

「如果我殺了小說家，怎麼知道一定能拿到那筆錢呢？即使能拿到，怎麼知道一定有命去花呢？既然已經到了這個地步，全都說開好了。」

「說開最好，殺人這種事一旦心存疑惑，失手的機率就會大大增加。錢現在就會給你，不是預付款，是全部的酬金。我們也沒有把你滅口的計劃，因為滅口這種事情一旦做起來，就會漫無止境，非得一直滅下去不可，所以老伯的意思是到你為止，你可以帶著這個祕密活下去。但是如果你沒有完成任務就帶著錢逃跑了，恐怕無論逃到哪裡都要想辦法把你找到，此中涉及事情的性質問題，一旦你改變了此事的性質，我就無法保證你的安全了。」

「所以你剛才說到淹死的事……」

「門外有很多的水，也許你來的時候沒有注意，也許出門就會不小心淹死的，有這種可能。」

「過河的小卒？」

律師把兩手一拍，說：

「比喻得好。一點不像精神上有問題的人。」

他回頭拿起公文包，遞在我的手上。

「這裡面有小說家的所有資料和你的酬金。剛才忘了說，這個人和母親住在一起，快要六十歲的母親，說是啃老族也不為過，想來不會給你造成什麼麻煩，即使有點麻煩，相信你也會處理好。今天之後，我們不會再聯繫你，你也沒有辦法找到我們，讓你孤軍奮戰其實很過意不去，不過相信你也能理解這是沒辦法的事情，也只有這樣，你才配得上這筆酬金。你知道可愛的北極熊可在等著你呢。拜託了，千兵衛先生，無論從哪個層面來說，千萬不要失手啊。」

說完他鬆開了戴著手套的手，衝著我鞠了一躬。

二

久藏在小河邊散開自己的髮髻，然後大頭衝下把腦袋貫入河水之中，長髮在潺潺流逝的河水中漂浮，如同深黑色的水草。他努力屏住呼吸，冷冽的河水刺痛了他的臉頰，幾隻未長成的鱒魚游至他的面龐，小心地啄咬著幾十天來因為趕路而死去的臉皮。幾隻跳蚤從頭髮裡面逃出去，沒有游多遠就淹死了。初春剛剛來到，乍暖還寒，不是因為肺活量的原因，而是因為再這麼憋下去，血脈上湧，寒氣下行，容易在水中傷了眼睛。十九歲的久藏把腦袋從水中拿出來，長出一口氣，用雙手擰乾自己的長髮，不是每個人都擁有他這樣堅韌漆黑的長髮，鄰居二狗的頭髮就長不長，從他十二歲開始就一心想買久藏的頭髮，給自己做一副假髮，甚至想用一只祖傳的玉鐲交換，久藏沒有答應。雖說頭髮剪掉還能再長出來，可是還是不同的頭髮，況且媽媽小時候告訴過他，男人斷髮不是什麼好兆頭，二狗是個地道的農夫，當然不知道這些，媽媽雖也是種地的，可知道的事情比同村的人都多，所以他的頭髮一直穩妥地長在腦袋上，準確地說，根部長在腦袋上，髮梢可到腰間。

幾隻返鄉的候鳥落進不遠處的草叢，以他的經驗，倦飛許久的大雁雖說肉質發酸，入口極難下嚥，優點卻是很容易捕獲，只要掏出腰上的彈弓，幾個石子就是幾隻大雁。問題是雖然盤纏已經用盡，包袱裡還有媽媽帶的兩個燒餅，沒到需要打鳥為食的地步，況且他從小就很喜歡鳥，吃掉能夠高飛的東西在他心裡是多少有些問題的事情。彈弓還是臨行前，三炮連夜做出來送給他的，偷了一截他奶奶留著做壽材的木頭，配上上好的牛筋，木頭上還塗了一層羊油，防止帶在身上久了受潮。被三炮知道因為飢餓用他做的彈弓打鳥，他一定會生他的氣，弄不好再也不會理他了，三炮這人就是這樣的脾氣。

離京城應該是很近了，在暮色裡遠遠地已經望到了護城河。久藏的計劃十分縝密，天黑之前入城，打聽赤髮鬼的住處，到他的家裡把他殺死，割下首級放在包袱裡（因為只有一個包袱，所以到時候恐怕要把燒餅挪到身上，沾了血的燒餅又腥又潮，肯定沒法吃的），然後回家把赤髮鬼的首級拿到媽媽的墳前給媽媽看。

久藏是家裡唯一的孩子，可是目前尚未娶親。在他九歲的時候，媽媽和村口的肇氏有了些齟齬，肇氏覺得媽媽這個外來人好像處處和她為敵。肇氏的爸爸是個郎中，也配些鼠藥來賣，時間久了，郎中的事情倒經常被忘記，得了一諢名叫作耗子肇。肇氏拿了其爹耗子肇的鼠藥投進了久藏家門口的水井裡，然後連夜逃走，據說逃入了長白山。喝了井水的村人有八九個，大多安然無恙，沒覺出什麼厲害，只有九歲的久藏喝了井水後發起高燒，五天五夜昏睡不醒，第六天終於醒轉，吵著要吃燒餅，才知道這孩子活了。只是從此言談舉止經常出人意表，耕田也耕不直了，經常一耕下去就沒有回頭路，一直耕到對面的山上，媽媽只好讓他跟著村裡的鐵匠學鐵器手藝，他便在火爐邊拉了十年風箱。十年過去還是一把爬犁也打不出，所以久藏到了十九歲的頭上還未娶親。

要說這十九歲第一次出門遠行的緣由，是因為媽媽死了。久藏做不了農活，媽媽不但要下地耕田，還要養雞養鴨，還要清早起來把繩子套在身上推磨。買不起大牲口，媽媽就把自己當成大牲口來用。磨盤用得久了，也許已經用了上百年也說不定，中間的木軸糟了，槽紋也淺了，有時候豆子放在上面，媽媽推著磨了許久，豆子還是豆子。正想找石匠來摳，石匠還沒來，磨盤從磨台上掉了下來，砸中了媽媽的右腳，把腳給砸爛了，腳趾頭一個不剩，剩下一個鏇子一樣的腳掌腫得老高。媽媽沒有歇工，正是秋天，地裡的莊稼不收就算不被別人收走，也會爛在地裡，況且媽媽還給老郭聾子打了一份長工，如果歇了工，東家就會請別人。老聾子因為耳朵不好使所以心眼小，老覺得別人在背後嚼他的舌頭，媽媽突然在秋收的時候撂挑子，老聾子一定會多想，明年也不會請她了。所以媽媽沒有歇工，掏了些灶坑裡的灰塗在腳上，墊了些棉花，用厚布包住，還是像往常一樣，天沒亮就下地了。秋天雖不比春夏，可地裡還有蟲子，據耗子肇講，要了媽媽命的不是傷口不通風，血氣滯澀，腳成了死物，漸漸累了腿，又累了全身；也不是石灰不淨，進了血脈，周身流著帶石灰的血，流著流著流不動了，堵在了身子裡。而是翻著的傷口被不知是什麼蟲子，也許是錢串子，也許是屎殼郎，給咬了一口，得了丹毒。所以表面上是丹毒要了媽媽的命，而實際上，是那個不知道用了多久的磨盤把媽媽弄死了。

媽媽臨死之前，把久藏叫到床邊，說：不要嫌媽臭，媽有話跟你說。久藏拉著媽媽的手說：媽。媽媽從枕頭底下拿出一雙草鞋，說：這兩天不能下地，給你打了雙鞋，穿上試試。久藏穿在腳上，正合適，草鞋被媽媽枕得挺暖。媽媽說：有個事一直沒跟你說，今天說給你，一定得給媽記住，能記住嗎？久藏說：能。媽媽說：知道你為什麼沒有爸嗎？久藏說：不知道，我不是你生的嗎？媽媽說：是我和你爸一起生的你。你爸叫作久天，是京城的一個俠客，擅使單刀，他有一個好朋友叫作赤髮鬼，和你爸一樣，曾經都是屠夫。久藏說：我爸是殺豬的？媽媽說：原來是屠夫，後來成了俠客。你爸成了俠客之後，赤髮鬼還是屠夫，又過幾年，你爸名滿京城的時候，赤髮鬼也已經是京城裡最大的屠夫，掌管京城所有的豬肉。於是他就不當屠夫了，捐了個官。久藏說：捐了個官？媽媽說：他成了宰相。久藏說：宰相？聽著還像殺豬的。媽媽說：因為一直是好朋友，赤髮鬼當了宰相之後，你爸就成了教頭。又過了幾年，你爸發現皇帝因為抽大煙，很少起床，所以京城實際上是赤髮鬼在掌理，而赤髮鬼想把京城賣了。久藏說：把京城賣了？媽媽說：不是整個地賣掉，而是切成十三塊，大小不同，賣給不同的人。久藏，把燈滅了吧，說話不用點燈。

久藏吹滅了油燈，媽媽馬上變成了黑黢黢一團，散發著特殊的氣味，那氣味很重，重得好像能聽到聲音。燈滅了之後，久藏發現自己好像已經受不了了，就爬上了炕推開了窗子，藉著月光，他看見院子裡落進了一隻禿鷹。

「媽剛才說到哪了？」

「剛才你說到把豆腐切成十三塊，賣給村子裡不同的人……」

「不是豆腐，是京城。你爸叫久天，是京城的教頭。雖然和赤髮鬼是好朋友，教頭的差事也是赤髮鬼給他做的，但是你爸不同意把京城切開賣掉，他說赤髮鬼是賣城賊，賣了京城之後就會天下大亂，於是就造了赤髮鬼的反。他們差一點就成功了，可是老百姓都覺得赤髮鬼是對的，京城早就應該變一變了，赤髮鬼才是真正的好漢，所以你爸他們沒有成功。赤髮鬼割下了你爸的腦袋連同他的單刀一起，掛在城頭示眾，你爸的一個老部下偷了來送給了我，讓我帶著你連夜出城，不要再回來，那年你一歲多一點。人頭太沉，帶不下，讓我扔在了房後的井裡，只把刀帶了出來。那人後來被赤髮鬼凌遲處死了。」

「媽，院子又多了一隻大鳥。」

「你爸叫什麼啊，我的兒？」

「久──」

「久天。」

「我爸叫作久天，是個屠夫。」

「是俠客。本來這些事情不想告訴你，也不想讓你去找赤髮鬼報仇，但是人要死了，想法會變，想多少幹點什麼，畢竟久天是我的夫君，在他活著的時候對我很好，這麼多年我也一直想著他，要不是因為你，當初會跟他死在一塊的，現在連個人頭也沒留下。炕櫃裡有一個包袱，裡面放著十個燒餅和一些首飾，是我當姑娘時的嫁妝，還有你爸的刀。其實你應該是個武人才對。」

「我也是個俠客？」

「你應該是個俠客，因為赤髮鬼，你才變成了農夫。你媽媽不是被磨盤弄死的，從根上說，也是赤髮鬼的原因。」

「裡面有十個燒餅嗎，媽？」

「有。如果你到京城找到了他，你和他說什麼啊？」媽媽的聲音裡攙進了更多吸氣的聲音。

「我媽的腳讓磨盤砸壞了，耗子肇來看過……」

「你要說，我是久天的兒子久藏，今天來取你的項上人頭，明年的今天就是你的忌日。」

「明年的今天就是你的忌日。」

「是這麼說，我的兒，把窗子關上吧，媽媽冷。」久藏關上窗戶之後，氣味消失了，他回過頭來，發現媽媽的一隻手從被子裡支了出來，已經嚥氣了。他把媽媽的手放回去，一隻禿鷹飛過來撲在窗戶上，「嘩啦」一聲，窗戶顫動起來，他沒有害怕，我是久天的兒子久藏，今天來取你的項上人頭，明年的今天就是你的忌日，他在心裡說了一遍。然後拉開櫃門，打開那個包裹，裡面果然有一把刀，一把扇面一樣的殺豬刀。把刀拿在手裡掂量了掂量，分量正好，刃也完好無損，新的一樣。打開窗戶，放禿鷹進來，禿鷹剛剛落在媽媽的胸口，他抬手一刀，把禿鷹的腦袋砍了下來。

三

律師給的地址十分詳細，小說家的作息時間和活動區域也十分詳細，寫在另外一張紙上。錢果然是好大一筆，用牛皮紙捆著，是美元，上面畫著富蘭克林的半身像。我找到一家能夠處理外匯業務的銀行，開了張新卡，把錢存進去，密碼是妻子的生日，和過去一樣，因為錢數太多，只有這個密碼比較穩妥。辦完事，在旁邊的麵館吃了碗拉麵，吃得滿頭大汗，看看手錶，下午四點二十分，離小說家去大學足球場散步還有十分鐘。律師約談的地點離小說家的家相當近，我甚至懷疑，透過那個空蕩蕩的辦公室的窗戶，可以看見小說家的書房。四點二十六分，我坐上了球場的看台，一群大學生穿著五顏六色的運動服在土球場上踢著足球，我聚精會神地看著他們：努力地想把球踢進兩個石頭擺的簡易門裡，可是怎麼也踢不進去。我忽然明白，現在的情況是，不是小說家和老伯只能留下一個的問題，而是我和小說家兩個人，只能留下一個。

四點三十分整，小說家從側門走進了足球場。雖然是七月，正是這裡全年最熱的時候，他卻穿了一件紅藍格子的長袖襯衫，一條深藍色的牛仔褲，腳上穿著不知是什麼牌子的黑色運動鞋，其鞋之醜，與身上顏色之不協調，好像是偷的別人的鞋。看起來不像是三十歲的人，更年輕一點，戴著黑框眼鏡，低著頭用那雙奇醜無比的笨重運動鞋慢慢走著。目測來看，和資料上寫的基本一致，體重不足六十五公斤，缺乏運動，上肢尤其瘦弱，胳膊幾乎和女人一般細，近視眼不是十分嚴重，可是因為有一定程度的弱視，如果摘下眼鏡，面前馬上一片混沌。如果說一定要殺一個人的話，這樣的人恐怕是相當可心的目標。

他繞著球場緩慢地走著，眼睛看著腳尖，好像在想著自己的事情。一顆足球從他眼前飛過，撞在看台地上的牆上，彈到他腳邊，他用雙手把皮球撿起來，用力丟回場地裡面。

「小說家來了？」一個學生用腳接住皮球，問道。

「來了。今天進了幾個？」

「兩個，左右開弓。」

「了不起，不過還是小心一點為好，新換的眼鏡。」

「沒說的。上次說的那篇小說，寫得怎麼樣了？上次那一篇。」

「正在寫，每天都寫。」

學生把球傳給別人，從邊路跑上去了。

球場殺不了人。人太多。況且大學生這種人，很難對付，我也念過大學，那時的自己和現在比起來，不講道理。書店也是，不好下手。人多不說，恐怕還有攝像頭這樣的東西存在。我想了想，從看台上走了下來，走上球場外圍的跑道，跟在小說家身後慢慢走。大約是十步左右的距離。

走了兩圈，我挨近了一點，繼續走著。可能是聽見了身後的腳步聲，小說家回過頭看了我一眼，我衝他笑了笑，他也點了一下頭，然後繼續向前走。又走了大概五圈左右，他站住了，轉過身說：

「今天不走了，回家吃飯。你慢慢走，這裡很適合走路。」

「是。」我說，「第一次來這裡走路，想再多走一會。」

他又一次點點頭，說：

「小心學生的球，這些孩子踢不進門，專門喜歡踢人腦袋。」

我說：

「好的，注意腦袋。」

「是這麼回事。」說完他低著頭從側門走出去了。

第二天小說家還沒來的時候，我已經自己走了兩圈。這次他走在了我的後面，我走了一會停了下來說：

「你走裡圈，我走外圈，還能聊聊。介意聊聊嗎？還是想自己一個人走？」

「都不是問題。」他和昨天一樣的裝束。

並排走了好長一陣，兩人都沒有話，只是悶頭走著，身上漸漸出了汗。學生的足球飛到腳邊一次，我撿起來扔回場地。回到外圈的時候，小說家說：

「住在附近？」

「是，你呢？」

「就在球場旁邊，一直住在這裡。」

「小說家？昨天聽學生這麼叫你。」

「不算，就是一個寫小說的人，談不上小說家。你呢？」

「沒有工作。說來話長，目前的情況是這裡好像出點小問題，正在想辦法。」我用手指指了指自己的太陽穴。

小說家抬起頭看了我一眼，估計很容易地就看到了我深黑色的眼袋，除了在律師門前的沙發上，我已經很久沒有睡覺了。

「不好意思。」他不好意思地說。

「沒關係。你呢，有沒有像我這樣的經歷，從一個正常人突然變成了一個自己都不認識的人，好像月亮突然失去地球的感覺。」

「月亮突然失去地球的感覺？」

「是啊，就是這種感覺。」

「很不錯的比喻。」

「以前很少打比方，說什麼就是說什麼，開始打比方是出事之後的事情，因為有許多事情突然間說不清了。」

「很有意思。」小說家的腳步慢了下來，頭也基本上抬到了原來的位置，可能是以便用餘光看我。

「雖然經常有心情不好的時候，可能還沒到可稱得上症狀的程度，可能是從二十五歲開始一直寫小說的原因，別的事情很少去想。什麼感覺？」

「了無生趣。」

「不想活了？」

「還沒到非得把自己除掉的程度，只是不想活的念頭會經常浮現，而且現在的我，想去北極看北極熊。」

「真的？」

「是啊，也知道這樣的念頭相當不正常，可是好像非得這麼做不可，一定要去北極看熊，目前來看，只剩這麼一個念頭，正確與否已經管不了了。」

「介不介意，我問一下，為什麼會變成現在這樣，因為你看起來不應該這樣。」

「介意。恐怕。」我說。

天色已經漸漸暗了下來，周遭的東西開始模糊不清，生鏽的球門，破爛的球網，踢球的學生們不知道什麼時候散去了，只剩下空蕩蕩的操場，裸露著昏黃的灰塵。遠處的大學食堂的煙囪冒著煙，一群烏鴉從煙囪旁邊飛過，「嘎嘎」地叫著。更遠處的辦公大樓的牌子也亮了起來，看不清是什麼字，只看得見一片亮光。

「你是不是要回家吃飯了，已經過了昨天的時間了。」

「我倒沒什麼問題。」他抬手看了看錶。「如果你還想聊聊的話，我們可以去看台上坐坐。再這麼走下去，我怕明天起不來，已經走了平時兩倍的路了。當然，如果你不介意的話。」

面對著球場在看台上坐下來，我忽然想到如果現在把小說家殺死，可能是一個很好的機會，四野無人，即使呼救也不會有人聽得見。屍體可以就藏在看台底下的廢舊的儲藏庫裡。第一次來的時候，我就注意到了那個儲藏庫，鎖已經鏽了，估計裡面擺著一些廢棄的體育器材，只要把鎖打開，把屍體放進去，塞進殘破不全的體育器材裡面，很可能一個月也不會有人發現。那時候我可能已經到了北極圈了。

「你現在住在哪裡？」他問。

「住在附近的一個黑旅館。」

「離家出走？像威克菲爾德先生一樣？」

「威克菲爾德？」

「沒事，無關緊要，你看，那群烏鴉又飛回來了。」

果然，剛剛飛過煙囪的烏鴉又折回來，從相反的方向飛過煙囪，盤旋了半天之後，飛過一片樓宇，不見了。

「一直寫小說？」我知道，再過十五分鐘，天就徹底黑下來了。雖然今天沒準備動手，可是就像我和律師說的，這樣的事需要隨機應變。沒帶任何工具，恐怕到時候只有把他掐死了。

「從二十五歲起，到現在寫了五年。這五年確實是一直在寫。」

「寫些什麼呢？」

他笑了笑說：

「沒人看的東西。」

「寫了五年？」

「嗯，就這麼寫了五年。每天睡九個小時，早上九點起床，吃早飯，寫到中午，午飯之後看書，累了就把書放在胸前睡一會，醒了再寫三個小時，晚飯過後抄小說，抄完就睡覺。」

「抄小說？」

「是，把自己喜歡的小說抄在本子上，也寫意見，用其他顏色的筆。」

「哦。」

「無聊吧。到現在為止，一篇小說也沒有發表過，不是不想發表，寫完就燒掉那種，是真的寄出去，然後給人退了回來。漸漸也就放棄了，只剩下寫小說一件事。」他看著冒著煙的煙囪。「你看那個煙囪，如果有一天不冒煙了，或者無煙可冒了，它會不會還在那裡？」

「不知道啊。」我在感受著黑暗的緩慢爬升，好像溺水的人看著水面漸漸沒過了頭頂。手心也開始出汗了。

「我也不知道，但是可能它還會在那裡，一時半會不會有人來拆他。從某種程度上說，我就是一個不冒煙的煙囪，站在那裡，暫時還沒有被拆毀。知道這樣的形容很無聊，其實空洞無物，可是很久沒有和人聊聊，一旦聊了起來，也就不在乎空洞不空洞的問題了。」他摘下眼鏡，用襯衫的下襬擦了擦，又戴上。「大學的時候曾經交過一個女朋友，畢業之後因為我沒有試圖去找工作，而是決定在家裡寫小說，所以很自然地不再來往，估計她的父母也鬆了一口氣吧，我確實不是一個適合結婚的對象。這五年的收入加起來，應該是零，一點也沒有，如果有人給我本人做一份財務報告的話，利潤那欄上應該是負數，靠著媽媽的養老金生活，蛀蟲一樣蠶食媽媽微薄的收入。總體上，我厭棄寫小說的生活，你知道我的意思嗎？十分厭棄這樣的生活，可是為了寫小說，只能過這樣的生活。我不是隱士，念大學的時候也是個很活躍的人，喜歡喝酒唱歌，老師們也都很喜歡我，有事經常找我商量，讓我把同學組織起來做些什麼，遠足啊，參觀啊，同鄉會啊，每次都不會讓大家失望。可是突然有一天，陪女朋友去圖書館，我看到一篇小說，名字叫作〈我打電話的地方〉，實在是好看極了，邊看邊流出眼淚。之前很少看書，生活裡雜七雜八的事情很多，沒有想起來還要看書。從那天之後，每天去圖書館看小說，課也不上，女朋友想找我，只有去圖書館，每天一直看到圖書館熄燈才走，回到寢室睡也睡不著，想著小說裡的事情。沿著學校圖書館的書架，中國文學，法國文學，英國文學，美國文學，日本文學一本一本看下去，筆記記了十幾本，也在上面畫圖，很多大部頭的小說，自己畫人物圖出來，如果你現在要我畫《戰爭與和平》的人物圖，我還是可以馬上畫出來。有些稍短一點的篇章，因為看了很多遍，可以背誦。女朋友說我著了魔了，成績一落千丈，朋友也不怎麼來往，我自己知道，遠比著魔嚴重，人生可能要就此反轉了，本來是順著階梯向上爬來著，突然掉進了一口井裡，不是不能出來，而是再也不想出來了，或者說，甘願過井下的生活，其他事情都了無意義。我要做這件事，我的一生只能做這件事，我清楚地知道這個事實，也許你不相信，我聽見在遙遠的地方有一個聲音在跟我說話，你這個人到了這個時候，只能作為一個寫小說的人存在了，你被選中了，別無選擇了。我真的聽見了這個聲音，所以無論付出什麼代價，也只好這麼做。」

他站了起來，說：

「向上走走，給你看點東西。」

我跟著他一直走到看台的最後一排，距離地面大概有五層樓那麼高了。看台的最後面是一面石垛，並不高，到我的脖子左右，石垛另一面一直垂直到地面，底下是一條小路，兩邊種著桃樹，粉紅色的桃花開著，一些花瓣凋謝在黑色的地上，還沒有被掃走。小說家把胳膊搭在石垛上，下巴放在胳膊上，望著小路，說：

「我偶爾會和媽媽要一點錢出去找人按摩，你知道，如果不這樣的話，恐怕會很快瘋掉，沒有熟識的妓女，每次都換不同的人，脫掉衣服性交，穿上衣服走人，話也很少說。這五年裡，不知道有多少次像這樣看著這條小路，所有季節的樣子我都很清楚。不止一次想從這裡跳下去，一下就摔死了，應該不會有什麼問題。問題就在於，總覺得還有些東西沒有寫出來，在心裡惦記著，媽媽也沒人照顧，雖然我一無是處，總還是她的兒子，如果我度過了這樣的一個人生，她一定會非常失望吧，沒有戰鬥到最後，就扔下槍跑掉了。你的腦袋出了問題，可還在活著，想去北極看熊，所謂熊這樣的動物，即使生活在北極，看上一眼，也會覺得溫暖吧，不管之後如何，你總還是抱有希望的腦袋出了問題的人。而我，真是完全無希望的人，除了寫小說幹不了別的，而寫小說的人生又是如此痛苦，而之所以沒死，只是覺得還有些小說沒有寫完。說清楚一點，想死和想活，都是因為寫小說這件事，是原因也是結果，反覆推動著我一直這麼生活著。多麼不真實的人生啊，你說是不是？」

說著，他嫻熟地爬上了石垛，站在上面，黑暗裡，他的身影和遠處的煙囪疊在一起。他向前走了一點，腳尖已經露在石垛外面，笨重的運動鞋就在我的眼前，好像隨時都可以邁著平常的步子走進黑暗裡一樣。

「如果你現在推我一下，好像可以替我解決很多問題。」

「推你一下？」我的聲音聽起來像是纏繞在一起的鞋帶。

「是，無論用什麼方式，幫我一下，我也就可以推卸自己的責任了。」他從兜裡掏出一包煙，抽出一根點上。

「抽煙嗎？」他說。

「給我一顆。」

他把煙和打火機扔給我，我轉過頭猛吸了一口煙。那是一種非常便宜的劣質香煙，吸進肺裡，腦袋裡面似乎有轟鳴聲，極其濃重，極其渾濁。周圍已經徹底黑了下來，只要我輕輕一推，似乎所有事情就會一齊迎來滿意的結局，所有人各得其所。

四

久藏在天黑之前進了城。京城的街道很寬，而且是用石頭鋪的，估計再大的風也沒有揚塵，兩旁種著高高的樹，這樹久藏從來沒見過，那麼粗，那麼高，而且都是一邊粗，一邊高，好像在樹的上方橫著一把尺子。久藏按照自己的計劃，掏出一個燒餅坐在路邊吃。快要把燒餅吃完的時候，久藏發現了京城和村裡的又一處不同。這麼寬的路上，一個行人也沒有，也沒有馬車，牛車，驢車嗒嗒地走過，房子倒是不少，青磚黛瓦，有的門上鑲著鑄銅的門環，石獅子的上面挑著燈籠，上面寫著黑字，十分好看。可是燈籠裡沒有火，也不見有房子亮著燈。實在是夠安靜的，沒有一點聲音，一點光亮，頭上的月亮也被烏雲遮住，看樣子夜裡可能有雨。果然不大會兒，風漸漸吹了起來，吹得久藏身上清朗，一隻燕子在他面前低翔而過，挑入城牆那邊，不見了蹤跡。還是沒有聲音。

順著燕子飛動的曲線，久藏發現頭頂的樹上，好像結著什麼東西，著實不小，被風一吹，搖搖晃晃。燒餅只剩一個，如果能摘點果子充飢，媽媽的細軟也許能夠保住一些，媽媽沒了，有媽媽的首飾在，多少也是個念想。久藏把手指中最後一點燒餅放進嘴裡，背著包袱三下兩次上了樹，懸著果實的樹枝都像村裡的小樹樹幹那麼粗。順著樹枝爬到果實切近，久藏嚇了一跳。那不是什麼果實，而是一顆死人腦袋，頭髮披在顴骨上，眼睛睜著，琥珀一樣的死寂。斷頸裡的肉向下翻著，血早已流乾了。久藏不知道是怎麼回事，一棵這麼惹人喜歡的大樹上，怎麼會結出一顆死人腦袋呢？又仔細看了看，腦袋的頭髮向上束著，那裡有一根繩子。原來是給人吊在樹上，和樹沒什麼關係。久藏坐在樹枝上想了想，拿出包袱裡的刀，割斷繩子，腦袋「撲通」一聲掉在地上，久藏跟著從樹上爬了下來。是一個年輕人的首級，歲數和他相仿，嘴邊還有柔軟的鬍鬚。久藏把首級的眼睛合上，放在樹根旁，繼續向前走。邊走邊抬頭看。原來幾乎路邊的每棵樹上，都有人頭，相貌各異，年齡也大不相同，有的連眉毛都是白的，有的還是小孩子，張著的嘴裡看得見牙洞，只是都睜著眼睛，發呆似的朝前方看著。久藏一次又一次爬上樹枝，把人頭取下，合上眼睛，放在樹根邊。累了就在樹枝上坐下歇一歇，看著夜色裡京城黝黑的房頂。摘下了大約三十個人頭以後，久藏終於筋疲力盡，握著刀趴在樹枝上睡著了。

天還沒亮的時候，他夢見自己在啃一支甘蔗，媽媽把甘蔗皮撕開，把最甜的尾巴遞給他吃，他沒有用手去接，而是伸著脖子用嘴去咬，甘蔗在嘴裡亂動，怎麼都咬不著，又急又氣，一下子醒了，發現周圍一片漆黑。一支竹竿在嘴裡捅著。

「你是哪一區的人？」地上的人問。

「我從長白山那邊來的。媽媽腳被石磨砸了……」久藏在樹上說。

「長白山？」

「是長白山。從那裡一路走過來的，吃媽媽帶的燒餅，也要飯。」

「不許下來。你到這裡來幹嗎？」

「來找赤髮鬼，把他的腦袋割下來，帶回家給媽媽看。我想撒尿，一般夜裡這個時候……」

「你能把樹上的腦袋割下來嗎？」

久藏抬手割斷了繩子，然後屁股衝下，從樹上爬了下來。在解開褲子，把尿尿進大樹根部的時候，天上滾過一聲悶雷，跟著的閃電十分耀眼，好像就在他面前炸開了似的。

他繫上褲子轉過身，看見那人已經把人頭提在了手裡。一個頂多十二歲的小姑娘，頭髮剃得很短，實際上，幾乎是禿著腦袋，頭皮上剛剛長出一層不足一寸的黃色頭髮。身上穿著獵人一樣的軟甲，一手握著竹竿，一手提著燈籠。

碩大的雨滴一個接一個落了下來，砰砰然打在紙燈籠上。

「下雨了。跟我來吧。」小姑娘轉身朝樹對面的一棟宅子走過去。拉開大門，走過天井，進到一間大房子裡。房子裡空空蕩蕩，沒有一件家具，只是正對面的牆上，掛著一幅一人高的畫。畫的是一個小姑娘在一片亂石裡，雙手夾著一片葉子，鼓著嘴吹著。

「你在畫裡。」久藏說。

「是我媽媽。」小姑娘揭開畫，畫後面有一個洞，她把手中的人頭放進去，蓋上畫。「這是一直照顧我的鄰居哥哥，十天之前死的。你叫什麼名字？」

「久藏。」

「我叫小橘子。」

「小橘子，你認識赤髮鬼嗎？你的爸爸媽媽呢？」

「你有東西吃嗎？」

久藏拿出最後一個燒餅，遞給小橘子。「給你吧，我進城之前吃了好幾個。」

他還沒看清是怎麼回事兒，小橘子就把燒餅吃掉了。然後走到天井，用雙手接了些雨水，喝了下去。

「吃的東西和水都沒有了。鄰居哥哥就是出去找水給我喝，在井邊讓十二區的人捅死的。我可能是我們七區剩下的最後一個人了，天亮的時候他們就會來殺我。」小橘子坐在地上說。

「也要把你的腦袋割下來吊在樹上？」

「是啊，就那麼吊在樹上，睜著眼睛。所以我把自己的頭髮剃了，看他們怎麼吊上去。爸爸媽媽在京城亂了之後，就不見了。」

久藏把包袱放在地上，在小橘子對面坐了下來，說：

「媽媽沒有告訴我你們城裡人是這個樣子，每天殺來殺去，殺完了還要把腦袋吊在樹上。」

「我也不記得是一點點變成這樣，還是突然一天變成這樣的，還有吃的嗎？」

「沒了。十二區是什麼呢？剛才你說的。」

「京城一共有十三個區，十二區和我們七區緊挨著，雖然他們那些區已經打了許多年，有的中間還砌起了牆，可我們七區一直沒有參戰。我們這個區都是畫畫的，寫字的，也有唱戲的，不會打仗，聽爸爸說，當時大家湊錢把這個區買下來，就是希望能安下心來做些自己的事，沒想到最後還是有人來打我們。」

「不明白是怎麼回事，我們村子裡，也經常打架，埋我媽媽的時候，三炮還在背後踢了我一腳，我一直追到他家裡踢回去，可是踢一腳也不會把人踢死啊，殺了人如果跑得慢了，就要跪在廟裡償命。」

「十二區最近一年一直在打敗仗，水井也丟了。所以他們就來搶我們的，還有就是他們想要我們的字畫。」

「字畫幹什麼用？」

「有人說如果有一天仗不打了，這些字畫就能換好多東西，比金子還值錢。而且越是死人的東西越值錢，活人的不值錢。所以他們就開始殺我們了。我們死光了，字畫就變成了死人的東西了，誰也畫不出來了。」

久藏抬頭看了看牆上的畫。小橘子的媽媽那時候和小橘子現在差不多大，手中的葉子似乎並沒有吹響。

「這幅畫也算嗎？」久藏問。

「算。爸爸畫的，十二區的人開始打我們的時候畫的。畫完他和媽媽就不見了。你知道這幅畫畫的是什麼嗎？」

「你媽媽在讓你趕快跑。」

「趕快跑？」

「是啊，你媽媽是在吹葉子啊，讓你趕快逃走。畫上是這麼畫的。」

「可是沒有地方可逃啊！你是幹什麼的？」

「我是俠客，媽媽這麼跟我說的。」

「久藏，他們可能馬上就會來了，來搶這幅畫。」小橘子看了看門外面，雨像簾子似的把世界分隔開來。

「那我們趕快把它收起來吧。」久藏聽見自己的肚子叫了起來。

小橘子搖搖頭，說：

「我們七區的人，家裡都掛畫，雖然快要死光了，畫還是掛著，很多人就是死在畫前面的。」

「那我們就這麼等著？」

「嗯，我們等著吧。」窗外的雨聲越來越大，好像有人把京城當作鼓，用力捶著。久藏的肚子又叫了起來，為了不讓小橘子聽見，他把殺豬刀在石地上蹭著，蹭了一會，又把彈弓從腰上摘下來擺弄。

「你找赤髮鬼？」小橘子突然說。

「是啊，你認識他嗎？」

「所有人都知道他，他是頭人啊。」

「頭人？」

「京城的頭人，聽爸爸說，當年京城其實是一座城，是他把京城切成了十三個區，賣給了不同的人，當年京城還有皇上呢，皇上死了之後，他就成了頭人，無論十三個區怎麼相互殘殺，每個月都要向他交錢。」

「他住在哪呢？」

「住在頭城，在京城的最中央。」

「明天我就去頭城找他。你認識路嗎？」

「爸爸說，他有槍。」

「槍是什麼？」

「我也不知道，據說是用大家交的錢，向外國買的。二區和六區的年輕人曾經聯合起來攻打過頭城，所有參戰的人都被赤髮鬼的槍打死了，屍體上都是窟窿，血流盡了。所以現在二區和六區的地盤最小，賦稅最重，年輕人也最少。」

「那我就小心一點不讓槍打到，如果身上有了窟窿，就不能回家了。二狗他爺前年讓牛頂了一下，身上多了個窟窿，再也沒爬起來。」

這時久藏聽見，宅子的大門讓人推開了，一群人進了天井。

「他們來了。」小橘子說。

久藏把刀提在手裡，說：

「不用怕，你在屋子裡待著，我一會就回來，明天我們去找赤髮鬼。他殺了我爸爸。」

說完，他推開房門，走進了雨裡。

五

我慢慢吸著煙，品嘗著久違的煙的味道。

沒有說話，也沒有行動。

「我在寫一篇小說。」小說家吐出一團煙之後說。

「一篇小說？」

「是，我一直認為把正在寫的小說講給別人聽會有霉運，可是，」他好像在黑暗裡笑了一下，「我沒有講，運氣也沒有好到哪裡去啊。願意聽嗎？」

「你打算就這樣站在牆頭講給我嗎？」

「是啊，站在這裡才有講出來的衝動。可以講嗎？」

「可以。」

「這篇小說叫作〈心臟〉，寫一個叫作久藏的孩子給父親報仇的故事。聽起來很俗套吧？可是有什麼東西是不俗套的呢？仇恨這東西在生活裡無處不在啊。在我看來，小說這東西除去技巧不說，涉及的主要事情是真實和虛假的問題，而不是其他問題。久藏的父親在他一歲的時候給一個叫作赤髮鬼的人殺掉了，久藏的媽媽帶著他逃到了鄉下。十八年後，久藏的媽媽死了，久藏來京城找赤髮鬼報仇，因為從根源上說，一切都是從赤髮鬼把他爸爸腦袋割掉開始的。他來到京城之後，發現京城正處於動亂之中，成了頭人的赤髮鬼把京城分成了十三塊賣給了不同的人，這十三區已經打了將近十年的仗，為了各種各樣的原因，最重要的原因可能是，不是同一個區的人，說來可笑，可是想想許多事情就是如此啊。赤髮鬼能夠在這樣戰亂的城市裡一直做頭人，是因為他手裡有槍，殺人不費吹灰之力，誰想衝擊他的位置，一把子彈就把問題解決了。久藏在京城的第一個晚上，遇見一個叫作小橘子的女孩兒，父母不知所蹤，獨自守著一座空房子，其他區的人馬上會來殺她。久藏就把找赤髮鬼的事情放在了一邊，準備先不讓小橘子被殺掉再說。」

小橘子。小說家的故事裡面有個女孩兒叫作小橘子。十二歲。

「然後呢？」

「還沒有寫出來。」小說家把雙腳又向前挪了挪，看上去好像一陣風就能夠把他帶走。

「但是你已經想好了，對吧。」

「沒有想好，思路在這裡斷掉了。因為久藏是個傻子。」

「傻孩子？」

「差不多。腦袋不怎麼好用，也不會武功，只是一心想保護小橘子，然後去為父報仇。所以寫到這個傻孩子拎著父親留下的殺豬刀走進雨裡，思路就斷了。我不想讓他死，可是看起來他完全沒有勝算。」

「如果他死了的話，是不是小橘子也會死？」

「是，頃刻之間。」

「你剛才說，那把殺豬刀是他父親留下來的？」

「是，他父親的遺物。」

「會不會是一把寶刀？」我把煙頭扔在地上，踩滅了。

「寶刀？」

「是寶刀，切金斷玉，就算是飛過來的子彈，也能一刀劈成兩半。」

「把子彈也劈成兩半？」

「是啊，如果這個傻小子夠快的話，他有沒有力氣？」

「在老家拉了十年風箱。」

「那就是了，右胳膊一定比左胳膊粗一圈，而且拉風箱那一拉一送，和出刀是不是有點像？」

「你這麼一說……」

「一把寶刀，一條有力氣的胳膊，對面來了幾個人？」

「三五個吧，還沒有想好。」

「三個吧，五個人來殺一個小姑娘，人有些多了。」

「確實。」

「時間是？」

「剛剛入夜，和現在的時間差不多，不過下大雨。」

「天又黑，雨又大，更增加了不確定性。對方以為只是小橘子在家，擒住殺了，不費吹灰之力，沒想到突然冒出來一個傻小子，措手不及，傻小子雖然身上沒有功夫，但是有拉風箱的大手，手中又是一把寶刀，先發制人，冷殺兩人，給一人走脫，合情合理。」

「那走脫的一人？」

「回去報信。」

「明白，等他領著大隊人馬趕到時，這兩個孩子已經不見了。」

「躲了起來。」

「躲在了樹上。」

「好主意，小橘子藏在樹上，名字就叫小橘子嘛，合情合理。」說到這裡，我忽然想到，如果老伯他們派人在監視我，或者乾脆當時在那個辦公室，趁我不注意的時候往我的身上塞了竊聽器一類的，恐怕像他們所說，我很快就會淹死，躲在樹上也會被找到，那個傢伙不像是開玩笑。

這時，一個中年女人順著小路走過來，有點跛腳，但是上身是直的，挺著腰一跛一跛地走過來。她向這個方向看著。

我有點害怕。

小說家從石垛上爬下來，把煙和打火機揣進兜裡。

「明天還來嗎？」

「明天？」我還沒有緩過神來。

「明天可以再來聊聊，我晚上回去寫一些。今天你幫了我的忙，把斷掉的東西接上了。」

「不過今天就到這了，是吧。」

「是啊，媽媽來找我了啊。」小說家說完，順著看台上的石級走了下去。我看見中年女人挽上他的手，和他說著話，他偏頭聽著，沒有回答。走了幾步似乎他也跟著跛了起來，兩人一齊跛著消失在黑暗裡了。

六

天色微暝的時候，樹下的人陸陸續續走了。久藏和小橘子這回一人背了一個包袱，久藏的包袱裡面放著那幅畫，卷軸露出來一截，好像劍柄似的。小橘子的包袱裡放著鄰居哥哥的腦袋，失去生命的腦袋背在身上不是件輕鬆的事情，和背一塊大石頭差不多，可是小橘子執意要帶著，這是她的全部家當。

「走吧，今天是齋戒的日子。」小橘子說完，從樹上跳了下去。地上還有殘留的彈殼。

「齋戒是什麼意思？」

「一年裡有這麼一天，不能出門，不能打仗，不能喝酒吃葷，爸爸媽媽也不能睡在一張床上。如果違反了，是要殺掉全家的。所以剛才那些人不是不想找到我們，是要趕緊趕回家去齋戒。」

「那我們呢？」

「我們？」

「我們這麼大搖大擺在街上走，會不會有人來抓我們？」

「不會，你想，今天到街上抓我們的人不也是違反了齋戒的條例嗎？」

「哦。」久藏沒有聽得十分明白。

小橘子拉住久藏的手說：

「久藏，我們去頭城吧，給你爸爸報仇。如果說報仇這件事還有個好日子的話，那就是今天了。」

「把我領過去，你就回家吧。」久藏認真地說。

「我的家我自己背著呢。」小橘子用手拍了拍背後的包袱，「你的家在哪？」

「長白山腳下。離這裡很遠。」

「報了仇，能帶我去看看嗎？」

「那還用說，只不過兩個人得帶上三十個燒餅，要飯的滋味可不好受。而且我家那邊很冷，你得加個襖子才行。」

「記住了，我們走吧。」

「我是久天的兒子久藏，今天來取你的項上人頭，明年的今天就是你的忌日。」久藏在心裡說著，跟著小橘子向頭城走去。

清早的京城起了霧。霧越起越大，一點聲音也沒有，遠處的景物已經有些看不見了。久藏聞到這乳白色的霧裡面，似乎裹著血腥氣，也許是下了一場大雨的關係，把地上，樹上，水井邊，天井裡的血氣引進了霧裡。不知是霧越下越大的關係，還是因為離頭城越來越近了，血腥氣之重，漸漸超過了媽媽身上的氣味，久藏心想，沒想到在這裡還能聞到媽媽臨死前的味道，那隻斷頭禿鷹的樣子重又浮現在他的腦袋裡，腦袋滾在炕上，眼睛還在眨著。

「頭城到了。」

久藏下意識地握緊刀柄，抬頭看，頭城，竟是一座大廟。沒想到在這麼大的京城的中央，竟然有一座廟，廟門開著，天井裡立著一座金色的香爐。香爐裡面卻一根香也沒有，是了，本叫作頭城，不是廟來著，怎麼會有人上香呢？小橘子伸出手，把久藏的手攥住，眼睛盯著香爐後面高大的佛堂，佛堂近在眼前，可又好像遠在天邊，隱在霧裡看不清楚。久藏把小橘子的手捏了捏，泥一樣軟，雪一樣冰，扭頭去看，一雙眸子鋼刀一樣亮著，映著他的一張污臉。

「走吧。」小橘子牽著他的手，跨過和她膝蓋一般高的門檻，走了進去。

果然是一座佛堂。不是什麼宮殿，可比宮殿還要高大，高聳入雲。佛堂正中，一尊碩大的泥佛，久藏和小橘子站在它面前，好像一對走失的螻蟻。泥佛上面傷痕累累，臉上竟然釘著一把尖刀，直沒刀柄，不知是誰有這麼大的力氣，扔得這麼遠，釘得這麼深。身後的霧氣沒有消散，反倒越來越濃，快要伸手不見五指了。久藏盯著佛頭看，那佛把一隻手端在胸前，看眉眼，似乎是在哭著。怎麼會有哭泣的佛像呢？久藏又糊塗了，和家鄉廟裡高興的小佛頗不相同。不過來到這裡，也許應該習慣糊里糊塗才好。

「這是頭城？」久藏問。

「是頭城。曾經這四周圍都是衛兵，走近了就要殺人的，遠遠只能看見佛堂，今天不知道衛兵都哪裡去了。」

「頭城不是城啊。」

「是啊，可是大家都叫它頭城，可能原來是座城吧。」

「現在就剩下一座廟？」

「可能吧，」小橘子說，「因為太久沒人走近這裡了。」

「赤髮鬼在這裡？」

「赤髮鬼在頭城，我從小就知道的，應該沒錯。」

久藏噤了口吐沫，喊道：

「赤髮鬼！」

沒有人回答。

「赤髮鬼！赤髮鬼！我是久天的兒子久藏，今天來取你的項上人頭，明年的今天就是你的忌日。」久藏大聲喊著。

還是沒有人回答，只有那尊大佛耷拉著眼角，似乎在哭著，也聽著。

「赤髮鬼！你給我出來！赤髮鬼！」久藏提刀四顧，大聲喊著，十分心急，這個赤髮鬼難不成已經離開了京城，或者不小心讓誰殺了，或者已經得了急症死了，京城人還不知道？

「你看！」小橘子突然叫了一聲，用手指著佛頭。

佛笑了。咧開嘴笑了，露出兩排黑黃的牙齒，一條通紅的大舌頭在嘴裡動著，那隻端著胸前的手伸到頭上，撓著已經浮動起來的頭髮，佛堂裡頓時盪起滾滾灰塵。灰塵滾過，久藏才發現，這佛不是光頭，而是長了一頭金黃的、亂麻一樣的頭髮，被手撓散，披到了臉上。

「你是久天的兒子？」佛說。

「是。你是誰？」

「阿彌陀佛，赤髮鬼就是我，我就是赤髮鬼，赤髮鬼不可能不是我，我除了赤髮鬼誰也不是，明白了嗎？」

「沒有。我只問你，是不是你殺了我爸？我爸是久天，曾經是京城的屠夫。不是屠夫，是教頭。」

佛一愣，用手指著久藏說：

「你是傻子？」

「他不是，他是久藏。你怎麼是這個樣子？」小橘子說。

「我？我為什麼不能是這個樣子，我想是什麼樣子就是什麼樣子，難道你這個小姑娘也是個傻子？」

「我是小橘子。現在京城是什麼樣子，你知道嗎？樹上掛的都是人腦袋。爸爸媽媽不見了，哥哥也死了。」

「知道知道，變得很有意思啦。你說是不是？小姑娘，想當年若不是我，把京城分而治之，哪還有你呢？早就餓死了。」

「現在還不是也在死人。死得更多。」小橘子仰著頭，大聲說。

「阿彌陀佛，是死了些人，流了些血，世間萬物有什麼東西是沒有代價的呢？想要永久的自由，想要無窮無盡的金子，這十幾年的代價不算大，小姑娘，秩序就要建立起來了，到時候你就知道，你，正可以享用他們留下的果實。」

「樹上沒有果實，都是腦袋。」久藏說。

「久天的兒子？」佛朝久藏扭過頭。

「是。」

「久天是我的好哥哥。我本來給他準備了一塊京城呢。誰想他竟然不要這個，非要取我的性命不可，你說你爸爸是不是有點不識抬舉？除非逼不得已，誰願意殺自己的大哥呢？你媽媽呢？當初讓她給逃走了。」

「媽媽死了。」

佛搖了搖頭。

「可惜。還是死了。所以你今天來，還想給你媽媽報仇？」

「是，都是因為你。」久藏把殺豬刀橫在身前，「今天就把你的腦袋割下來，帶回媽媽的墳前面。」

「好啊，來吧，把我的頭砍下來帶回去吧。」佛把樹幹一樣的脖子伸過來。

「你臉上的刀是怎麼回事？」小橘子忽然說。

「每年的這一天，臉上就多出這麼一個東西，非常之癢，也拔不出來。」佛說「可能是因為那年三區和六區的年輕人叛變，一個人拚死在我的臉上砍了一刀。不過明天就好了。」佛的聲音突然變得古怪起來，一字一句好像一陣寒風一樣吹進久藏和小橘子的耳朵裡。

久藏突然舉起了刀，照著佛的脖子砍下去。

「使勁兒砍。」佛扭著臉，用手撥開頭髮，露出滿是泥漿的脖子，說：「你砍完了，就該輪到我了。變成佛之後，在這裡站了許多年，你們是第一個來找我的人吶。」

七

晚上躺在賓館的小床上，下鋪的老漢把著窗戶，兀自「吧嗒吧嗒」地抽著煙。想著白天小說家放在我眼前的雙腳，和那條板油小路兩邊的桃花，煙癮就像是從腳邊緩慢升起的海水一樣，壓在我的前胸，馬上就要把我淹沒了。好久沒有抽煙了，妻子聞不得煙味，說是聞一支倒還沒什麼，聞兩支以上的八毫克香煙就要起疹子，結婚的前提就是把煙戒了。我便戒了煙，血液裡的尼古丁一點點地稀了，然後悄然分解，實話說，那時候我感受得到身體正在向著好的方向發展，肺子輕鬆了許多，皮膚明亮了，身材也開始變得結實了。畢竟一天抽六十根煙的習慣有點過分，弄得每天頭髮都是煙油，嘴裡的牙、右手的食指和中指都是黃的。可是話說回來，吸煙也許是我唯一的愛好，在某種程度上是我情緒的調節器，出事之前，情緒的風吹草動一方面靠自己對自己說話寬解，一方面靠點燃一根煙使心裡面那塊討厭的波瀾暫且休克一會。所以戒煙這件事，也許是事關重要的伏筆。

今天小說家給我一支煙，好像把我救起來似的，也許終究有一天會害肺癌而死吧，肺子裡長滿了腫瘤，躺在床上活活憋死，瞪著眼睛淌著口水，連一句遺言也說不出來。可那也是沒辦法的事，理智又能如何呢？這世界上到底是理性害死的人多，還是感性害死的人多呢？恐怕誰也說不準吧。

「老伯，能不能給支煙抽？」

老漢抬起頭，貨真價實的老漢，如果說賓館旁邊有一塊正在耕種的土地，那一定是他在耕種的。

「自己家種的，能行？」老漢的牙剩的不多。

「試試。抽一口就知道。」

他從懷裡掏出一個金屬扁盒，擰開蓋子，磕了粗粗一條碎煙葉在捲煙紙上。伸舌頭舔濕了煙紙的一角，然後結結實實捲上，在一頭拈出一個紙鬮，扯下，露出金黃色的煙葉，然後把另一頭遞在我手裡。

我接住他扔給我的火柴，把煙點上，猛吸了一大口，身體像是一個血塊，立時就給化開了。

「小夥子，從哪來啊？」老漢又為自己捲了一支放在嘴裡。

「老伯，你的孩子多大了？」

「快要三十歲了，只和媳婦親，一天到晚見不著他。」

「老伯，我的孩子丟了。九年之前。」我沒頭沒腦地說起來。

「孩子丟了？幾歲的孩子？」

「三歲的孩子，我妻子弄丟的。九年之前的事情啦，真想不到竟然已經這麼久了。下火車的時候，剛放在地上，從兜裡掏火車票，一轉身孩子沒了。今天下午見了個朋友，是個小說家，他最近寫了個故事，裡面有個人叫作赤髮鬼，這個赤髮鬼出了點問題，這倒不是主要的問題，主要的問題是故事裡面有個小女孩，名字叫作小橘子，跟我女兒的名字一模一樣，長到十二歲，生在亂世，生在亂世就應該想辦法找個世外桃源躲起來啊。可她偏得陪著個叫久藏的小傻子去殺赤髮鬼，她哪知道赤髮鬼究竟是什麼人？同夥又是個傻子。您說這孩子到底是怎麼回事兒？好端端那麼多名字不叫，非得叫小橘子；好端端那麼多人不殺，非得要殺這個赤髮鬼，好端端那麼多故事不去，非得跑到這個小說家的故事裡面來。這個小說家，關鍵的問題就出現在這個小說家身上，但是現在說這些已經來不及了，這個故事開始了，只要他活著，這個故事就得向下進行，沒見過他的人不會知道，他是一定會把小說寫完的那種人，這種事情不用講，一看就知道的。現在的問題是在結尾上面了。」

我說到一半的時候，老漢已經睡了，不是聽著聽著就歪著頭睡著了，而是聽著聽著就把衣服脫掉，鑽進了被裡，調整好姿勢睡過去的。我披上衣服下床，翻出手機，走到賓館的天井，月光正好，好像月亮今天是頭一天繞著地球旋轉一樣。沒有人會來殺我吧。暫時還沒有什麼問題。回到賓館的時候我已經把自己脫光檢查了一遍，沒有竊聽器之類的東西，他們說三天的時候還沒到，我想他們很可能已經安排好了B方案，如果我到了三天快結束的時候還沒有得手，小說家就應該會在家裡或者街上被狙殺吧。雖然那個律師沒有提到這個方案，不過仔細回想之後，覺得不出意外的話，一定是這樣的安排，即使不是狙殺，也可能是其他野蠻的方式殺死他。而小說家如果是以這樣的方式死掉，那我死掉的方式大概也是這樣，因為以B方案的角度看，我完全沒有再活下去的必要。所以我和小說家的時間只剩下明天一天了，無論如何明天傍晚要把結尾寫出來。我把手機拿出來，蛻掉後蓋，推上電池，開機，妻子的短信息像往常一樣堆滿了收件箱。我打開最後一條，讀著：

「你在哪裡？小橘子找到了嗎？是不是手機壞了，趕快給我回個電話。」

時間是九個月前。

時間過得真快啊。一下子就到了九個月以後了。不知道妻子現在怎麼樣，孩子丟了，我也丟了，估計是很難熬的生活。有沒有其他人進入她的生活，成為她的依靠呢？如果有的話，是好事吧，每個人都有權利過自己想要的生活。如果我和小橘子都回去了呢？又會怎麼樣？我看著短信，在月光底下睡意全無。這時候電話突然響了，好像死去的人突然站起來一樣，在我的手中拚命響著。是妻子的電話。還是那個號碼，屏幕上寫著妻子來電。我盯著電話看著，響了許久之後鈴聲終於斷了。我關了電話，把電池卸下來，揣進兜裡。回到房間，老漢還在睡著，姿勢都沒有變，鼾聲如雷。我的床上有一張紙條，我拿起來，是一張很精緻的便箋紙，上面有漂亮的褚色暗花。

請務必在明天把事情完成。今天老伯差點在家中扭斷了脖子。記住你的身邊有很多的水，是很危險的水。很希望你能順利去北極，是我們所有人的願望。祝好。

沒有落款。

我看了兩遍，用火柴把紙條點著，扔在紙簍裡。小橘子出生的時候，貓一樣的大小，只知道大聲地哭，不讓人睡覺。妻子知道我嗜睡，一旦睡不好，第二天沒法正常思考，常會犯些莫名其妙的錯誤，就讓我睡在沙發上，她自己和小橘子睡在一起，每天夜裡起來抱著她在房間裡輕輕地走。有時候我半夜起來小便，會聽見臥室裡躡手躡腳的腳步聲，小橘子最喜歡爸爸還是媽媽呢？妻子輕聲問。小橘子只是哭，不回答。哭的話，就是喜歡媽媽了。小橘子於是繼續哭下去。突然有一天，小橘子學會了笑，她在妻子的懷裡看著我，用手指著我的臉，笑了，說：pia。然後更加嫻熟地笑了起來，pia。我正要去上班，穿著妻子早上熨好的西裝，眼淚流了下來。妻子說，怎麼了你？我搖搖頭說：走了。推開門走到街上，看著清晨的街道，我想，願意一輩子為你們奮鬥。一輩子為你們奮鬥。

我爬上床，脫光了衣服，在老漢的鼾聲中睡著了。

八

「聽說煙囪要拆了。」小說家說。

「為什麼呢？昨天不是還在冒煙嗎？」

「不知道，可能是有人要拆吧。聽說球場也要拆掉，這兩天就會有人來把球門搬走，不會有人在這裡踢球了。」小說家手裡拿著書稿，看著正在踢球的大學生說。

「有人需要這個地方。」

「可能是吧，確實不小的一塊地方。你有什麼打算？我是說以後。」

「如果還活著的話，有許多事情要做，欠下了許多事情。你呢？」

「繼續寫小說吧。可能先休息一下，雖然有你幫忙，這還是很累的一篇小說。」

「你是一個很好的小說家，這是屬於你的小說。希望你不要去做別的。」

「放心吧，不會害怕的，會一直寫。」

我從看台上站起來，和小說家握了手，走下了看台。那群烏鴉落在煙囪上面，站在煙囪的沿上，把那沿都站滿了。它們怎麼知道煙囪不冒煙了呢？它們在看著誰呢？

我向著自己的方向一直走過去，不管煙囪上的烏鴉是不是在看我。

九

久藏的刀不見了，飛到不知道什麼地方。赤髮鬼把他們倆逼進了牆角，他站了起來，頂掉了廟頂，一掌推翻了廟牆，又一掌打飛了香爐。廟不見了，牆角也不見了，久藏和小橘子坐在大霧裡面。赤髮鬼蹲在他們面前。

「你把你媽媽埋在了什麼地方？」

「祠堂後面的墳地裡。」久藏擋住小橘子。

「不錯的地方。我剛剛想到，你們倆都是沒爸沒媽的孩子。」

「我是，她不是，她的爸爸媽媽只是不見了。」

「不見了，和沒有是一樣的。我沒辦法離開京城，不能把你和你媽媽埋在一起，不過我可以把你們倆的腦袋掛在一根樹枝上，怎麼樣？」

一片樹葉從霧裡面飄了過來，血紅色的樹葉，落在小橘子腳邊。小橘子哭了，她忘記了爸爸媽媽的樣子，而且馬上就要死了。她撿起樹葉，放在嘴上吹了起來，一首哀傷的曲子，好像要把自己獨自一人，在這世界上行走的辛酸都吹出來。她鼓著腮努力吹著，葉笛的聲音穿過濃霧，停在了什麼地方。

赤髮鬼沒有著急動手，他靜靜地聽著小橘子吹樹葉，其實他沒有完全在聽笛聲，他在聽濃霧裡面的聲音。那裡面似乎有什麼動靜，血腥氣越來越濃，霧變成了紅色，小橘子嘴裡的葉子也一點一點滲出了血，淌在她的嘴邊。小橘子的曲子吹完了，葉子裡面的血也流盡了，然後在她手裡消失不見。一個人從濃霧裡面走出來，手裡提著一顆人頭。人頭戴著無框的眼鏡，睜著眼睛，嘴角向上翹著，似乎是話說到一半被砍下來的。那男人穿著一身紅衣服，手裡沒有武器，走到赤髮鬼近前把人頭扔在他腳下。

人頭說：

「老闆，這傢伙不知道怎麼回事兒，突然找到了我，把我殺了。其實死掉倒沒什麼關係，只是實在有損於我的職業名聲，搞到後來沒有幫您把事情辦成，反倒自己丟了性命，真是慚愧。不過也好，所有人都在這裡，您大可以按照您的意思處置，這傢伙似乎很喜歡砍人腦袋，您要小心才好，您知道，一旦您死掉了，我們的世界就消失了。」

人頭說完話之後閉上了眼睛，嘴角也僵直了，徹底死在地上了。

「你是誰？」赤髮鬼問道。

紅衣人並不說話，伸手去拔赤髮鬼臉上的尖刀。赤髮鬼偏頭避開，一拳把紅衣人打進了血紅的霧裡面。不一會，紅衣人完好無損地從霧裡面走了出來，又伸手去拔赤髮鬼臉上的尖刀。赤髮鬼飛起一腳，踢中紅衣人的小腹，紅衣人向後飛起，再次落進了濃霧裡面。不一會，他又從霧裡面走出來，好像什麼事情也沒有，又把手伸向赤髮鬼的臉頰。

小橘子好像明白了什麼，一邊也伸手去拔赤髮鬼臉上的尖刀，一邊對久藏說：

「快來幫忙。」

於是六隻手同時向赤髮鬼的臉上伸去，赤髮鬼扭頭便跑，健步如飛，向廟後面跑去，那裡有一座小山，霧還沒有漫到那裡。剛跑了一步，紅衣人已經擋在他的身前，朝他伸出手。赤髮鬼大叫一聲，張開雙手亂揮，紅衣人站在他身前看著，並不著急上前，只是看他把雙手揮得像風車一樣。血霧漫了過來，霧裡面發出隱隱的喊聲，像是幻覺，如同夜半窗外的風聲，似有似無。血霧到了赤髮鬼的腳邊，赤髮鬼好像被誰抓住了腳踝，一下給掀了跟頭，喊聲近了，不是一個人的喊聲，是無數人的喊聲，似乎在為那一掀相互叫好。赤髮鬼馬上翻身爬起來，向紅衣人衝過去，想要突圍而走，可是剛一邁步，又被掀了個跟頭。喊聲又起，其中夾雜著拍手的聲音。赤髮鬼復又站起，大口喘氣，腳邁不動了，只是張開雙手站著，傾聽霧裡面的動靜。

「你們是誰？」他叫道，嗓子啞了，好像讓太陽曬裂的木頭。

沒有人回答，紅衣人只是站著，也不上前，也不說話，看那霧逐漸浸到赤髮鬼的腰際。風吹起，毫無預兆，京城所有的樹葉都被風吹動，瑟瑟作響。赤髮鬼像是陷入了沼澤，雙腿無法邁動，只能費力地轉著，可沒有屬於他的方向，四面八方都已經是霧的疆界。

「我有話要說。」赤髮鬼喊著。「我還有話要說，我可以把所有東西都還給你們，久藏，快來拉我，我知道你父親的很多事情。」

久藏向前走了一步，紅衣人伸手把他攔住。

「小橘子，快來拉我一把，我知道你父母的去向。」

小橘子看了看紅衣人，沒有動。

霧向上走，浸過了赤髮鬼的雙臂，繞上了他的喉嚨。他還想說什麼，只能發出絲絲的聲音，吐不出一個字。碩大的頭顱轉動不了，只有眼睛睜著，眼珠轉動，看著站在地上的三個人。霧不再動了，雲朵一樣浮在他下顎，隱沒了他的全身。那把尖刀插在他的臉上，好像失去旗幟的旗杆。

紅衣人扭頭看著久藏，說：

「你能跑多快？」

「比二狗家的大乖慢不了多少。」

「大乖是什麼東西？」

「是一條狗。」

「你向我跑，我托你跳起來，你去把那把刀拔下來，能拔下來嗎？」

「能，小時候這樣上樹摘過風箏。」

「來吧。」

久藏退出五十步，把裝著畫的包袱放在地上，憋了一口氣，向紅衣人跑過去。紅衣人等他到了近前，低腰攤手，讓久藏的腳蹬上，向上一送，久藏像是燕子一樣飛向天空，正飛到赤髮鬼的臉邊，伸手抓住刀柄，可刀插入太深，一下拔不出。久藏並沒有鬆手，而是吊在刀柄上，懸在半空中。赤髮鬼的眼珠轉動，看著刀柄上的久藏，久藏這個時刻成了他唯一的希望和唯一的仇敵。久藏不看他，在刀柄上左右盪起，刀柄漸漸鬆了，赤髮鬼的眼睛越瞪越大，終於「咔嚓」一聲，他的臉上裂開了一道大縫，久藏手裡握著刀，掉了下來，小橘子撲過去把久藏接住，兩人滾進霧裡，血霧發出一聲驚呼，緊接著又是一陣拍手，接住了，接住了。兩人從霧裡面站起來，久藏的頭上磕了一個金包。

這時赤髮鬼的身上發出轟隆隆的聲音，坍塌起來，石塊，污水，臭氣，從霧裡面湧出來，四面八方流去。終於停止了，從霧裡面滾出一顆頭顱，常人大小，上面長著蓬亂的紅髮，一雙眼睛睜著，不再轉了，嘴閉成一條細線，右臉上有一道紅亮的刀疤。

久藏走過去，把人頭撿起，包進包袱裡，把畫遞給小橘子。小橘子接過畫，扭頭看著紅衣人說：

「爸爸，這麼長時間你到哪裡去了？」

紅衣人蹲下，扶著小橘子的肩膀說：

「爸爸和媽媽一直在你身邊，你只是不知道而已。」

小橘子說：

「騙人。我想跟著久藏去看他媽媽。」

紅衣人搖搖頭說：

「不行，你媽媽還在等你。等了你好久，你不能再走了。我和你媽媽準備帶你去看熊。很可愛的熊。」

「那以後我還能見到久藏嗎？」

「也許不能了，久藏要成為俠客，周遊四方，你找不到他。」

小橘子走到久藏面前，張開雙手把久藏抱住。久藏也張開雙手抱住小橘子。

「別忘了小橘子。無論以後遇見誰都不要忘了小橘子。」小橘子說。

「不會的，你不要再把爸爸媽媽弄丟了，有爸爸媽媽是很好的事。」

小橘子鬆開手，拉住紅衣人的手走了。

霧散了。沒有一點聲響。露出好像刷洗過一樣的地面。久藏把赤髮鬼的人頭背在身上，提著從他頭上拔出的刀走出了京城。回家的路很遠，他走得並不著急，媽媽會一直在那裡等他。

所以他並不著急。

寬吻

時間還早，我端著咖啡看一個女孩子丟飛鏢。她一隻腳在前，一隻腳在後，輕輕聳動肩膀，飛鏢擊中靶子旁邊的白牆。我扭頭看她，原來她閉著眼睛。才上午十一點，她就把自己喝醉了。但是她那麼年輕，應當醉得更晚些。她走過去，撿起飛鏢，站在原處，閉上眼睛，我說，往左。她向左挪了挪，我說，再往左。她又往左走，我說，可以了。她用力將飛鏢擲出，春捲把頭一躲，飛鏢擊中了他身後吉姆·莫里森的相框，相框晃了一下沒有掉下來。春捲是這兒的調酒師，也是DJ和老闆。說是DJ，其實有點敷衍，他四十歲左右，頭髮彎曲，但是表情嚴肅，所放的音樂也十分單調，莫里森，披頭四，偶爾放一點陳年的鄉村音樂。他用抹布擦了擦灑出的酒說，你不能再喝了。女孩兒指著我說，是他喝多了。春捲說，他喝的是咖啡。女孩兒扭頭看著我說，聽見了嗎？他跟你說，你不能再喝了。她的眼睛因為酒精的作用濕漉漉的，像鰓一樣收縮，她身材瘦小，皮膚雪白，卻不那麼緊緻，好像鋪滿細沙的海灘，踩上去可以留下腳印。我說，以前沒見過你。這片的酒鬼我都認識。她掏出錢包說，再來一杯伏特加加橙汁。掏了半天，掏出一張銀行卡，說，我刷卡。春捲說，POS機壞了。我說，我有現金。春捲看著我說，莊老師。我說，你回座位等著，我給你端過去。我給她倒了滿滿一杯橙汁，春捲說，問清她住在哪裡，她馬上就要睡著了。我回到自己的座位把沒寫完的文檔保存了一下，扣上電腦，走到她對面坐下。她用手指著我說，你不能再喝了。我把橙汁推到她面前說，你最好也別喝。她搖晃自己的手包說，今天開了工資，我刷卡。我注意到她穿了一雙運動鞋，腳踝的皮膚和臉一樣白。我說，用不用給你叫輛車？她拿起玻璃杯又放下，說，我趴一會，十二點叫我。我說，我待不了那麼久。她從手包裡拿出一只哨子遞給我，十二點吹這只哨子。說完便趴在桌子上睡著了。哨子細長，口扁，像是白鋼的，風口方形，上面拴著一條帶子，帶子上有個「阮」字。我拿在手裡看了半天，一定是用過很久，「阮」的耳刀旁已經磨掉了一半。二十分鐘之後，我要去上課，我把哨子掛在她的脖子上。走過吧台的時候，我對春捲說，十二點叫醒她。春捲說，我這兒不是旅館。我指了指鐘說，十二點，還有四十分鐘。

下午的課我分析了村上的短篇小說〈蜂蜜派〉，這是一篇不知名的作品，《神的孩子都在跳舞》集子裡的最後一篇，但是不知怎麼回事兒，十五年前看這篇小說，便被其吸引，然後找來村上的所有書看，因為一個短篇小說而看了村上的全部作品，這種情況不太常見。李巍和我在一起的時候，曾經說我之所以當了作家，是因為經常會迷戀一些奇怪的東西，我說，比如呢，她說，比如一個集子裡不知名的小說，比如班級裡最不起眼的女孩兒。我說，你這樣說有點過於謙虛。她說，沒有，你這種迷戀是有原因的，你有獨特的眼力。那是我們倆最要好的時候，大概六年前，她剛剛懷了小雪，我剛剛簽了第一本書的出版合同。她想吃草莓，我便去買草莓，她想吃葡萄，我便去買葡萄，她吃了一顆不吃了，我便把剩餘的全吃光。現在每當我看見草莓和葡萄就有點反胃，那幾個月已經吃下了一輩子的配額。

下午有點熱，學生們有點困倦，我想講個笑話，提提他們的精神，可是大多數我知道的笑話已經講過，比如詹姆斯·喬伊斯腦袋套著老婆的內褲寫作，比如歐內斯特·海明威說，《老人與海》裡沒有象徵，只有鯊魚，鯊魚象徵評論家。一個女生嘛著嘴，半睡半醒，無聊地吹著自己的劉海，好像老邁的心臟一樣一跳一跳。我見過大約一千個這樣的學生，如同誤入課堂的魚，從我的課堂游出去，他們就會馬上忘記我說的話，找到屬於他們自己的話題，一條微博，或者用手機搔到了附近的某個人。世界上有太多值得年輕人關注的事情，他們不大會關心蜂蜜餅和小夜子，至少不會當真。

小夜子穿著一件黑色圓領毛衣。她雙手放在桌面上，說了聲「預備」，然後先右手像甲魚一樣哧溜溜鑽進毛衣袖，在背部做出輕輕搔癢的姿勢。繼而拿出右手，這回把左手伸進袖口，繞脖子輕輕一圈，又從袖口退出，手裡邊拿著白色胸罩。委實敏捷得很。胸罩不大，沒有鋼絲支撐，即刻又被塞入袖口，左手從袖口退出。接下去右手進入袖口，在背部窸窸窣窣地動了動，旋即右手退出，至此全部結束，雙手在桌面上合攏。

啊，就是這麼回事，當年我曾讓李巍試過，小夜子二十五秒，李巍三十七秒，在沒有經過練習的情況下，快極了。她有一對柔軟的肩膀和修長的手臂，還有藐視現實的想像力，在操作的過程中不停作弊。教學樓底下是一片整齊的草地，一個工人正駕著紅色的除草機工作，轟鳴聲如倦懈的下午一樣催人入睡，沒有內容，不知所終。我設想了一下從窗戶跳下去的場景，還有我面前這些年輕人的反應。也許他們會掏出手機拍下我俯臥的樣子。

下課之後，我去學校的游泳館游了兩千米，然後回到咖啡館，女孩兒已經不見了，春捲也不在，這個鐘點他會回後面午睡，讓侍者看店。一個壯碩的男人正在丟飛鏢，力道十足，大部分都中了靶心。他看我看他，說，玩嗎？我擺了擺手說，不玩。明天是周末，早上九點接小雪，我坐在自己的老位置上，查看了一下小雪給我發的語音，明天她想去海洋館。離這兒不遠處，新建了一個海洋館，據說是亞洲最大，有許多珍奇的動物，還有一條充滿了鯊魚的長廊，奠基時有幾個動物保護者來靜坐，後來被警察禮貌地請走了，他們來自天南海北，下午就被送上了回家的火車。我不瞭解一個坐二十小時火車來保護動物的人到底是什麼樣子，如果他有個五歲的女兒，是不是能說服她不要去看浣熊和海豹。我們養殖動物，吃掉動物，我們享有很多可怕的權利，也面臨著無數獨有的困難。在海洋館修建的時候，我看見過一排運送海水的大車，還有一輛吊車吊來一座人工的島嶼。在海洋館開幕前幾天，春捲跟我說，這兩天晚上他都看見有車運出動物的屍體，有大有小，用黑塑料裹著，不知運去哪裡。他說，水土不服，我們這兒為什麼沒有海？因為不該有海。我倒沒多想氣候的問題，也許我們這兒最早的時候也是海洋，享受著寧靜，承受著海水的重壓。我想起了蘇聯的古拉格，服苦役的人，凍成一坨，挖土機一翻，便成了基石。但是當小雪提出要去海洋館，我毫不猶豫地答應了，我不是動物，它們不會瞭解我的需要。

酒吧很安靜，十幾把椅子，一個外國老人坐在角落，雙手擺在桌子上，端詳著屬於自己的啤酒，玻璃杯裡的啤酒，形式裡的內容。我戴上耳機，開始寫一篇小說的結尾，從某種意義上說，我現在是一名大學教師，寫作只是我的愛好。每當我戴上耳機寫作的時候，就好像漂浮於海洋，沒人搭救我，充滿了危險，有時身邊有鯊魚游弋，天上的飛鳥也會時不時飛下啄我的眼睛，但是只有這時，我屬於我自己，擁有太陽和風，洋流通過我的身體，無論是漂向赤道還是北極，都不會讓我恐懼。我在努力寫的是一個十二歲男孩探險的故事，尋找他失蹤的親人，從他在湖邊拾到姑姑的一隻鞋子開始，然後來到一座鄉野的教堂。小說是一條隧道，結尾如同隧道盡頭的一線光芒，我寫了大概三四遍，還沒找到恰當的方式，那線光芒有時過於耀眼，有時過於微弱，不是我想要的成色。即使我找到了讓自己歡欣鼓舞的結尾，也許在他人眼裡，這也是一篇爛透了的小說，又有什麼關係呢？就像有些音樂在耳機裡聽就可以了，不用打開揚聲器。大概一個小時之後，我的手機響了一下，是小雪的語音：爸爸，明天早上舞蹈課竄課，不能去海洋館了，你替我去看看好不好？照幾張海豹和海豚的照片，你能跟它們合影嗎？告訴它們我為什麼去不了。我說，好，爸爸會去，你的舞蹈老師嚴格嗎？最近學會了什麼？可不可以下周跳個舞補償爸爸？沒有回覆，我等了大概半個小時，然後繼續工作。

第二天一早，我步行來到海洋館，這是我第一次仔細端詳這個東西，原來所謂海洋館只是一片巨大遊樂場其中一個建築。從入口望進去，裡面還有摩天輪和旋轉木馬，再裡面還有一些別的項目，被假山遮擋看不清楚。還沒有開館，一切靜止，幾個穿制服的人在裡面說笑，臉上映著清晨的陽光。我以為自己是最早的一個，結果發現售票處門口已經排了大概二十個人，一個孩子穿著鯊魚鰭騎在父親脖子上，母親站在旁邊，拿著水和麵包。像我這種獨個兒一個男人，站在隊伍裡，實在有些不太協調。一張海洋館的票，我說。一百二，一百五是通票，可以玩所有項目，售票小姐對著下巴底下的麥克說。我說，我就去海洋館，我不需要所有項目。票是藍色的，上面畫了一隻出水的海豚。

走進海洋館的入口，就看見海豹，大多沉在水底，似乎昨晚熬了夜。我不知道怎麼去和它們合影，它們看起來像礁石一樣一動不動。一個工作人員走過來說，先生，想和海豹合影嗎？我說，想，但是它們都睡著了。工作人員說，這邊還有一隻醒著。原來轉過池子，一個簾子後面，一隻高腳凳上坐著一隻海豹，身上有幽藍的花紋，還有幾根白色的長鬍子。我說，真的？她說，當然，三歲，我們每天給它消毒，你可以抱著它。我站在它旁邊，聞到一股洗髮水的味道，它有睫毛，眼珠黝黑，毛皮像果凍一樣。相機在我面前，我有點不自在，工作人員說，你往左靠一靠，現在有點像偷拍。我說，就這樣吧。工作人員說，球球，那你往右靠一靠。海豹擺動了一下尾巴，上身朝我歪過來，鬍鬚觸到了我的肩膀。我小聲說，我的女兒叫小雪，她今天有舞蹈課不能來，我代她向你問好。海豹坐直了身體，沒有回應。也許是我蠢，即使它能夠聽懂我的話，也沒有適當的器官為我簽名。工作人員告訴我，相片在出口取，都掛在牆上。你再往前走，走過一個木橋，有食人魚。我說，我不想看食人魚。他說，不會有危險，保護措施很好，一般海洋館沒有，我們這兒是特批的。再過十分鐘有餵食表演，你現在過去能佔個位置。我道了謝，走上木橋。果然有一只巨大的玻璃缸，裡面蜂聚著小魚，三角形，扁身大嘴，似乎知道吃飯的時間快要到了，有幾隻先行撕咬起來，須臾又散開，其中一隻尾巴殘了一角，喪失了自己的平衡和尊嚴，歪著身子游到裡面去了。人們圍著水缸，有兩個小孩兒鼻子都要貼上，瞪著大眼，用手指著。一個穿靴子的男人套袖上沾著血，拎了一只大塑料桶走過來，我馬上向前走了。手機響，是李巍發給我的視頻，小雪在壓腿，腦袋貼在腓骨上，和其他孩子比，她有點瘦弱，但是我相信這有利於跳躍。李巍是嚴格的母親，她觀測到小雪的舞蹈天賦，不會讓她吃胖。在分開之後的半年多時間裡，偶爾我們會通一個電話，從孩子開始，然後聊聊最近的事情。我不知道她是否寬恕了我，她從來沒有明說，但是她從來沒提出讓我回去。那個酒醉的夜晚，那個陌生的身體，那些從未說過的髒話，那個站在窗前的早晨，絲毫沒有褪色，甚至更加鮮艷了點。我記得我歪在床頭，敞著領子，讓那個學生試著照我說的做，戲劇性地脫掉胸罩，她怎麼弄也不行，後來我索性伸手扯了下來。我似乎還扭過她的雙手，讓她背朝著我。我從來不會這麼做，不過自那次之後，有時站在課堂上，突如其來，看見女學生認真聽著我說的話，看見她們的劉海，我就想把她們翻過來，扭住。我需要回想葬禮之類的東西，回想生活裡最為美好的時刻，比如小雪出生時的樣子，脖子軟軟的，高聲哭叫，才能將自己穩定下來。

窄路的兩旁種著綠植，天棚有玻璃，日光照下來，折成無數道亮線。我看了一些蜥蜴和烏龜，有隻蜥蜴因為被人注視，變成了樹枝的樣子。走過了無數玻璃櫥窗，隨便看著底下的簡介，很多動物是從美洲和非洲來，在這裡睡覺。有的有劇毒，有的比貓還大，吃著遊人給的果子，雙手捧住，吃完還會吐著信子作揖。走到一片昏暗處，拐角一條小路，鋪著木板，牌子上寫著：海豚劇場。大概是保留節目，牌子前面排著長隊，前面還有鯊魚長廊，但是鯊魚不太適合小雪，海豚大概可以，和海豚照張相，我應該就可以回去。排了大概半個鐘頭，進到一個圓形的場子，鬥獸場一般，四周圍著座椅，穹頂高舉，狀若頭顱。我加了十塊錢，於是坐在第一排，幾個女孩子在人群中穿梭，兜售著海豚模樣的紀念品，手機扣，鑰匙鏈，還有海豚模樣的水槍，從海豚微笑的嘴巴，可以射出水去。一個男人，梳著背頭，拿著麥克風炒著氣氛。有孩子從後面衝過來，扒著欄杆向下看，什麼也沒有，只有藍色的水，家長跑來將其抱走。其實我從進來時，便看到在大池子的旁邊，用膠合板擋著，應該有個小池子，底下相通，就像運動會裡的等待區。終於主持人喊了一聲，四個年輕人，兩男兩女，拎著塑料桶從膠合板後走出來，水面也起了波紋，從我的角度看下去，四隻海豚排成一列，慢慢游入主池，停在各自馴養員的腳邊。表演開始，馴養員胸前掛著哨子，桶裡裝著死魚。海豚們跳舞，騰躍，把氣球頂向觀眾席，引起一群人的圍搶。

它們還會唱歌，聲音之尖利，超過想像，好像火車的汽笛，我懷疑這樣高亢，是因為大海空曠，在這裡聽，著實有些刺耳。我站起來想要拍照，突然注意到他們胸前的哨子，他們離我不過十米，我可以清晰看見，他們嘴上的哨子，長條扁口，閃著冷光。可是這四個人中，沒有我昨天見過的女孩兒。他們都太高大，而且面無表情，腮幫子鼓起，往海豚嘴裡塞著死魚。每隻海豚都在微笑，看著安全而且順從，它們安靜地游弋，又突然地浮出水面，專心聽著哨音，熟練地表演各種花樣。大概十五分鐘之後，四人鞠躬，四隻海豚也消失不見。這時主持人提高了嗓門，從水池側方的一個高台上，出現了一個女孩兒，穿著潛水服，脖子上掛著哨子。她揚手向大家致意，我注意到這時池子裡出現了另一隻海豚，比剛才那幾隻都大，游的速度也快，迅疾地貼著池子打轉。女孩兒好像打翻的瓶子一樣，從高台躍下，落入水中，劇場裡響起一片驚呼。然後是徹底的安靜，主持人也不見了，只見水波蕩漾，我已經僵住，忘了拍照。突然女孩兒從水中飛起，腳踩著海豚的嘴唇，在空中翻了一圈，重又落入水中，掌聲四起，孩子們大喊著，你看，你看，她還活著！我已經將她認出來，我看見在水中，她騎上了海豚的脊背，然後再次浮出水面，這東西好像來了力氣，游得比剛才還快，下顎像一把刀把水切開，女孩兒開始是匍匐著，後來一點點站起，許多人站起身來看，只見她終於鬆開了雙手，一腳在前，一腳在後，弓著身子，眼睛看著前方，嘴裡叼著哨子。哨聲響起，十分悠長，海豚突然一躍，兩人在空中分離，然後又落在一起，幾次之後，海豚開始打轉，越轉越快，女孩兒張開雙手保持平衡，終於兩人旋轉著沉入水裡。水面恢復平靜。不一會，女孩兒自己沿著梯子爬上來，散開頭髮向大家鞠躬致意。她的頭髮滴著水，束髮的皮套勒在手上。

人們陸續散去了，我沒走。從很小的時候，我就喜歡游泳，而且游得不賴，在我的家鄉，有一個湖，一端有峭壁，水中有細小的魚和柔軟的水草，我常常浮在湖面，半睡半醒。男孩兒就是在這湖邊撿到了姑姑的鞋子。我在那待了一下午，如同被催眠，把節目又看了兩遍，一切都一模一樣，每次女孩兒都從高台上跳下來，只是最後一場時，天光漸暗，穹頂亮起了燈。最後一撥人走了，打掃衛生的阿姨在我身邊撿垃圾，一個年輕人，頭髮泛油，似乎沒有睡醒，捏著管子沖洗著池邊的欄杆。我走過去說，你這裡誰是經理？年輕人沒有抬頭，說，那個高台底下有個辦公室。我說，剛才那個女孩兒是不是姓阮？他轉過身來，你幹嗎的？管子裡的水在我腳前形成了一個圈。我說，沒事兒，你忙。辦公室布置得十分簡單，牆上貼著表演的時間表，工作日一天兩場，節假日一天三場。另一面牆是獎狀和錦旗，歡樂大使，灑愛人間，勇敢無畏，技藝絕倫，一面錦旗上寫著。經理聽我說完，說，我得跟上面匯報，這事兒沒遇著過。他的頭髮很少，有一張橢圓而疲憊的臉，很難想像，在海洋館裡會有一個看起來這麼乾燥的人。我說，匯報吧，需要簽字我可以簽字，你們沒有風險。他說，這麼說有點不禮貌，但是，你有傳染病嗎？或者最近有沒有傷風感冒？我說，我有體檢報告，上周剛剛下來，我經常游泳，身體很健康。他說，你的工作證我看看。我把工作證遞給他，哦，大學教師，他說。我說，我也是為工作，今天看了表演，覺得可以寫點東西。他說，報紙你熟？我說，日報的主編是我同學，我現在就可以給他打電話。他說，你打，我聽聽。我撥通電話，按了免提，不出所料，他對我的這個特稿感興趣，在電話裡便提出可以出一點預付款，而且埋怨我上次給南方某報紙寫的稿子，沒有給他。經理說，有幾點跟你說清楚，第一，三天時間，多一天都不行，第二，我不收你錢，但是你別亂寫，你有學校，我們上面也有政府。我們這一幫人，天天泡在這裡，也不容易，你多誇誇。第三，人你可以問，海豚你可以摸，但是不能下水。我說，為什麼？他說，海豚有牙。你要回去準備嗎，還是現在開始？我說，沒有什麼準備的，如果不打擾你們工作的話。他說，今天沒表演了，晚上是訓練，你想先採誰？我說，最後出來那個女孩兒，從台子跳下來的那個。他說，阮靈。行，上來就逮住我們的頭牌。你去池子旁邊等著，一會我讓她過去找你。

燈比剛才更暗，池水顯出黑色。場地空無一人，能聞到一點腥味。我回到剛才的位置，掏出手機，沒有信息，這個鐘點兒，小雪不是在寫作業，就是在看動畫片，每到周末，她能看一個小時動畫片。阮靈穿著白色的短袖襯衫和藍色短褲，腳上穿著一雙紅色的塑料拖鞋，走到我近前說，你是莊老師？我說，我是。她說，我從來沒見過記者，不知道怎麼說話。我說，我不算記者，寫的東西對人不對事兒。你願意說就說，不願意說也是一種狀態，可以寫進去。她遞給我一盒盒飯，說，沒吃吧。我說，沒吃。她坐到我旁邊，說，我現在有點累，咱們能少說兩句嗎？我說，沒問題，可著你來，隨時可以停下來。一會訓練？她說，十分鐘之後。我說，海豚有名字嗎？她說，當然有，平時說話，總不能叫它們海豚。我說，你那隻叫什麼？她說，叫海子。我說，呵，你讀詩？她說，什麼詩？它是大海的兒子，所以叫海子。我說，哦，也對。海子幾歲？她說，七歲，我大概說一下吧，省得你挨個兒問。它是寬吻海豚，雄性，原來生活在太平洋，捕來時兩歲。它的智力很高，相當於四五歲的孩子，但是力量很大，四五隻這種海豚，鯊魚也不怕，它們可以圍成一圈把鯊魚撞暈。你看這只哨子，是我和它們溝通的工具，它們相互也吹口哨，內容很多，玩耍，驅逐，交配，或者就是唱歌。游的時候它們靠回聲辨別方位。海子從來的時候，就和我在一起，當時不在這個海洋館，今年才被這兒買來，本來我不想再換環境，這兒我一個人也不認識。但是海子來了，我想來想去，還是來了。我說，有意思，你說你累了，但是也沒少說。她說，現在開始不說了，歇會兒。我說，你歇著，我把你說的記在手機上。其實我挺好奇，一個女孩兒可能有很多種生存方式，但是當海豚馴養師，實在是不多。她說，我原先是練游泳的，後來受了傷，退役了。教練推薦我不行的話就試試這個，我也喜歡動物，就來了。我從十二歲出來學游泳，到現在，有時候一年也回不了家一次，就是跟海豚在一起。我說，我有個問題，海子是你訓練的第一隻海豚嗎？她把頭髮束上，說，不是。訓練的時間到了，你來的時候不錯，我們在排新節目。她站起來，我說，我見過你。她說，在哪？我說，昨天中午，流浪者酒吧。她說，是你跟我端了杯橙汁？我說，嗯。她說，但是你沒叫醒我，害我遲到了。我說，你那哨子，我能買一個嗎？她說，買不著，你坐這兒別動，海子來了。

海子是一隻害羞的海豚，尤其在夜晚的時候，不願意見生人。他們排的節目是一個短劇，兩個男性的潛水員，扮成鯊魚，把阮靈乘坐的木筏頂翻，海子從小池子游進來，驅逐兩條鯊魚，然後馱起阮靈，把她拱到岸上。那天晚上只是一個開始，阮靈坐在池邊，腳伸進水裡，海子蹭著她的腳，聽她講故事，這個救人的故事。海子好像有點不情願，幾次游出去，阮靈吹響哨子，它又訕訕地游回來。阮靈的故事編得一絲不苟，她先講為什麼她會在筏子上，是因為她坐的船失事了。為什麼她會上那條船呢？是因為她要坐船回家，而之所以要回家，是因為她做了一個夢，她的爺爺因為年紀大了，進山時走丟了，她要回家看看，如果沒丟最好，如果丟了，她就去山裡把爺爺找回來。這個遊樂場裡，有她的宿舍，離摩天輪不遠，是整個遊樂場的西北角，有一條碎石子鋪的小路。她沒讓我送她，這裡頭到了晚上是全封閉的，不會有危險。我們相互留了電話，然後揮手告別。在海洋館的出口處，我看見一面牆上，掛著我和海豹的合影，原先應該掛了許多，現在只剩下一張，我拿下來放進包裡，走了出去。

回到家裡我洗了個澡，身上全是氯水的味道。我租的這個公寓是個高層，兩室一廳，我把一個房間用作書房。坐在書房寫了點東西，從書房的窗子，能看見海洋館的屋頂，圓圓的，有一個尖。走在路上，我給李巍發了條信息：睡了嗎？她沒有回。我又發了一條，今天我認識了一隻叫海子的海豚，兩米長，兩百公斤，但是其實是個小孩子。她也沒有回。我核對了一下明天要用的教案，明天要講「奧康納的天惠時刻」，或者也可以叫「奧康納的絕望」。

一九六四年，重寫〈啟示〉，和基爾克斯計劃新的小說選集，準備秋季出版。二月初，檢查顯示纖維瘤是引起貧血的原因。手術前一天在醫院修改〈啟示〉的校樣。

二月二十五日，纖維瘤被成功摘除。三月初，回到家裡，因感染和重新誘發的狼瘡而越來越虛弱，月底回到醫院。五月初接受輸血和可的松注射，仍然虛弱無力。當月二十一日，在離開亞特蘭大的皮德蒙特醫院之前，簽署選集出版合同，選擇「上升的一切必將會合」作為書名。把未完成的短篇小說藏在枕頭下，唯恐被禁止寫作。七月七日，要求並從教區教士那裡領受了敷油（舊稱臨終者塗油禮），當月中旬，收到了卡佛寄回的〈審判日〉，根據他的建議做了修改。月底，住進博爾德文醫院。八月二日，陷入昏迷，三日零時剛過，死於腎衰竭。四日，和著米利奇維爾聖心教堂低沉的《安魂曲》葬於紀念山公墓，她父親的身旁。

這就是奧康納一九六四年的經歷，她拖著殘軀，面對自己是個臨終者的事實，還是修改了文稿。我懷疑那修改可能沒有什麼意義，只是作為她的存在方式進行，也許在各種藥物的夾縫裡，改得更壞也說不定。對於生存她已喪失了希望，可對什麼東西，依然懷有希望，到底是個什麼東西，我不太清楚，但是一定極為重要。阮靈的形象幾次進入我的腦海，她是蒼白的，不難看，濕漉漉的，我想起她光著的腳，像個小孩子，上面塗的紅色指甲油已經斑駁，海子笑咪咪地倚著她的小腿。又寫了一會，我把和海豹的合影拍下來，給李巍傳了過去，然後把照片貼在書櫃上。

第二天的課在上午，學生們大多清醒，今天是周日，我上的是選修課，學生大都不認識，來自其他院系。有一個孩子站起來問了幾個較好的問題，她對奧康納的名作〈善良的鄉下人〉有些看法，認為其主旨可以概括為「惡的啟迪」。下課之後她說她寫過幾篇習作，想請我看看，我給了她一個郵箱。中午我打開手機，發現李巍還是沒有回覆我的信息，這是十分罕見的情況，上次出現還是小雪得了急性腸炎，跑到醫院急救，她把電話忘在了家裡。我給她打去電話，響了十幾聲自動掛斷了，我連續打了幾個，都是十幾聲後自動掛斷。我突然感到極為恐懼，跑到路邊，準備打車回家，我們原先的家。這時一條微信進來：我在登機，手機未來一周都不好用，勿念。我說：去哪？小雪和你在一起嗎？怎麼不提前告訴我？她說，日本，臨時決定的，不用擔心，小雪想去日本迪士尼和海洋館，我給她請了假。我說，好，注意安全，到了有Wi-Fi的地方請和我聯繫。沒有回音。

下午的海洋館出了點意外狀況，工作人員水加得太滿，餵食表演的時候，幾隻食人魚跳了出來，其中一隻咬中一個五歲男孩兒的小腿，撕下手指那麼長一條肉來。場面大亂，不孩子的家長先是將食人魚踩死，然後又和負責這一區域的經理廝打起來，救護車來時，不但拉走了男孩兒，把經理也拉走了，他的鼻子被打斷了。受這個事情影響，海豚劇場的人相當寥落，目測大概不超過二十個人，稀稀拉拉分布在池子周圍。晚上阮靈繼續帶著海子訓練，鯊魚沒有來，只有她坐在木筏上，然後裝作失足跌進水裡，海子把她馱起來，就近放在池邊。阮靈告訴它，不應該放在這麼近的地方，這樣觀眾會覺得不過癮，應當馱著她在池子裡繞一下，等她給它信號，拍它的嘴唇，它再把她推上去。效果不好，海子似乎沒太理解她的意思。訓練結束後，阮靈沒有給它魚吃，海子也沒有多爭辯，依然笑著，游入了相當於自己宿舍的池子。向外走時，我問阮靈，日本的海洋館和我們的有區別嗎？她看了我一眼說，區別很大，前年我去過一次，他們訓練海豚特別嚴格，海豚能夠鑽火圈，如果你交足夠的錢，孩子可以騎在海豚背上在水裡兜風。我說，你能做到嗎？她說，我不能。走到室外，沒有一絲風，悶熱異常，在分手之前，阮靈說，海子的尾巴上長了一塊瘡，你注意到了嗎？我說，沒有，是我的問題嗎？是我摸了它？她說，和你沒關係，幾天前就長了。明天它恐怕得休息一天，你後天來吧。

夜裡無法入睡，熱得出奇，空調工作的聲響都像熱浪一樣在房間裡轉悠。我洗了兩個冷水澡，然後光著膀子坐在書房看書。我想起我寫第一部長篇小說時，家裡沒有書櫃，幾乎沒有家具，只有一張廢舊的鐵桌子，奇長無比，是房東留給我們的，或者說是懶得搬走的。我們在前面擺了兩把椅子，那是一個同樣炎熱的夏天，我脫得只剩一條褲衩，拚命打字，故事源源不斷，我只需伸手把它們逮住，有時寫得燥起來，就弄條濕毛巾搭在脖子上。李巍給我扇扇子，可我渾然不覺，當她睡倒在我後背，我才發現她的渾身已經濕透了。已過午夜，可我還是沒有一點睡意，我打開郵箱查看郵件，那個女生給我發了兩篇小說，都不好，十分做作，充滿了無謂的比喻，有一些不錯的見地，但是和小說沒有關係。在郵件的正文她說她聽過我所有的公開課，現在的專業是通信工程，希望考取我的碩士，未來成為作家，郵件的底部留了她的聯繫方式。當初那個女生小說要比她寫得好些，至少，比喻比她少一半。我把郵件看了兩遍，連同附件一起刪掉。我忘記了我正在寫的東西，開始構思我的報導，開頭也許是，海子七歲了，人生第一次做夢，它夢見它的馴養師阮靈比它還小，需要它的保護，它夢見每到夜晚便會長出兩隻腳，登上陸地，走過阮靈走過的碎石路，尋思著她走在路上會想些什麼。海豚會不會做夢，也許問一下阮靈就會知道。這時手機進來一條微信，只有四個字：有個叔叔。我知道小雪半夜爬起來，從李巍那偷出手機，發完這條微信便會把記錄刪掉，然後偷偷放回去。我想問她是不是去了東京的海洋館，騎沒騎上海豚的背，但是我知道我即使問了，她也不會看見。我翻找了垃圾箱，找到剛才那封郵件，讀了一遍，然後徹底刪除。我隨便套了一件T恤衫，給春捲打了個電話，今天你當班嗎？他那邊有音樂聲，當班，怎麼個意思？我說，把我存的那瓶酒拿出來。他停了一下說，你這半年都沒喝酒。我說，所以，你已經幫我喝了？他說，那沒有，就是得找找。我說，找吧，我十分鐘之後到。

酒吧裡人不多，春捲這個酒吧，總是人不多，但是一直開著，也許他很有錢，也許第二天就會關門，我從來沒問過他。他知道我姓莊，知道我是個老師，我們經常聊天，但是他從來不打聽別的，我也只知道他是個單身男人，能調很不錯的龍舌蘭。今天放的是Light My Fire，聲音不大。他給我倒上酒，說，約了人嗎？我喝光一杯，說，沒有，就我自己。他又給我倒上，說，你上次喝多了，在我這吧台上趴了一宿。我說，是，第二天落枕了。他說，你這酒不錯，但是再存半年可能更好。我又喝了一大口，說，我怕丟，喝了比較踏實。他笑了笑說，有人玩飛鏢，我已經躲過好幾支了，醉得比上次還厲害。我才發現阮靈也在，她和那天晚上一樣的裝束，獨自一人，一腳在前，一腳在後，飛鏢拿反了。我走過去說，要點橙汁嗎？她看了我一眼說，不要。我說，帶我一個好嗎？她說，不帶。一支飛鏢出去，屁股朝下落在牆角。我說，一個人？她說，又要採訪我？我說，沒有。我看了一會說，只是想聊聊天，讓你少喝點。她說，你警察嗎？我怎麼老能看著你？我有權保持沉默，我說的話會成為呈堂證供。在燈光裡頭，她看起來很好看，面頰白皙，四肢纖細，脖頸修長。小女孩長大之後應該就是這樣吧。我沒有再說話，只是看著她把一支支飛鏢丟得到處都是，然後幫她撿回來，讓她再丟。她說，你問過我一個問題。我說，嗯。她說，你問我，海子是我帶過的第一隻海豚嗎？我現在回答你，不是，我帶過兩隻海豚，海子是第三隻。第一隻海豚叫比特，我從五歲帶到七歲，第二隻叫憨憨，我從六歲帶到七歲。我說，嗯。她說，它們後來都死了。我說，怎麼死的？她說，都是自殺。但是都有預兆，預兆就是尾巴上長瘡。跟你說過，它們用聲納代替觸覺，游泳池不是大海，在游泳池裡，它們發出的聲波會來回來去地彈射，讓它們徹底迷失。所以你看到的海豚，基本都是瞎子，只是因為熟悉地形，所以還能游。我說，沒有辦法？她說，都沒活過七歲。比特把自己撞死，憨憨絕食死的，死在我懷裡，那時身上已經長滿了瘡。海子上周剛過完七歲的生日，算是比較有毅力的。我說，但是尾巴也有瘡了，可是為什麼它們還在微笑呢？她看了一眼，它們是寬吻海豚，就算你把它們的腦袋砍下來，它們也是笑的。我說，總會有辦法的。我想了想說，我們可以把它偷出來，放回大海裡去。她說，你願意和我一起幹？我說，願意。她說，真的？那可會被判刑。我說，我認識幾個律師。她笑了，說，你醉了。我說，必須得這麼幹。我雇輛大車裝滿水，把它放了之後，就去自首，你就說我挾持了你，和你沒關係。她說，那罪就更大了。我說，我在哪都能寫東西，也許監獄對於我來說更好，沒有自由，能安心寫點東西。她停了一會說，就算把它放回大海，它也會餓死，它已經不會捕食，它的歸宿就在游泳池裡。我走過去，從她的手裡奪下飛鏢說，我們可以先教它，偷偷地把它教會，然後把它放回大海，或者，肯定有別的辦法。她站直了，沒有搖晃，盯著我說，我比你更需要它。我說，那就想想辦法。她說，你怎麼對它這麼上心？你不是大學教師嗎？你應該活得很舒服啊？我說，我就是不想讓它死，就是不想讓它死啊。不知為啥，我的眼淚流了出來，流到領子裡，我的手裡攥著酒杯和飛鏢，想把它們捏碎。她伸手拍了拍我，說，換個地方吧。我說，去哪？她說，去看海子。

海豚劇場裡漆黑一片，阮靈隱入暗處，點亮了燈。她從倉庫裡拖出竹筏，扔在池子裡，然後吹響了哨子。海子不知從何處游了進來，它叫了幾聲，然後停在阮靈腳邊。阮靈說，尾巴。海子轉過頭去，把尾巴伸出來，阮靈看了看，讓它游到另一邊去了。她小聲對我說，和我想的一樣，瘡好了一點，不出意外的話，它還能活一年。我說，活到八歲？她說，嗯，一個記錄。我說，為什麼？她說，因為海子喜歡我，當然比特和憨憨也很喜歡，不過海子是最喜歡我的一個。我說，最喜歡你的一個。她說，對，所以它會堅持活下去，因為這個節目，它會活著，然後一次次把我救起，即使它知道這是假的，它也會擔心，擔心另一隻海豚搞砸。所以它會相信這個節目是真的，然後等待每天救我。我知道有點殘忍，但是我想不出別的辦法。我立在池邊，沒有說話，我看著池水裡的海子，看著它的影子。它什麼也看不見，它只是游來游去。我說，我能下水嗎？我能抱著它游一會嗎？她說，你會水嗎？我說，會。相信我。她說，三分鐘。我說，三分鐘。她走到池邊，有些趔趄，和海子說了幾句話，然後衝我點了點頭。

我脫光了自己，一絲不掛，跳進水裡。我抓著它的胸鰭，它緩緩地向前游去。我一點點地靠近它，抱住它，它極其冰冷，但是沒有躲閃。上面傳來醉醺醺的哨子聲，我感到自己正在變得滾燙，我奮力貼著它，不讓池水分開我們。

終點

張可心情不好的時候，就去輸銀行卡密碼。

那是她在飯店撿到的一張銀行卡，擦桌子的時候發現的，天藍色，上面有一個哆啦A夢。密碼只能輸三次，她是知道的，所以不到關鍵時刻，她不會去用。前面兩次，一次是一個姐妹的手讓火鍋湯給燙了，沒治，後來少了一根手指頭。第二次是老家的三刀死了，三刀是她的狗，父母在其他城市打工，五年裡面，爺爺奶奶姥姥姥爺陸續死了，最後三刀也死了。據說三刀臨死之前到鄰居的門前汪汪叫，她分析是想讓鄰居給她打一個電話。

而這一次，是她的男友讓她去洗浴中心工作。

「我不去。」她說。

「為啥？娟子不就去了？」

「所以我不去。」

「為啥不去？」

「就是不去。」

男友喜歡待在網吧，有時候一天一宿也不回來。

「你是不是覺得不正經？」

「我沒。」

「正經著。就是端茶倒水，上班還近，我接你。」

「不是端茶倒水。還讓你按腳。」

「按個腳能咋地？有些人的腳，比飯店的桌子乾淨。」

「才不。臭的。按上腳，手就髒，回不來頭。」

「你他媽和錢有仇？」男友站起來，踹了她一腳。

她沒哭，抿著嘴不動。

「你別逼我，飯店多做幾天，也能供你玩。」

「我為玩？我為你。回家也能像個樣子。」

「家不回了。沒人了。」

「你以為你那玩意是金的？告訴你，我一個人操得，人人都操得。」

他摔門走了，張可在屋子裡看了一晚上《我叫金三順》，笑得不行。凌晨三點，他還沒回來，電話也不接，張可鎖好門，去自動取款機試密碼。

她盯了哆啦A夢一會，輸了自己的生日，成了，竟是同年同月同日生。卡裡有一塊錢。取款機沒有一塊錢，她坐在銀行門口等著。開門之後，她把一塊錢取了出來。回到家，把兩人的髒衣服洗了，找出方便麵擺在桌上。然後收拾了自己的衣服，塞進箱子，拖著走到公車站。

來了一輛車，她上去把一塊錢投進玻璃箱子。

「師傅，我去終點。」

「關我什麼事？」

「是，我就是說一下。」

車開了起來，她下意識地看了看車窗旁邊的路線圖。

下一站就是終點。

終點不遠。

國家圖書館出版品預行編目（CIP）資料

飛行家 / 雙雪濤 作. -- 初版. -- 臺北市 : 大塊文化, 2018.05
面； 公分. -- (to ; 103)
ISBN 978-986-213-886-1 (平裝)

857.63 107004522

LOCUS

LOCUS

LOCUS

LOCUS